Œuvres&thèmes
CLASSIQUES HATIER

Collection dirigée
par Hélène Potelet et Georges Déco

Jules Verne

Un hivernage dans les glaces

Groupement de textes

Les voyages polaires

Verne, Zweig, Malaurie, Hafez, Victor

Et un dossier Histoire des arts

Les voyages polaires et les arts

Paris 2015
ISBN 978-2-218-99149-3
ISSN 01840851

Marigold Bobbio,
certifiée de lettres classiques

Hatier

SOMMAIRE

Un hivernage dans les glaces

CARNET DE LECTURE

QUESTIONS SUR LE...

L'AIR DU TEMPS

Le contexte historique

- Au cours du XIXe siècle, **différents régimes politiques** se succèdent : Premier Empire (1804-1815), monarchie de Louis XVIII, Charles X et Louis-Philippe (1815-1848), IIe République (1848-1851), Second Empire (1851-1870), IIIe République (1870-1940).
- La seconde moitié du XIXe siècle est marquée par la révolution industrielle (grand développement de l'industrie).
- La marine à vapeur commence à concurrencer la marine à voile (invention de l'hélice, de la construction métallique et de chaudières de plus en plus performantes). Mais la marine à voile résiste et de grands voiliers navigueront encore jusqu'au début du XXe siècle (clippers très rapides, navires métalliques de fort tonnage).

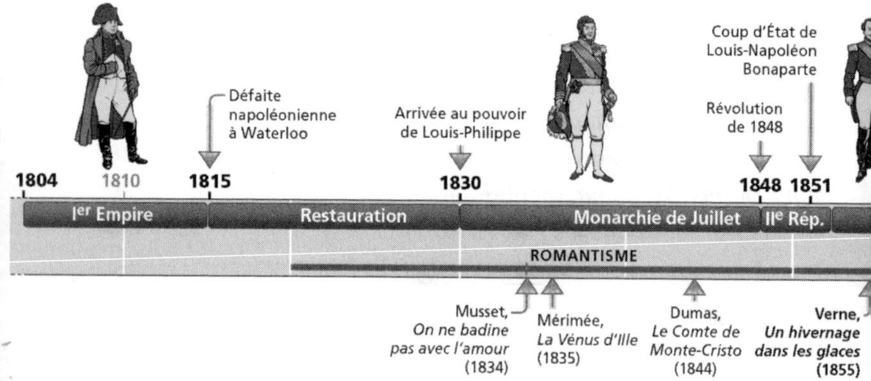

Le contexte culturel

- Le XIXe siècle est une période de **découvertes** scientifiques et techniques (machines à vapeur, ampoule électrique, photographie, vaccins...).
- Les voyages d'exploration se font nombreux.
- Hetzel (éditeur de Jules Verne) contribue au développement des bibliothèques publiques et de la littérature enfantine.
- En peinture, apparaît le **courant impressionniste** représenté par Degas (1834-1917) ou Claude Monet (1840-1826), souvent attiré par les atmosphères de bords de mer.
- En littérature, les figures marquantes sont Hugo (*Les Misérables*, 1862), Zola (*Au Bonheur des Dames*, 1883) Rimbaud (*Une saison en enfer*, 1873) qui deviendra ensuite aventurier et explorateur en Afrique.

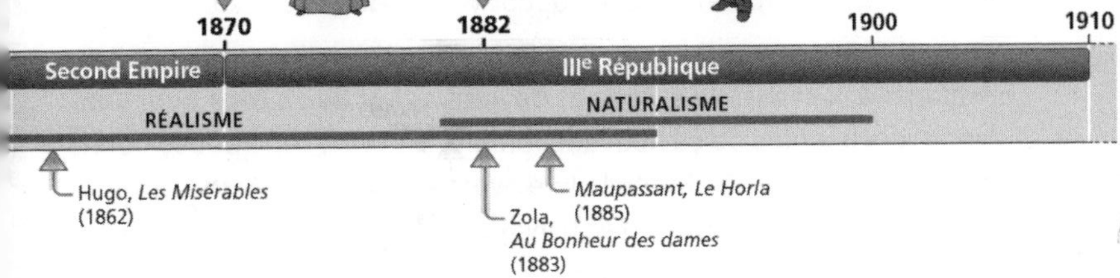

Jules Verne (1828-1905)

Ses débuts de romancier

Portrait de Jules Verne par Nadar, 1878.

► Jules Verne naît à Nantes en 1828. Son père exerce une profession juridique et éduque ses enfants sévèrement, ce que le jeune Jules semble avoir assez mal supporté. C'est sans doute pour cette raison qu'il rêve de voyager et fait une fugue à l'âge de onze ans.

► Il obtient son baccalauréat en 1846. Son père l'envoie à Paris pour qu'il y fasse ses études de droit. Mais lui rêve de littérature. Il fréquente Alexandre Dumas (célèbre auteur des *Trois Mousquetaires* et du *Comte de Monte-Cristo*) et fait la connaissance de l'explorateur Jacques Arago qui lui donne le goût des récits de voyage. Il écrit des nouvelles publiées dans la revue *Le Musée des familles* dont une première version d'*Un hivernage dans les glaces*. Il écrit aussi de nombreuses pièces de théâtre, des livrets d'opéras-comiques, des chansons.

► En 1857, il devient agent de change, se marie et s'installe à Paris. Il continue à écrire, accumule de la documentation et travaille à des romans qui s'appuient sur les découvertes de la science.

► En 1857, il se marie avec une jeune veuve, mère de deux filles, Honorine. Il s'installe à Paris et devient agent de change pour subvenir aux besoins de sa nouvelle famille. En 1861, son épouse donne naissance à leur fils, Michel. Jules Verne continue à écrire, il accumule de la documentation et travaille à des romans qui s'appuient sur les découvertes de la science.

La rencontre avec l'éditeur Hetzel

► Il compose en 1862 son premier roman (*Cinq semaines en ballon*), que plusieurs éditeurs lui refusent. Seul Pierre-Jules Hetzel le lit avec enthousiasme et décide Verne à se lancer dans le roman « scientifique » : le merveilleux traditionnel des contes de fées est remplacé par le merveilleux scientifique, inspiré du développement accéléré des sciences et des techniques de l'époque. Jules Verne signe alors des contrats avec Hetzel pour des romans destinés à la jeunesse, d'abord publiés dans la revue fondée par l'éditeur *Magasin d'éducation et de récréation*, puis sous forme de volumes illustrés. Ils formeront la série des *Voyages extraordinaires dans les mondes connus et inconnus.*

De l'optimisme au désenchantement

► De 1862 à 1870, Jules Verne connaît une période d'optimisme qui se reflète dans son œuvre. Il croit aux progrès scientifiques et techniques, et en une évolution positive de l'humanité. Après *Cinq semaines en ballon,* il publie *Voyage au centre de la terre* (1864), *De la Terre à la Lune* (1865), *Les Enfants du capitaine Grant* (1867), *Vingt mille lieues sous les mers* (1869).

► Il voyage en Norvège et en Suède, il traverse l'océan Atlantique à bord d'un géant des mers et est fasciné par le développement des États-Unis.

► En 1865, la famille Verne s'installe au Crotoy, à l'embouchure de la Somme. Jules Verne achète un petit bateau, le *Saint-Michel* sur lequel il navigue dans la Manche et en mer du Nord.

► À partir de 1870, la période devient plus sombre. C'est la guerre entre la France et l'Allemagne en 1870 et Jules Verne est mobilisé comme garde-côte au Crotoy. En 1871, son père meurt et il décide de se fixer définitivement à Amiens dont sa femme est originaire. Il y mène alors une vie agréable : il reçoit des amis, il donne des bals masqués. Il continue à naviguer sur le *Saint-Michel II*, puis sur le *Saint-Michel III*, un véritable yacht.

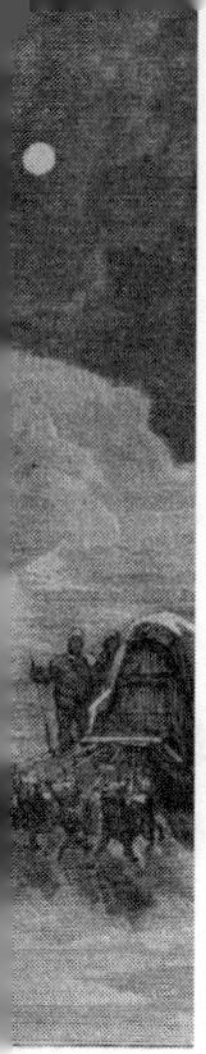

► Il publie beaucoup : *L'Île mystérieuse* (1874), *Michel Strogoff* (1876), *Les Indes noires* (1877), *Un capitaine de quinze ans* (1878), *Mathias Sandorf* (1885)... et observe avec inquiétude le monde qui l'entoure, dominé par la progression du capitalisme et du colonialisme.

Une période difficile

► En 1886 et 1887, Jules Verne connaît des jours difficiles : dans une crise de folie, son neveu le blesse à la jambe et il en reste boiteux, il vend son yacht. Hetzel, son éditeur et ami, meurt ainsi que sa mère. Cependant, il décide de devenir conseiller municipal à Amiens où il s'occupe de l'aménagement de la ville.

► Son pessimisme grandit, il ne fait plus confiance à la science pour améliorer le sort de l'humanité et envisage les dangers d'un progrès non maîtrisé. Il écrit toujours beaucoup, mais sa santé se dégrade à partir de 1897 et il meurt en 1905 d'une crise de diabète. Il laisse à son fils Michel le soin de publier ses derniers manuscrits.

Les « Voyages extraordinaires » en soixante-cinq romans

► Le projet de l'auteur est ainsi défini dans un « Avertissement de l'éditeur » en 1867 : « Son but est, en effet, de résumer toutes les connaissances *géographiques, géologiques, physiques, astronomiques*, amassées par la science moderne, et de refaire, sous la forme attrayante et pittoresque qui lui est propre, l'histoire de l'univers. »

► Les voyages sont réellement «extraordinaires» car ils présentent des lieux inconnus à l'époque : centre de la terre, fond des mers, exploration de l'espace mais aussi régions du globe qui font rêver (pôles, déserts...). Les moyens de transport utilisés sont inhabituels ou encore à inventer : ballon, obus, sous-marin... Jules Verne utilise la science à des fins romanesques : il plonge ses héros dans l'aventure, leur fait connaître des lieux inexplorés, anticipe sur le futur, construit des mystères ou une atmosphère fantastique. Ses romans ont un rôle pédagogique en même temps qu'ils font appel à l'imagination et au rêve.

Un thème romanesque : les terres glacées

► *Un hivernage dans les glaces* est une nouvelle de jeunesse d'abord parue en 1855 dans *Le Musée des familles*, revue populaire qui a publié de grands auteurs du XIXe siècle. Depuis cette date, Jules Verne s'intéresse aux voyages d'exploration dans l'Arctique, nombreux au XIXe siècle. Mais le pôle Nord ne sera atteint qu'en 1909.

► *Voyages et aventures du capitaine Hatteras* paraît d'abord en feuilleton puis en volume en 1866 : Jules Verne imagine que le capitaine Hatteras veut atteindre le pôle Nord géographique et trouve au pôle une mer libre de glaces.

► En 1873 paraît *Le Pays des fourrures* qui raconte comment une mission à laquelle participe la voyageuse Paulina Barnett établit un fort sur un cap à l'extrême nord du Canada. Ce cap est fait de glace, se détache et va flotter pendant deux ans avec les hommes et les animaux qui s'y trouvent.

► En 1874, la version définitive d'*Un hivernage dans les glaces* paraît dans un volume intitulé *Le Docteur Ox*, recueil de cinq longues nouvelles.

► Ces trois ouvrages mettent surtout en avant la lutte pour la survie de groupes humains en butte à des conditions de vie extrêmes.

► **Représentation d'un brick**

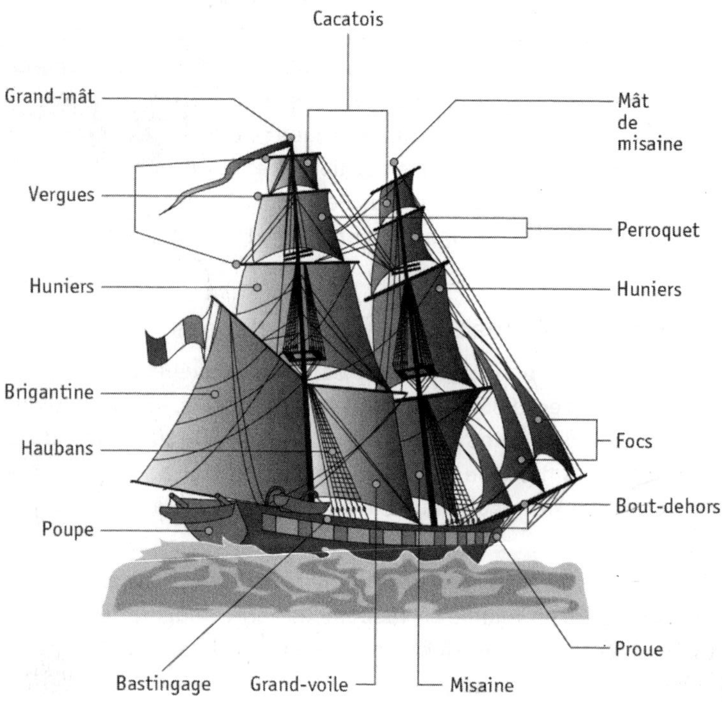

► **Zone arctique et tracé du voyage**

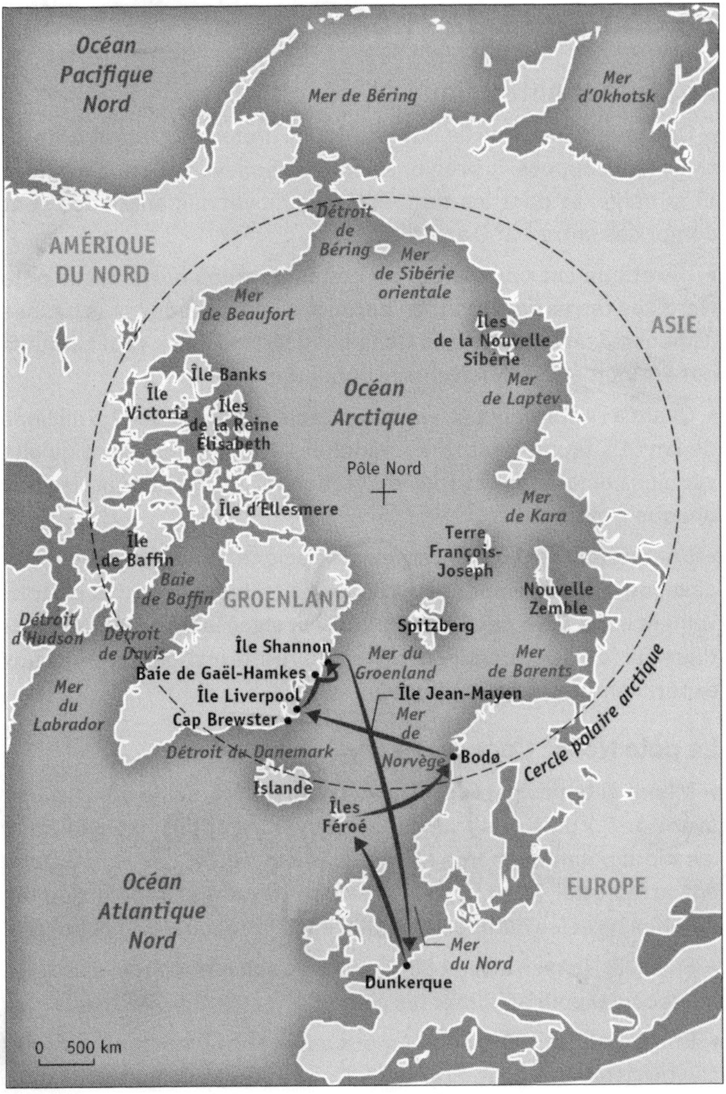

La conquête des pôles

Arctique et Antarctique

► On appelle Arctique (le pays de l'ours, *arctos* en grec) et Antarctique (*anti*, opposé) les régions polaires recouvertes par les glaces et la neige, et dont les températures moyennes annuelles sont comprises entre - 2° C et - 30° C.

► L'Arctique est occupé par un océan dont le centre est le pôle Nord, les terres se situent en bordure à des latitudes plus basses (Groenland, Alaska, nord du Canada, Sibérie...). Elles sont habitées par les Inuit et quelques autres populations.

► Quant à l'Antarctique, c'est un véritable continent de 12,5 millions de km^2. La faune y est rare (manchots et phoques), alors qu'elle est plus nombreuse et variée en Arctique (ours, nombreux oiseaux, phoques, morses...).

► L'Antarctique est inhabité, seuls les scientifiques y séjournent : à partir de 1950, de nombreuses bases de recherche s'y sont effectivement installées, tandis qu'en 1959 est signé le traité sur l'Antarctique qui fait de ce continent un territoire international réservé aux expérimentations scientifiques.

Le pôle Nord : Cook ou Peary ?

► Même si le navigateur Pitheas (venu de Marseille au IVe siècle avant J.-C.) puis les Vikings (au Moyen Âge) ont navigué dans les mers polaires, même si depuis le XVIe siècle, des expéditions ont atteint 80° Nord, il faut attendre le XIXe siècle pour que les Américains et les Européens se lancent à la conquête du pôle Nord.

► En 1893, Nansen atteint 86° Nord avec son navire *Fram* spécialement conçu pour affronter les glaces.

► Entre 1908 et 1909, deux Américains vont revendiquer chacun d'avoir atteint le pôle, Frederick Cook avec deux Inuit le 21 avril

1908 et Robert Peary avec Matthew Henson, un explorateur afro-américain et cinq Inuit le 6 avril 1909. Le Congrès des États-Unis désigne Peary comme le seul vainqueur, Cook se serait trompé dans ses estimations.

Le pôle Sud : Amundsen et Scott

► C'est en 1840 que l'explorateur français Dumont d'Urville débarque à un endroit qu'il nomme Terre Adélie en l'honneur de sa femme.

► En 1896, sur le navire d'exploration belge *Belgica* est organisée une expédition internationale dans l'Antarctique. Y participent notamment le Norvégien Roald Amundsen et l'Américain Frédérick Cook qui passent plus d'un an en Antarctique. D'autres expéditions vont se succéder, notamment l'expédition Discovery du capitaine britannique Robert Scott (1901-1904) et l'expédition Nimrod du britannique Ernest Shackleton qui atteint 88° Sud et expérimente outre les chiens de traîneaux les transports utilisant des poneys de Mandchourie et des engins motorisés.

► En 1910, la course au pôle Sud est lancée : d'un côté, Amundsen qui fait ses préparatifs en secret avec pour unique but la conquête du pôle, de l'autre Scott, qui mène en parallèle une expédition scientifique. Amundsen et ses compagnons arrivent les premiers au pôle le 14 décembre 1911 et reviennent à leur base le 25 janvier 1912. Scott et son équipe de quatre hommes atteignent le pôle le 17 janvier 1912 et meurent sur le chemin du retour. Ils ont perdu ! Mais quand la nouvelle de leur mort sera connue, fin 1912, leur destinée aura plus de retentissement que la victoire d'Amundsen.

Mesures

Mesures utilisées dans *Un hivernage dans les glaces*

Dans ses romans, Jules Verne utilise encore les anciennes mesures de longueur utilisées avant la Révolution française.

Pourtant le système métrique décimal existe depuis 1791. En effet le 2 mars 1791 a été créé le mètre qui est défini comme la dix millionième partie du quart du méridien terrestre ainsi que le système de mesures qui en découle : kilomètre, hectomètre, décamètre, décimètre, centimètre, millimètre. Ces mesures ont été créées pour remplacer la lieue, le pied, le pouce qui pouvaient avoir des longueurs différentes d'une région à une autre, d'un pays à un autre.

Mais le système métrique a eu du mal à s'imposer.

On trouve d'ailleurs toujours les anciennes mesures dans les pays anglo-saxons : Grande-Bretagne, États-Unis... Ce n'est que depuis 1959 que le pouce anglo-saxon (*inch*) a été défini comme valant 25,4 mm.

Mesures	Équivalences métriques
Pouce	27 mm un pouce = 1/12e de pied
Pied	32 cm 3 pieds = environ 1 m
Lieue	4 km (distance qu'on peut parcourir en une heure à pied)
Mille (marin)	1 852 m
Encâblure	182,2 m Une encâblure= 1/10e de mille

Un hivernage dans les glaces

Un hivernage dans les glaces de Jules Verne, illustré par Adrien Marie. J. Hetzel, Paris, 1879.

« Il y avait deuil à bord »

Chapitre 1
Le pavillon[1] noir

Le curé de la vieille église de Dunkerque se réveilla à cinq heures, le 12 mai 18.., pour dire, suivant son habitude, la première basse messe[2] à laquelle assistaient quelques pieux pêcheurs.

Vêtu de ses habits sacerdotaux[3], il allait se rendre à l'autel[4], quand un homme entra dans la sacristie[5], joyeux et effaré[6] à la fois. C'était un marin d'une soixantaine d'années, mais encore vigoureux et solide, avec une bonne et honnête figure.

« Monsieur le curé, s'écria-t-il, halte là ! s'il vous plaît.

– Qu'est-ce qui vous prend donc si matin, Jean Cornbutte ? répliqua le curé.

– Ce qui me prend ?... Une fameuse envie de vous sauter au cou, tout de même !

– Eh bien, après la messe, à laquelle vous allez assister...

1. Pavillon : pièce d'étoffe permettant de signaler la nationalité du navire ou donnant d'autres informations, drapeau.
2. Basse messe (ou messe basse) : messe non chantée, où le prêtre ne fait que réciter des prières.
3. Habits sacerdotaux : vêtements portés par le prêtre lorsqu'il exerce ses fonctions (messe...).
4. Autel : table où l'on célèbre la messe.
5. Sacristie : petite salle attenante à l'église réservée aux vêtements et objets de culte.
6. Effaré : troublé et étonné.

– La messe ! répondit en riant le vieux marin. Vous croyez que vous allez dire votre messe maintenant, et que je vous laisserai faire ?

– Et pourquoi ne dirais-je pas ma messe ? demanda le curé. Expliquez-vous ! Le troisième son a tinté...

– Qu'il ait tinté ou non, répliqua Jean Cornbutte, il en tintera bien d'autres aujourd'hui, monsieur le curé, car vous m'avez promis de bénir de vos propres mains le mariage de mon fils Louis et de ma nièce Marie !

– Il est donc arrivé ? s'écria joyeusement le curé.

– Il ne s'en faut guère, reprit Cornbutte en se frottant les mains. La vigie[7] nous a signalé, au lever du soleil, notre brick[8], que vous avez baptisé vous-même du beau nom de *La Jeune Hardie* !

– Je vous en félicite du fond du cœur, mon vieux Cornbutte, dit le curé en se dépouillant de la chasuble[9] et de l'étole[10]. Je connais vos conventions. Le vicaire[11] va me remplacer, et je me tiendrai à votre disposition pour l'arrivée de votre cher fils.

– Et je vous promets qu'il ne vous fera pas jeûner trop longtemps ! répondit le marin. Les bans[12] ont déjà été publiés par vous-même, et vous n'aurez plus qu'à l'absoudre[13] des péchés qu'on peut commettre entre le ciel et l'eau, dans les mers du Nord. Une fameuse idée que j'ai

7. **Vigie :** guetteur placé en observation sur la côte.
8. **Brick :** voilier à deux mâts et aux voiles carrées (voir p. 10).
9. **Chasuble :** vêtement utilisé pour célébrer la messe.
10. **Étole :** bande d'étoffe mise par le prêtre autour du cou.
11. **Vicaire :** prêtre qui aide le curé d'une paroisse.
12. **Bans :** annonce officielle d'un mariage.
13. **Absoudre :** pardonner.

eue là, de vouloir que la noce se fit le jour même de l'arrivée, et que mon fils Louis ne quittât son brick que pour se rendre à l'église !

– Allez donc tout disposer, Cornbutte.

– J'y cours, monsieur le curé. À bientôt ! »

Le marin revint à grands pas à sa maison, située sur le quai du port marchand, et d'où l'on apercevait la mer du Nord, ce dont il se montrait si fier.

Jean Cornbutte avait amassé quelque bien dans son état. Après avoir longtemps commandé les navires d'un riche armateur[14] du Havre, il se fixa dans sa ville natale, où il fit construire, pour son propre compte, le brick *La Jeune Hardie*. Plusieurs voyages dans le Nord réussirent, et le navire trouva toujours à vendre à bon prix ses chargements de bois, de fer et de goudron. Jean Cornbutte en céda alors le commandement à son fils Louis, brave marin de trente ans, qui, au dire de tous les capitaines caboteurs[15], était bien le plus vaillant matelot de Dunkerque.

Louis Cornbutte était parti, ayant un grand attachement pour Marie, la nièce de son père, qui trouvait bien longs les jours de l'absence. Marie avait vingt ans à peine. C'était une belle Flamande, avec quelques gouttes de sang hollandais dans les veines. Sa mère l'avait confiée, en mourant, à son frère Jean Cornbutte. Aussi, ce brave marin l'aimait comme sa propre fille, et voyait dans l'union projetée une source de vrai et durable bonheur.

14. Armateur : celui qui équipe à ses frais un navire pour le transport des marchandises ou des passagers.
15. Caboteur : marin qui navigue le long des côtes.

L'arrivée du brick, signalé au large des passes[16], terminait une importante opération commerciale dont Jean Cornbutte attendait gros profit. *La Jeune Hardie*, partie depuis trois mois, revenait en dernier lieu de Bodø[17], sur la côte occidentale de la Norvège, et elle avait opéré rapidement son voyage.

En rentrant au logis, Jean Cornbutte trouva toute la maison sur pied. Marie, le front radieux[18], revêtait ses habillements de mariée.

« Pourvu que le brick n'arrive pas avant nous ! disait-elle.

– Hâte-toi, petite, répondit Jean Cornbutte, car les vents viennent du nord, et *La Jeune Hardie* file bien, quand elle file grand largue[19] !

– Nos amis sont-ils prévenus, mon oncle ? demanda Marie.

– Ils sont prévenus !

– Et le notaire, et le curé ?

– Sois tranquille ! Il n'y aura que toi à nous faire attendre ! »

En ce moment entra le compère[20] Clerbaut.

« Eh bien ! mon vieux Cornbutte, s'écria-t-il, voilà de la chance ! Ton navire arrive précisément à l'époque où le gouvernement vient de mettre en adjudication[21] de grandes fournitures de bois pour la marine.

16. Passes : étroits passages permettant d'entrer et de sortir d'un port.
17. Bodø : ville norvégienne un peu au nord du cercle polaire (voir p. 11).
18. Radieux : qui reflète le bonheur.
19. Grand largue : allure rapide d'un navire avançant avec un vent oblique arrière.
20. Le compère : l'ami.
21. Mettre en adjudication : ouvrir un marché.

– Qu'est-ce que ça me fait ? répondit Jean Cornbutte. Il s'agit bien du gouvernement !

– Sans doute, monsieur Clerbaut, dit Marie, il n'y a qu'une chose qui nous occupe : c'est le retour de Louis.

– Je ne disconviens pas[22] que... répondit le compère. Mais enfin ces fournitures...

– Et vous serez de la noce, répliqua Jean Cornbutte, qui interrompit le négociant[23] et lui serra la main de façon à la briser.

– Ces fournitures de bois...

– Et avec tous nos amis de terre et nos amis de mer, Clerbaut. J'ai déjà prévenu mon monde, et j'inviterai tout l'équipage du brick !

– Et nous irons l'attendre sur l'estacade[24] ? demanda Marie.

– Je le crois bien, répondit Jean Cornbutte. Nous défilerons tous deux par deux, violons en tête ! »

Les invités de Jean Cornbutte arrivèrent sans tarder. Bien qu'il fût de grand matin, pas un ne manqua à l'appel. Tous félicitèrent à l'envi[25] le brave marin, qu'ils aimaient. Pendant ce temps, Marie, agenouillée, transformait devant Dieu ses prières en remerciements. Elle rentra bientôt, belle et parée, dans la salle commune, et elle eut la joue embrassée par toutes les commères[26], la main vigoureusement serrée par tous les hommes ; puis, Jean Cornbutte donna le signal du départ.

---

22. Je ne disconviens pas : je reconnais.
23. Négociant : marchand.
24. Estacade : jetée, embarcadère ou débarcadère.
25. À l'envi : à qui mieux mieux.
26. Commères : femmes du village.

Ce fut un spectacle curieux de voir cette joyeuse troupe prendre le chemin de la mer au lever du soleil. La nouvelle de l'arrivée du brick avait circulé dans le port, et bien des têtes en bonnets de nuit apparurent aux fenêtres et aux portes entrebâillées. De chaque côté arrivait un honnête compliment ou un salut flatteur.

La noce atteignit l'estacade au milieu d'un concert de louanges et de bénédictions. Le temps s'était fait magnifique, et le soleil semblait se mettre de la partie. Un joli vent du nord faisait écumer les lames[27], et quelques chaloupes de pêcheurs, orientées au plus près pour sortir du port, rayaient la mer de leur rapide sillage entre les estacades.

Les deux jetées de Dunkerque qui prolongent le quai du port s'avancent loin dans la mer. Les gens de la noce occupaient toute la largeur de la jetée du nord, et ils atteignirent bientôt une petite maisonnette située à son extrémité, où veillait le maître du port.

Le brick de Jean Cornbutte était devenu de plus en plus visible. Le vent fraîchissait, et *La Jeune Hardie* courait grand largue sous ses huniers[28], sa misaine[29], sa brigantine[30], ses perroquets[31] et ses cacatois[32]. La joie devait évidemment régner à bord comme à terre. Jean Cornbutte, une longue-vue à la main, répondait gaillardement aux questions de ses amis.

---

27. Lames : vagues.
28. Huniers : voiles carrées situées au-dessus des basses voiles (voir p. 10).
29. Misaine : voile principale, la plus basse, à l'avant du navire (voir p. 10).
30. Brigantine : grande voile en forme de trapèze (voir p. 10).
31. Perroquet : voile haute et carrée au-dessus des huniers (voir p. 10).
32. Cacatois : petite voile carrée au-dessus du perroquet (voir p. 10).

« Voilà bien mon beau brick ! s'écriait-il, propre et rangé comme s'il appareillait[33] de Dunkerque ! Pas une avarie[34] ! Pas un cordage de moins !

– Voyez-vous votre fils le capitaine ? lui demandait-on.

– Non, pas encore. Ah ! c'est qu'il est à son affaire !

– Pourquoi ne hisse-t-il pas son pavillon ? demanda Clerbaut.

– Je ne sais guère, mon vieil ami, mais il a une raison sans doute.

– Votre longue-vue, mon oncle, dit Marie en lui arrachant l'instrument des mains, je veux être la première à l'apercevoir !

– Mais c'est mon fils, mademoiselle !

– Voilà trente ans qu'il est votre fils, répondit en riant la jeune fille, et il n'y a que deux ans qu'il est mon fiancé ! »

La Jeune Hardie était entièrement visible. Déjà l'équipage faisait ses préparatifs de mouillage[35]. Les voiles hautes avaient été carguées[36]. On pouvait reconnaître les matelots qui s'élançaient dans les agrès[37]. Mais ni Marie, ni Jean Cornbutte n'avaient encore pu saluer de la main le capitaine du brick.

« Ma foi, voici le second, André Vasling ! s'écria Clerbaut.

– Voici Fidèle Misonne, le charpentier[38], répondit un des assistants.

33. Appareillait : était prêt à partir.
34. Avarie : dégât.
35. Préparatifs de mouillage : manœuvres effectuées pour se préparer à jeter l'ancre.
36. Carguées : attachées contre le mât.
37. Agrès : cordages qui permettent de maintenir et de manœuvrer les voiles.
38. Charpentier : artisan qui travaille le bois.

– Et notre ami Penellan ! » dit un autre, en faisant un signe au marin ainsi nommé.

La Jeune Hardie ne se trouvait plus qu'à trois encâblures[39] du port, lorsqu'un pavillon noir monta à la corne de brigantine[40]... Il y avait deuil à bord !

Un sentiment de terreur courut dans tous les esprits et dans le cœur de la jeune fiancée.

Le brick arrivait tristement au port, et un silence glacial régnait sur son pont. Bientôt il eut dépassé l'extrémité de l'estacade.

Marie, Jean Cornbutte et tous les amis se précipitèrent vers le quai qu'il allait accoster, et, en un instant, ils se trouvèrent à bord.

« Mon fils ! » dit Jean Cornbutte, qui ne put articuler que ces mots.

Les marins du brick, la tête découverte, lui montrèrent le pavillon de deuil.

Marie poussa un cri de détresse et tomba dans les bras du vieux Cornbutte.

André Vasling avait ramené *La Jeune Hardie* ; mais Louis Cornbutte, le fiancé de Marie, n'était plus à son bord.

---

39. Trois encâblures : environ 600 mètres (voir tableau des mesures p. 14).
40. Corne de brigantine : pièce de bois fixé en oblique à un mât servant à accrocher un pavillon.

QUESTIONS SUR LE TEXTE 1

AI-JE BIEN LU ?

1 **a.** Quel est le nom du navire qui arrive dans le port de Dunkerque ?
b. Depuis quand est-il parti ? D'où vient-il ?

2 Quels personnages l'attendent impatiemment ? Pourquoi ?

3 Pourquoi le navire a-t-il hissé le pavillon noir ?

J'ANALYSE LE TEXTE

L'ouverture du roman

Un roman peut commencer par la description d'un lieu, d'un personnage, par un dialogue, directement par une action.

4 **a.** Sous quelle forme le roman commence-t-il ? Appuyez-vous sur le temps du premier verbe.
b. Ce début vous permet-il une compréhension immédiate de la situation ?

Le narrateur et le cadre

Le **narrateur** peut être personnage de l'histoire (récit mené à la 1re personne) ou être extérieur à l'histoire (récit à la 3e personne).

5 À quelle personne le narrateur mène-t-il le récit ? Est-il ou non un personnage de l'histoire ?

6 Dans quelle ville l'action se déroule-t-elle ? Dans quels lieux successifs ?

7 **a.** À quelle date l'action débute-t-elle (l. 2) ? À quelle heure de la journée ?
b. Évaluez la durée de l'action dans ce premier chapitre.

Les personnages

8 **a.** Qui est Jean Cornbutte ? Précisez son âge, son métier.
b. Qui sont les fiancés ?

Le retour en arrière

> Le narrateur peut procéder à un **retour en arrière** pour présenter des événements antérieurs au moment de l'action.

9 **a.** À partir de la ligne 48, le narrateur procède à un retour en arrière. À quelle ligne le récit reprend-il son cours ?
b. Quelles informations sur les personnages le narrateur fournit-il par ce retour en arrière ?

10 Relevez les noms des matelots que les spectateurs reconnaissent du quai (l. 163-167).

L'action

— Le coup de théâtre

> Un **coup de théâtre** désigne un changement de situation brusque et imprévu.

11 **a.** Sur quel coup de théâtre le chapitre se termine-t-il ?
b. Quel contraste notez-vous dans les sentiments des personnages ?

12 Comment, selon vous, le narrateur a-t-il entretenu le suspense ?

— Je formule mes impressions

13 Y a-t-il des indices qui ont pu vous faire penser que la situation était anormale à bord de *La Jeune Hardie* ? Lesquels et à partir de quel moment ?

14 Quelles questions vous posez-vous à la fin de ce premier chapitre ?

QUESTIONS SUR LE TEXTE 1

J'ÉTUDIE LA LANGUE

Grammaire : les temps du récit

15 Les colonnes ont été mélangées. Recopiez le tableau en faisant correspondre pour chaque verbe son temps et la valeur du temps.

Verbes	Temps de l'indicatif	Valeur
1. « entra » (l. 6)	imparfait	antériorité
2. « était » (l. 7)	plus-que-parfait	action
3. « avait amassé » (l. 48)	passé simple	description

Vocabulaire : les noms de métiers

16 **a.** Quels sont les suffixes utilisés pour former les noms de métier suivants : pêcheur – négociant – charpentier ?
b. Quels noms de métiers masculins correspondent aux verbes : surveiller – coiffer – cultiver – cuisiner ? Formez leur féminin.
c. Trouvez des noms de métiers formés avec les suffixes *-er*, *-ien*, *-iste* (deux exemples pour chacun).

J'ÉCRIS

Insérer un passage dans un récit

17 Imaginez ce qui se passe à bord au moment où *La Jeune Hardie* entre au port.

CONSIGNES D'ÉCRITURE
• Les marins ont aperçu la foule accompagnée de la mariée.
• Ils échangent quelques mots : ils expriment leurs émotions et se demandent comment annoncer la nouvelle.
• Commencez par : « Déjà l'équipage faisait ses préparatifs de mouillage. » (l. 157-158). Terminez par : « Un silence glacial régnait sur son pont. » (l. 173-174).

« Êtes-vous bien sûr, André, que mon fils ait péri ? »

Chapitre 2
Le projet de Jean Cornbutte

Dès que la jeune fille, confiée aux soins de charitables amis, eut quitté le brick, le second, André Vasling, apprit à Jean Cornbutte l'affreux événement qui le privait de revoir son fils, et que le journal du bord rapportait en ces termes :

« À la hauteur du Maëlstrom[1], 26 avril, le navire, s'étant mis à la cape[2] par un gros temps et des vents de sud-ouest, aperçut des signaux de détresse que lui faisait une goélette[3] sous le vent[4]. Cette goélette, démâtée de son mât de misaine, courait vers le gouffre, à sec de toiles. Le capitaine Louis Cornbutte, voyant ce navire marcher à une perte imminente[5], résolut d'aller à bord. Malgré les représentations[6] de son équipage, il fit mettre la chaloupe à la mer, y descendit avec le matelot Cortrois et Pierre Nouquet le timonier[7]. L'équipage les suivit des yeux, jusqu'au moment où ils disparurent au milieu de la brume. La nuit arriva.

1. Maëlstrom : puissant tourbillon marin au large de la côte norvégienne (voir p. 38).
2. S'étant mis à la cape : ayant beaucoup diminué sa vitesse.
3. Goélette : navire léger à deux mâts.
4. Sous le vent : du côté opposé à celui d'où souffle le vent.
5. Imminente : très proche.
6. Représentations : observations.
7. Timonier : marin qui est à la barre, chargé de la direction du navire.

La mer devint de plus en plus mauvaise. *La Jeune Hardie*, attirée par les courants qui avoisinent ces parages, risquait d'aller s'engloutir dans le Maëlstrom. Elle fut obligée de fuir vent arrière. En vain croisa-t-elle[8] pendant quelques jours sur le lieu du sinistre ; la chaloupe du brick, la goélette, le capitaine Louis et les deux matelots ne reparurent pas. André Vasling assembla alors l'équipage, prit le commandement du navire et fit voile vers Dunkerque. »

Jean Cornbutte, après avoir lu ce récit, sec comme un simple fait de bord, pleura longtemps, et s'il eut quelque consolation, elle vint de cette pensée que son fils était mort en voulant secourir ses semblables. Puis, le pauvre père quitta ce brick, dont la vue lui faisait mal, et il rentra dans sa maison désolée[9].

Cette triste nouvelle se répandit aussitôt dans tout Dunkerque. Les nombreux amis du vieux marin vinrent lui apporter leurs vives et sincères condoléances. Puis, les matelots de *La Jeune Hardie* donnèrent les détails les plus complets sur cet événement, et André Vasling dut raconter à Marie, dans tous ses détails, le dévouement de son fiancé.

Jean Cornbutte réfléchit, après avoir pleuré, et le lendemain même du mouillage[10], voyant entrer André Vasling chez lui, il lui dit :

« Êtes-vous bien sûr, André, que mon fils ait péri ?

– Hélas ! oui, monsieur Jean ! répondit André Vasling.

---

8. Croisa : navigua en faisant des allées et venues.
9. Maison désolée : maison vide.
10. Mouillage : accostage.

– Et avez-vous bien fait toutes les recherches voulues pour le retrouver ?

– Toutes, sans contredit, monsieur Cornbutte ! Mais il n'est malheureusement que trop certain que ses deux matelots et lui ont été engloutis dans le gouffre du Maëlstrom.

– Vous plairait-il, André, de garder le commandement en second du navire ?

– Cela dépendra du capitaine, monsieur Cornbutte.

– Le capitaine, ce sera moi, André, répondit le vieux marin. Je vais rapidement décharger mon navire, composer mon équipage et courir à la recherche de mon fils !

– Votre fils est mort ! répondit André Vasling en insistant.

– C'est possible, André, répliqua vivement Jean Cornbutte ; mais il est possible aussi qu'il se soit sauvé. Je veux fouiller tous les ports de la Norvège, où il a pu être poussé, et, quand j'aurai la certitude de ne plus jamais le revoir, alors, seulement, je reviendrai mourir ici ! »

André Vasling, comprenant que cette décision était inébranlable, n'insista plus et se retira.

Jean Cornbutte instruisit aussitôt sa nièce de son projet, et il vit briller quelques lueurs d'espérance à travers ses larmes. Il n'était pas encore venu à l'esprit de la jeune fille que la mort de son fiancé put être problématique ; mais à peine ce nouvel espoir fut-il jeté dans son cœur, qu'elle s'y abandonna sans réserve[11].

---

11. Elle s'y abandonna sans réserve : elle y crut sans aucune restriction.

Le vieux marin décida que *La Jeune Hardie* reprendrait aussitôt la mer. Ce brick, solidement construit, n'avait aucune avarie[12] à réparer. Jean Cornbutte fit publier[13] que, s'il plaisait à ses matelots de s'y embarquer, rien ne serait changé à la composition de l'équipage. Il remplacerait seulement son fils dans le commandement du navire.

Pas un des compagnons de Louis Cornbutte ne manqua à l'appel, et il y avait là de hardis[14] marins : Alain Turquiette, le charpentier Fidèle Misonne, le Breton Penellan, qui remplaçait Pierre Nouquet comme timonier de *La Jeune Hardie*, et puis Gradlin, Aupic, Gervique, matelots courageux et éprouvés.

Jean Cornbutte proposa de nouveau à André Vasling de reprendre son rang à bord. Le second du brick était un manœuvrier habile[15], qui avait fait ses preuves en ramenant *La Jeune Hardie* à bon port. Cependant, on ne sait pour quel motif, André Vasling fit quelques difficultés et demanda à réfléchir.

« Comme vous voudrez, André Vasling, répondit Cornbutte. Souvenez-vous seulement que, si vous acceptez, vous serez le bienvenu parmi nous. »

Jean Cornbutte avait un homme dévoué dans le Breton Penellan, qui fut longtemps son compagnon de voyage. La petite Marie passait autrefois les longues soirées d'hiver dans les bras du timonier, pendant que celui-ci demeurait à terre. Aussi avait-il conservé pour elle une amitié de

12. Avarie : dommage, dégât.
13. Publier : savoir, proclamer.
14. Hardis : courageux.
15. Manœuvrier habile : qui sait très bien manœuvrer le bateau.

père, que la jeune fille lui rendait en amour filial. Penellan pressa de tout son pouvoir l'armement[16] du brick, d'autant plus que, selon lui, André Vasling n'avait peut-être pas fait toutes les recherches possibles pour retrouver les naufragés, bien qu'il fût excusé par la responsabilité qui pesait sur lui comme capitaine.

Huit jours ne s'étaient pas écoulés que *La Jeune Hardie* se trouvait prête à reprendre la mer. Au lieu de marchandises, elle fut complètement approvisionnée de viandes salées, de biscuits, de barils de farine, de pommes de terre, de porc, de vin, d'eau-de-vie, de café, de thé, de tabac.

Le départ fut fixé au 22 mai. La veille au soir, André Vasling, qui n'avait pas encore rendu réponse à Jean Cornbutte, se rendit à son logis. Il était encore indécis et ne savait quel parti prendre.

Jean Cornbutte n'était pas chez lui, bien que la porte de sa maison fût ouverte. André Vasling pénétra dans la salle commune, attenante à la chambre de la jeune fille, et, là, le bruit d'une conversation animée frappa son oreille. Il écouta attentivement et reconnut les voix de Penellan et de Marie.

Sans doute la discussion se prolongeait déjà depuis quelque temps, car la jeune fille semblait opposer une inébranlable fermeté[17] aux observations du marin breton.

« Quel âge a mon oncle Cornbutte ? disait Marie.

16. Armement : équipement en matériel.
17. Inébranlable fermeté : assurance qui ne changera pas.

– Quelque chose comme soixante ans, répondait Penellan.

– Eh bien ! ne va-t-il pas affronter des dangers pour retrouver son fils ?

– Notre capitaine est un homme solide encore, répliquait le marin. Il a un corps de bois de chêne et des muscles durs comme une barre[18] de rechange ! Aussi, je ne suis point effrayé de lui voir reprendre la mer !

– Mon bon Penellan, reprit Marie, on est forte quand on aime ! D'ailleurs, j'ai pleine confiance dans l'appui du Ciel. Vous me comprenez et vous me viendrez en aide !

– Non ! disait Penellan. C'est impossible, Marie ! Qui sait où nous dériverons[19], et quels maux il nous faudra souffrir ! Combien ai-je vu d'hommes vigoureux[20] laisser leur vie dans ces mers !

– Penellan, reprit la jeune fille, il n'en sera ni plus ni moins, et si vous me refusez, je croirai que vous ne m'aimez plus ! »

André Vasling avait compris la résolution[21] de la jeune fille. Il réfléchit un instant, et son parti[22] fut pris.

« Jean Cornbutte, dit-il, en s'avançant vers le vieux marin qui entrait, je suis des vôtres. Les causes qui m'empêchaient d'embarquer ont disparu, et vous pouvez compter sur mon dévouement.

18. Barre : pièce de bois actionnant le gouvernail.
19. Dériverons : aboutirons sans pouvoir contrôler notre direction.
20. Vigoureux : forts, solides.
21. Résolution : décision, choix.
22. Parti : décision.

– Je n'avais jamais douté de vous, André Vasling, répondit Jean Cornbutte en lui prenant la main. Marie ! mon enfant ! » dit-il à voix haute.

Marie et Penellan parurent aussitôt.

« Nous appareillerons[23] demain au point du jour avec la marée tombante, dit le vieux marin. Ma pauvre Marie, voici la dernière soirée que nous passerons ensemble !

– Mon oncle ! s'écria Marie en tombant dans les bras de Jean Cornbutte.

– Marie ! Dieu aidant, je te ramènerai ton fiancé !

– Oui, nous retrouverons Louis ! ajouta André Vasling.

– Vous êtes donc des nôtres ? demanda vivement Penellan.

– Oui, Penellan, André Vasling sera mon second, répondit Jean Cornbutte.

– Oh ! oh ! fit le Breton d'un air singulier[24].

– Et ses conseils nous seront utiles, car il est habile et entreprenant.

– Mais vous-même, capitaine, répondit André Vasling, vous nous en remontrerez à tous, car il y a encore en vous autant de vigueur que de savoir.

– Eh bien, mes amis, à demain. Rendez-vous à bord et prenez les dernières dispositions. Au revoir, André ! au revoir, Penellan ! »

Le second et le matelot sortirent ensemble. Jean Cornbutte et Marie demeurèrent en présence l'un de l'autre. Bien des larmes furent répandues pendant cette

---

23. Appareillerons : quitterons le port.
24. Singulier : étrange.

triste soirée. Jean Cornbutte, voyant Marie si désolée, résolut de brusquer la séparation en quittant le lendemain la maison sans la prévenir. Aussi, ce soir-là même, lui donna-t-il son dernier baiser, et à trois heures du matin il fut sur pied.

Ce départ avait attiré sur l'estacade[25] tous les amis du vieux marin. Le curé, qui devait bénir l'union de Marie et de Louis, vint donner une dernière bénédiction au navire. De rudes poignées de main furent silencieusement échangées, et Jean Cornbutte monta à bord.

L'équipage était au complet. André Vasling donna les derniers ordres. Les voiles furent larguées[26], et le brick s'éloigna rapidement par une bonne brise de nord-ouest, tandis que le curé, debout au milieu des spectateurs agenouillés, remettait ce navire entre les mains de Dieu.

Où va ce navire ? Il suit la route périlleuse[27] sur laquelle se sont perdus tant de naufragés ! Il n'a pas de destination certaine ! Il doit s'attendre à tous les périls, et savoir les braver sans hésitation ! Dieu seul sait où il lui sera donné d'aborder ! Dieu le conduise !

---

25. Estacade : jetée, embarcadère ou débarcadère.
26. Larguées : lâchées.
27. Périlleuse : dangereuse.

QUESTIONS SUR LE TEXTE 2

AI-JE BIEN LU ?

1 Dans quelles circonstances Louis Cornbutte a-t-il disparu ?
2 Quel est le projet de Jean Cornbutte ?
3 Quel membre de l'équipage décide finalement d'embarquer après avoir hésité ?

J'ANALYSE LE TEXTE

La disparition de Louis

4 **a.** Qu'est-ce qu'un journal de bord ? D'après celui de *La Jeune Hardie*, quel jour et dans quel lieu Louis a-t-il disparu ?
b. De quelles qualités Louis a-t-il fait preuve ?

L'action : la mise en place de l'expédition

5 **a.** De combien de membres l'équipage se compose-t-il ?
b. De quel type de provisions Cornbutte charge-t-il le navire ?
c. À quelle date le départ a-t-il été fixé ?

Les personnages

— Jean Cornbutte et André Vasling

6 **a.** Quelles raisons poussent Jean Cornbutte à partir à la recherche de son fils ?
b. André Vasling l'approuve-t-il? Justifiez votre réponse.
c. À quel moment décide-t-il de faire partie de l'expédition ? Selon vous, pourquoi prend-il cette décision ?
d. Jean Cornbutte a-t-il confiance en lui ? Justifiez votre réponse.

— Marie

7 **a.** Comment Marie réagit-elle à la décision de son oncle ?
b. De quoi veut-elle convaincre Penellan ? Quels arguments utilise-t-elle (l. 122-140) ?

QUESTIONS SUR LE TEXTE 2

Penellan

8 **a.** Quelle est la principale qualité de Penellan ?
b. Quelle relation entretient-il avec Jean Cornbutte et Marie ?

9 **a.** Que pense-t-il de l'attitude d'André Vasling au moment de la disparition de Louis (l. 97-102) ?
b. Comment comprenez-vous sa réaction (l. 162) au moment où il apprend que Vasling va partir ?

La stratégie du narrateur

La création du suspense

Afin de maintenir l'intérêt du lecteur, le narrateur peut laisser planer des zones d'ombre. Il peut ainsi adopter :
– le point de vue d'un observateur extérieur et feindre de ne rien connaître des événements ;
– le point de vue d'un personnage : le lecteur ne perçoit alors des événements que ce qu'en perçoit le personnage.

10 Pourquoi selon vous le narrateur ne précise-t-il pas ce qui motive André Vasling (l. 86-88) ? Quel point de vue adopte-t-il ?

11 **a.** De qui le lecteur partage-t-il le point de vue (l. 119-140) ?
b. Que comprend ce personnage à partir de ce qu'il entend ?

La présence du narrateur

Le narrateur peut intervenir dans le récit par des explications ou des commentaires. Il peut manifester ses émotions par différents indices (interrogations, exclamations...).

12 **a.** Quel commentaire le narrateur fait-il sur l'avenir de l'expédition à la fin du chapitre ?
b. Quelle est la ponctuation utilisée ? Justifiez-la.

Je formule mes impressions

13 Que pensez-vous du comportement d'André Vasling ?

14 La fin du chapitre vous incite-t-elle à poursuivre la lecture ?

J'ÉTUDIE LA LANGUE

Grammaire : la forme active et la forme passive

- À la forme active, le sujet est agent de l'action : ***Une haute vague*** *engloutit le bateau.*
- À la forme active, le sujet subit l'action : ***Le bateau*** *fut englouti par une haute vague.*
- Le complément d'agent de la phrase passive n'est pas toujours exprimé : *Le bateau fut réparé*. Dans ce cas, le sujet de la forme active est le pronom indéfini « on ». → ***On*** *répara le bateau.*
- L'agent peut n'être pas exprimé mais connu, on peut le rétablir ainsi : ***Les marins*** *réparèrent le bateau.*

15 Les phrases suivantes sont à la forme passive.

a. Identifiez le temps et le mode des verbes en gras.

b. Réécrivez ces phrases à la forme active en utilisant le sujet indiqué entre parenthèses.

– « *La Jeune Hardie* **fut approvisionnée** de viandes salées, de biscuits, de barils de farine, de pommes de terre, de porc, de vin, d'eau-de-vie, de café, de thé, de tabac. » (sujet : « Jean Cornbutte »)

– « Le départ **fut fixé** au 22 mai. » (sujet : « On »)

– « De rudes poignées de main **furent** silencieusement **échangées.** » (sujet : « On »)

– « Les voiles **furent larguées.** » (sujet : « Les matelots »)

Vocabulaire : les noms propres devenus noms communs

16 Le nom propre Maelström (voir « Le saviez-vous ? ») est devenu un nom commun (il peut s'orthographier Maelstrom, Maëlstrom ou Maelström).

Retrouvez pour chacun des noms suivants ce que désignent le nom propre, puis le nom commun : **a.** mécène. **b.** poubelle. **c.** silhouette. **d.** vandale. **e.** braille. **f.** sandwich. **g.** colt.

QUESTIONS SUR LE TEXTE 2

J'ÉCRIS

Compléter une scène

17 Rédiger le début du dialogue entre Marie et Penellan avant le moment où Penellan entre dans la maison de Jean Cornbutte.

CONSIGNES D'ÉCRITURE
- Écrivez quelques répliques qui précèderont celle qui figure dans le texte : « Quel âge a mon oncle Cornbutte ? » Vous terminerez par : « Quelque chose comme soixante ans ».
- Prenez en compte les motivations et sentiments de Marie et la demande qu'elle fait à Penellan.
- Utilisez quelques verbes de parole pour que le lecteur comprenne qui parle.

LE SAVIEZ-VOUS ?

Le Maelstrom

Le Maelstrom est le nom donné à un ensemble de courants et de contre-courants très puissants au large des îles Lofoten en Norvège. Jules Verne le décrit comme un tourbillon marin très rapide. En 1841, Edgar Poe écrit une nouvelle intitulée *Une descente dans le Maëlstrom*. Dans *Vingt mille lieues sous les mers*, paru en 1869, Jules Verne imagine que le Maelström renvoie le sous-marin du capitaine Nemo vers le monde ordinaire.
Ce terme est devenu un nom commun désignant un tourbillon marin ou fluvial.
Il est aussi employé au sens figuré pour désigner un mouvement d'agitation violent. Ex. : le maelstrom de la Révolution.

« Le brick s'arrêta devant un banc de glace qui ne lui offrait aucun passage »

Chapitre 3
Lueur d'espoir

À cette époque de l'année, la saison était favorable, et l'équipage put espérer arriver promptement[1] sur le lieu du naufrage.

Le plan de Jean Cornbutte se trouvait naturellement tracé. Il comptait relâcher[2] aux îles Féroé[3], où le vent du nord pouvait avoir porté les naufragés ; puis, s'il acquérait la certitude qu'ils n'avaient été recueillis dans aucun port de ces parages, il devait porter ses recherches au-delà de la mer du Nord, fouiller toute la côte occidentale de la Norvège, jusqu'à Bodø, le lieu le plus rapproché du naufrage, et au-delà, s'il le fallait.

André Vasling pensait, contrairement à l'avis du capitaine, que les côtes de l'Islande devaient plutôt être explorées ; mais Penellan fit observer que, lors de la catastrophe, la bourrasque[4] venait de l'ouest, ce qui, tout en donnant l'espoir que les malheureux n'avaient pas été entraînés vers le gouffre du Maëlstrom, permettait de supposer qu'ils s'étaient jetés à la côte de Norvège.

1. **Promptement :** rapidement.
2. **Relâcher :** faire escale.
3. **Féroé :** archipel situé à peu près à mi-chemin entre l'Écosse et l'Islande (voir p. 11).
4. **Bourrasque :** coup de vent violent.

Il fut donc résolu que l'on suivrait ce littoral d'aussi près que possible, afin de reconnaître quelques traces de leur passage.

Le lendemain du départ, Jean Cornbutte, la tête penchée sur une carte, était abîmé[5] dans ses réflexions, quand une petite main s'appuya sur son épaule, et une douce voix lui dit à l'oreille :

« Ayez bon courage, mon oncle ! »

Il se retourna et demeura stupéfait. Marie l'entourait de ses bras.

« Marie ! ma fille à bord ! s'écria-t-il.

– La femme peut bien aller chercher son mari, quand le père s'embarque pour sauver son enfant !

– Malheureuse Marie ! Comment supporteras-tu nos fatigues ? Sais-tu bien que ta présence peut nuire à nos recherches ?

– Non, mon oncle, car je suis forte !

– Qui sait où nous serons entraînés, Marie ! Vois cette carte ! Nous approchons de ces parages si dangereux, même pour nous autres marins endurcis à toutes les fatigues de la mer ! Et toi, faible enfant !

– Mais, mon oncle, je suis d'une famille de marins ! Je suis faite aux récits de combats et de tempêtes ! Je suis près de vous et de mon vieil ami Penellan !

– Penellan ! C'est lui qui t'a cachée à bord !

– Oui, mon oncle, mais seulement quand il a vu que j'étais décidée à le faire sans son aide.

---

5. Abîmé : plongé profondément.

– Penellan ! » cria Jean Cornbutte.

Penellan entra.

« Penellan, il n'y a pas à revenir sur ce qui est fait ; mais souviens-toi que tu es responsable de l'existence de Marie !

– Soyez tranquille, capitaine, répondit Penellan. La petite a force et courage, et elle nous servira d'ange gardien. Et puis, capitaine, vous connaissez mon idée : tout est pour le mieux dans ce monde. »

La jeune fille fut installée dans une cabine, que les matelots disposèrent[6] pour elle en peu d'instants et qu'ils rendirent aussi confortable que possible.

Huit jours plus tard, *La Jeune Hardie* relâchait aux Féroé ; mais les plus minutieuses[7] explorations demeurèrent sans fruit[8]. Aucun naufragé, aucun débris de navire n'avait été recueilli sur les côtes.

La nouvelle même de l'événement y était entièrement inconnue. Le brick reprit donc son voyage, après dix jours de relâche, vers le 10 juin. L'état de la mer était bon, les vents fermes. Le navire fut rapidement poussé vers les côtes de Norvège, qu'il explora sans plus de résultat.

Jean Cornbutte résolut de se rendre à Bodø. Peut-être apprendrait-il là le nom du navire naufragé, au secours duquel s'étaient précipités Louis Cornbutte et ses deux matelots.

Le 30 juin, le brick jetait l'ancre dans ce port.

6. Disposèrent : aménagèrent.
7. Minutieuses : détaillées, précises.
8. Sans fruit : sans résultat.

Là, les autorités remirent à Jean Cornbutte une bouteille trouvée à la côte et qui renfermait un document ainsi conçu :

« Ce 26 avril, à bord du *Froöern*, après avoir été accostés par la chaloupe de *La Jeune Hardie*, nous sommes entraînés par les courants vers les glaces ! Dieu ait pitié de nous ! »

Le premier mouvement de Jean Cornbutte fut de remercier le Ciel. Il se croyait sur les traces de son fils ! Ce *Froöern* était une goélette norvégienne dont on n'avait plus de nouvelles, mais qui avait été évidemment entraînée dans le Nord.

Il n'y avait pas à perdre un jour. *La Jeune Hardie* fut aussitôt mise en état d'affronter les périls des mers polaires. Fidèle Misonne, le charpentier, la visita scrupuleusement et s'assura que sa construction solide pourrait résister au choc des glaçons[9].

Par les soins de Penellan, qui avait déjà fait la pêche de la baleine dans les mers arctiques[10], des couvertures de laine, des vêtements fourrés, de nombreux mocassins[11] en peau de phoque et le bois nécessaire à la fabrication de traîneaux destinés à courir sur les plaines de glace furent embarqués à bord. On augmenta, sur une grande proportion, les approvisionnements d'esprit-de-vin[12] et de charbon de terre[13], car il était possible que l'on fût forcé d'hiverner[14] sur quelque point de la côte groenlandaise.

---

9. Glaçons : icebergs.
10. Arctiques : proches du pôle Nord.
11. Mocassins : chaussures.
12. Esprit-de-vin : sorte d'alcool à brûler.
13. Charbon de terre : charbon.
14. Hiverner : passer l'hiver.

On se procura également, à grand prix et à grand-peine, une certaine quantité de citrons, destinés à prévenir ou guérir le scorbut[15], cette terrible maladie qui décime[16] les équipages dans les régions glacées. Toutes les provisions de viandes salées, de biscuits, d'eau-de-vie, augmentées dans une prudente mesure, commencèrent à emplir une partie de la cale[17] du brick, car la cambuse[18] n'y pouvait plus suffire. On se munit également d'une grande quantité de pemmican, préparation indienne qui concentre beaucoup d'éléments nutritifs sous un petit volume.

D'après les ordres de Jean Cornbutte, on embarqua à bord de *La Jeune Hardie* des scies, destinées à couper les champs de glace, ainsi que des piques et des coins propres à les séparer. Le capitaine se réserva de prendre, sur la côte groenlandaise, les chiens nécessaires au tirage des traîneaux.

Tout l'équipage fut employé à ces préparatifs et déploya une grande activité. Les matelots Aupic, Gervique et Gradlin suivaient avec empressement les conseils du timonier Penellan, qui, dès ce moment, les engagea à ne point s'habituer aux vêtements de laine, quoique la température fût déjà basse sous ces latitudes, situées au-dessus du cercle polaire.

Penellan observait, sans en rien dire, les moindres actions d'André Vasling. Cet homme, Hollandais d'origine,

15. Scorbut : maladie mortelle due à une carence de vitamine C (voir p. 135).
16. Décime : détruit en grand nombre.
17. Cale : partie la plus basse à l'intérieur de la partie immergée d'un navire.
18. Cambuse : pièce du navire où sont conservées les viandes et les réserves de nourriture.

venait on ne sait d'où, et, bon marin du reste, il avait fait deux voyages à bord de *La Jeune Hardie*. Penellan ne pouvait encore lui rien reprocher, si ce n'est d'être trop empressé auprès de Marie ; mais il le surveillait de près.

Grâce à l'activité de l'équipage, le brick fut armé[19] vers le 16 juillet, quinze jours après son arrivée à Bodø. C'était alors l'époque favorable pour tenter des explorations dans les mers arctiques. Le dégel s'opérait depuis deux mois, et les recherches pouvaient être poussées plus avant. *La Jeune Hardie* appareilla donc et se dirigea sur le cap Brewster, situé sur la côte orientale du Groenland, par le soixante-dixième degré de latitude[20].

Chapitre 4
Dans les passes[21]

Vers le 23 juillet, un reflet, élevé au-dessus de la mer, annonça les premiers bancs[22] de glace qui, sortant alors du détroit de Davis, se précipitaient dans l'Océan. À partir de ce moment, une surveillance très active fut recommandée aux vigies[23], car il importait de ne point se heurter à ces masses énormes.

L'équipage fut divisé en deux quarts[24] : le premier fut composé de Fidèle Misonne, de Gradlin et de Gervique ; le

19. Armé : équipé.
20. Latitude : position nord ou sud par rapport à l'Équateur. Le soixante-dizième degré de latitude se trouve au-delà du cercle polaire.
21. Passe : étroit passage navigable.
22. Bancs : masses de glace d'une grande étendue, flottantes et presque immobiles.
23. Vigie : guetteur, sentinelle.
24. Quarts : groupes (voir « Le saviez-vous ? » p. 63).

« André Vasling se montrait plus empressé que jamais. »

second, d'André Vasling, d'Aupic et de Penellan. Ces quarts ne devaient durer que deux heures, car, sous ces froides régions, la force de l'homme est diminuée de moitié. Bien que *La Jeune Hardie* ne fût encore que par le soixante-troisième degré de latitude, le thermomètre marquait déjà neuf degrés centigrades au-dessous de zéro.

La pluie et la neige tombaient souvent en abondance. Pendant les éclaircies, quand le vent ne soufflait pas trop violemment, Marie demeurait sur le pont, et ses yeux s'accoutumaient à ces rudes scènes des mers polaires.

Le 1er août, elle se promenait à l'arrière du brick et causait avec son oncle, André Vasling et Penellan. *La Jeune Hardie* entrait alors dans une passe large de trois milles[25], à travers laquelle des trains de glaçons brisés descendaient rapidement vers le sud.

« Quand apercevrons-nous la terre ? demanda la jeune fille.

– Dans trois ou quatre jours au plus tard, répondit Jean Cornbutte.

– Mais y trouverons-nous de nouveaux indices du passage de mon pauvre Louis ?

– Peut-être, ma fille ; mais je crains bien que nous ne soyons encore loin du terme de notre voyage. Il est à craindre que le *Froöern* n'ait été entraîné plus au nord.

– Cela doit être, ajouta André Vasling, car cette bourrasque qui nous a séparés du navire norvégien a duré trois jours, et en trois jours un navire fait bien de la route,

25. Trois milles : environ 5,5 km. Un mille équivaut à 1,852 km (voir p. 14).

quand il est désemparé[26] au point de ne pouvoir résister au vent !

– Permettez-moi de vous dire, monsieur Vasling, riposta Penellan, que c'était au mois d'avril, que le dégel n'était pas commencé alors, et que, par conséquent, le *Froöern* a dû être arrêté promptement par les glaces...

– Et sans doute brisé en mille pièces, répondit le second, puisque son équipage ne pouvait plus manœuvrer !

– Mais ces plaines de glace, répondit Penellan, lui offraient un moyen facile de gagner la terre, dont il ne pouvait être éloigné.

– Espérons ! dit Jean Cornbutte en interrompant une discussion qui se renouvelait journellement entre le second et le timonier. Je crois que nous verrons la terre avant peu.

– La voilà ! s'écria Marie. Voyez ces montagnes !

– Non, mon enfant, répondit Jean Cornbutte. Ce sont des montagnes de glace, les premières que nous rencontrons. Elles nous broieraient[27] comme du verre, si nous nous laissions prendre entre elles. Penellan et Vasling, veillez à la manœuvre. »

Ces masses flottantes, dont plus de cinquante apparaissaient alors à l'horizon, se rapprochèrent peu à peu du brick. Penellan prit le gouvernail, et Jean Cornbutte, monté sur les barres du petit perroquet[28], indiqua la route à suivre.

26. Désemparé : qui ne peut plus être contrôlé à cause des dégâts subis.
27. Broieraient : écraseraient.
28. Perroquet : voir note 31 p. 21.

Vers le soir, le brick fut tout à fait engagé dans ces écueils[29] mouvants, dont la force d'écrasement est irrésistible. Il s'agissait alors de traverser cette flotte de montagnes, car la prudence commandait de se porter en avant. Une autre difficulté s'ajoutait à ces périls[30] : on ne pouvait constater utilement la direction du navire, tous les points environnants se déplaçant sans cesse et n'offrant aucune perspective stable. L'obscurité s'augmenta bientôt avec le brouillard. Marie descendit dans sa cabine, et, sur l'ordre du capitaine, les huit hommes de l'équipage durent rester sur le pont. Ils étaient armés de longues gaffes[31] garnies de pointes de fer, pour préserver le navire du choc des glaces.

La Jeune Hardie entra bientôt dans une passe si étroite, que souvent l'extrémité de ses vergues[32] fut froissée par les montagnes en dérive, et que ses bouts-dehors[33] durent être rentrés. On fut même obligé d'orienter la grande vergue à toucher les haubans[34]. Heureusement, cette mesure ne fit rien perdre au brick de sa vitesse, car le vent ne pouvait atteindre que les voiles supérieures, et celles-ci suffirent à le pousser rapidement. Grâce à la finesse de sa coque, il s'enfonça dans les vallées qu'emplissaient des tourbillons de pluie, tandis que les glaçons s'entrechoquaient avec de sinistres craquements.

Jean Cornbutte redescendit sur le pont. Ses regards ne pouvaient percer les ténèbres environnantes. Il devint

---

29. Écueils : rochers dangereux pour la navigation.
30. Périls : dangers.
31. Gaffes : perches.
32. Vergues : pièces de bois perpendiculaires au mât sur lesquelles sont fixées les voiles.
33. Bouts-dehors : pièces de bois qui s'ajoutent aux vergues ou à l'avant du navire pour fixer les voiles.
34. Haubans : cordages destinés à soutenir les mâts (voir p. 10).

nécessaire de carguer[35] les voiles hautes, car le navire menaçait de toucher, et, dans ce cas, il eût été perdu.

« Maudit voyage ! grommelait André Vasling au milieu des matelots de l'avant, qui, la gaffe en main, évitaient les chocs les plus menaçants.

– Le fait est que, si nous en échappons, nous devrons une belle chandelle à Notre-Dame des Glaces ! répondit Aupic.

– Qui sait ce qu'il y a de montagnes flottantes à traverser encore ? ajouta le second.

– Et qui se doute de ce que nous trouverons derrière ? reprit le matelot.

– Ne cause donc pas tant, bavard, dit Gervique, et veille à ton bord[36]. Quand nous serons passés, il sera temps de grogner ! Gare à ta gaffe ! »

En ce moment, un énorme bloc de glace, engagé dans l'étroite passe que suivait *La Jeune Hardie*, filait rapidement à contre-bord[37], et il parut impossible de l'éviter, car il barrait toute la largeur du chenal, et le brick se trouvait dans l'impossibilité de virer.

« Sens-tu la barre ? demanda Jean Cornbutte à Penellan.

– Non, capitaine ! Le navire ne gouverne plus !

– Ohé ! garçons, cria le capitaine à son équipage, n'ayez pas peur, et arc-boutez[38] solidement vos gaffes contre le plat-bord[39] ! »

---

35. Carguer : replier et attacher les voiles contre les vergues.
36. Bord : côté du navire (voir bâbord et tribord).
37. À contre-bord : dans le sens contraire au déplacement du navire.
38. Arc-boutez : appuyez.
39. Plat-bord : bordure de bois entourant le pont d'un navire.

Le bloc avait soixante pieds[40] de haut à peu près, et, s'il se jetait sur le brick, le brick était broyé. Il y eut un indéfinissable moment d'angoisse, et l'équipage reflua vers l'arrière, abandonnant son poste, malgré les ordres du capitaine.

Mais, au moment où ce bloc n'était plus qu'à une demi-encablure[41] de *La Jeune Hardie*, un bruit sourd se fit entendre, et une véritable trombe d'eau tomba d'abord sur l'avant du navire, qui s'éleva ensuite sur le dos d'une vague énorme.

Un cri de terreur fut jeté par tous les matelots ; mais quand leurs regards se portèrent vers l'avant, le bloc avait disparu, la passe était libre, et, au-delà, une immense plaine d'eau, éclairée par les derniers rayons du jour, assurait une facile navigation.

« Tout est pour le mieux ! s'écria Penellan. Orientons nos huniers[42] et notre misaine[43] ! »

Un phénomène, très commun dans ces parages, venait de se produire. Lorsque ces masses flottantes se détachent les unes des autres à l'époque du dégel, elles voguent dans un équilibre parfait ; mais en arrivant dans l'Océan, où l'eau est relativement plus chaude, elles ne tardent pas à se miner à leur base, qui se fond peu à peu et qui d'ailleurs est ébranlée par le choc des autres glaçons. Il vient donc un moment où le centre de gravité de ces masses se trouve déplacé, et alors elles culbutent entièrement. Seulement,

40. Soixante pieds : environ 180 m. Un pied mesure à peu près 30 cm (voir p. 14).
41. Demi-encablure : environ 100 m.
42. Huniers : voiles carrées situées au-dessus des basses voiles (voir p. 10).
43. Misaine : mât situé à l'avant du navire (voir p. 10).

si ce bloc se fût retourné deux minutes plus tard, il se précipitait sur le brick et l'effondrait dans sa chute.

Chapitre 5
L'île Liverpool[44]

Le brick voguait alors dans une mer presque entièrement libre. À l'horizon seulement, une lueur blanchâtre, sans mouvement cette fois, indiquait la présence de plaines immobiles.

Jean Cornbutte se dirigeait toujours sur le cap Brewster et s'approchait déjà des régions où la température est excessivement froide, car les rayons du soleil n'y arrivant que très affaiblis par leur obliquité[45].

Le 3 août, le brick se retrouva en présence de glaces immobiles et unies entre elles. Les passes n'avaient souvent qu'une encâblure[46] de largeur, et *La Jeune Hardie* était forcée de faire mille détours qui la présentaient parfois debout au vent.

Penellan s'occupait avec un soin paternel de Marie, et, malgré le froid, il l'obligeait à venir tous les jours passer deux ou trois heures sur le pont, car l'exercice devenait une des conditions indispensables de la santé.

Le courage de Marie, d'ailleurs, ne faiblissait pas. Elle réconfortait même les matelots du brick par ses paroles, et tous éprouvaient pour elle une véritable adoration.

---

44. Île Liverpool : sur la côte est du Groenland, au nord du cap Brewster (voir carte p. 11).
45. Obliquité : le fait d'être oblique.
46. Encâblure : voir p. 14.

André Vasling se montrait plus empressé que jamais, et il recherchait toutes les occasions de s'entretenir avec elle ; mais la jeune fille, par une sorte de pressentiment, n'accueillait ses services qu'avec une certaine froideur. On comprend aisément que l'avenir, bien plus que le présent, était l'objet des conversations d'André Vasling, et qu'il ne cachait pas le peu de probabilités qu'offrait le sauvetage des naufragés. Dans sa pensée, leur perte était maintenant un fait accompli, et la jeune fille devait dès lors remettre entre les mains de quelque autre le soin de son existence.

Cependant, Marie n'avait pas encore compris les projets d'André Vasling, car, au grand ennui de ce dernier, ces conversations ne pouvaient se prolonger. Penellan trouvait toujours moyen d'intervenir et de détruire l'effet des propos d'André Vasling par les paroles d'espoir qu'il faisait entendre.

Marie, d'ailleurs, ne demeurait pas inoccupée. D'après les conseils du timonier, elle prépara ses habits d'hiver, et il fallut qu'elle changeât tout à fait son accoutrement[47]. La coupe de ses vêtements de femme ne convenait pas sous ces latitudes[48] froides. Elle se fit donc une espèce de pantalon fourré, dont les pieds étaient garnis de peau de phoque, et ses jupons étroits ne lui vinrent plus qu'à mi-jambe, afin de n'être pas en contact avec ces couches de neige, dont l'hiver allait couvrir les plaines de glace.

47. Accoutrement : tenue vestimentaire.
48. Latitudes : ici régions.

Une mante[49] en fourrure, étroitement fermée à la taille et garnie d'un capuchon[50], lui protégea le haut du corps.

Dans l'intervalle de leurs travaux, les hommes de l'équipage se confectionnèrent aussi des vêtements capables de les abriter du froid. Ils firent en grande quantité de hautes bottes en peau de phoque, qui devaient leur permettre de traverser impunément[51] les neiges pendant leurs voyages d'exploration. Ils travaillèrent ainsi tout le temps que dura cette navigation dans les passes.

André Vasling, très adroit tireur, abattit plusieurs fois des oiseaux aquatiques, dont les bandes innombrables voltigeaient autour du navire. Une espèce d'eiderducks[52] et des ptarmigans[53] fournirent à l'équipage une chair excellente, qui le reposa des viandes salées.

Enfin le brick, après mille détours, arriva en vue du cap Brewster. Une chaloupe fut mise à la mer. Jean Cornbutte et Penellan gagnèrent la côte, qui était absolument déserte.

Aussitôt, le brick se dirigea sur l'île Liverpool, découverte, en 1821, par le capitaine Scoresby, et l'équipage poussa des acclamations, en voyant les naturels[54] accourir sur la plage. Les communications s'établirent aussitôt, grâce à quelques mots de leur langue que possédait Penellan et à quelques phrases usuelles, qu'eux-mêmes avaient apprises des baleiniers[55] qui fréquentaient ces parages.

---

49. Mante : vêtement sans manche qui se porte sur les autres vêtements.
50. Capuchon : capuche.
51. Impunément : sans danger.
52. Eiderducks : sortes de canards.
53. Ptarmigans : lagopèdes, perdrix des neiges.
54. Naturels : habitants originaires du pays ou de la région dont il est question.
55. Baleiniers : chasseurs de baleines.

Ces Groenlandais étaient petits et trapus ; leur taille ne dépassait pas quatre pieds dix pouces[56]. Ils avaient le teint rougeâtre, la face ronde et le front bas ; leurs cheveux, plats et noirs, retombaient sur leur dos. Leurs dents étaient gâtées[57], et ils paraissaient affectés de cette sorte de lèpre[58] particulière aux tribus ichtyophages[59].

En échange de morceaux de fer et de cuivre, dont ils sont extrêmement avides[60], ces pauvres gens apportaient des fourrures d'ours, des peaux de veaux marins, de chiens marins, de loups de mer et de tous ces animaux généralement compris sous le nom de phoques. Jean Cornbutte obtint à très bas prix ces objets, qui allaient devenir pour lui d'une si grande utilité.

Le capitaine fit alors comprendre aux naturels qu'il était à la recherche d'un navire naufragé, et il leur demanda s'ils n'en avaient pas quelques nouvelles. L'un d'eux traça immédiatement sur la neige une sorte de navire et indiqua qu'un bâtiment[61] de cette espèce avait été, il y a trois mois, emporté dans la direction du nord. Il indiqua aussi que le dégel et la rupture des champs de glace les avaient empêchés d'aller à sa découverte ; en effet, leurs pirogues[62] fort légères, qu'ils manœuvrent à la pagaie, ne pouvaient tenir la mer dans ces conditions.

56. Quatre pieds dix pouces : environ 1,55 m.
57. Gâtées : abîmées.
58. Lèpre : maladie de peau.
59. Tribus ichtyophages : mangeuses de poissons.
60. Dont ils sont extrêmement avides : qu'ils désirent fortement avoir.
61. Bâtiment : navire.
62. Pirogues : petites embarcations, légères, étroites et longues.

Ces nouvelles, quoique imparfaites, ramenèrent l'espérance dans le cœur des matelots, et Jean Cornbutte n'eut pas de peine à les entraîner plus avant dans la mer polaire.

Avant de quitter l'île Liverpool, le capitaine fit emplette[63] d'un attelage de six chiens esquimaux, qui se furent bientôt acclimatés à bord. Le navire leva l'ancre le 10 août au matin, et, par une forte brise, il s'enfonça dans les passes du nord.

On était alors parvenu aux plus longs jours de l'année, c'est-à-dire que, sous ces latitudes élevées, le soleil, qui ne se couchait pas, atteignait le plus haut point des spirales qu'il décrivait au-dessus de l'horizon.

Cette absence totale de nuit n'était pourtant pas très sensible, car la brume, la pluie et la neige entouraient parfois le navire de véritables ténèbres.

Jean Cornbutte, décidé à aller aussi avant que possible, commença à prendre ses mesures d'hygiène. L'entrepont[64] fut parfaitement clos, et chaque matin seulement on prit soin d'en renouveler l'air par des courants. Les poêles furent installés, et les tuyaux disposés de façon à donner le plus de chaleur possible. On recommanda aux hommes de l'équipage de ne porter qu'une chemise de laine pardessus leur chemise de coton, et de fermer hermétiquement leur casaque[65] de peau. Du reste, les feux ne furent pas encore allumés, car il importait de réserver les provisions de bois et de charbon de terre pour les grands froids.

---

63. Fit emplette : acheta.
64. Entrepont : espace situé entre le pont et la cale.
65. Casaque : veste.

Les boissons chaudes, telles que le café et le thé, furent distribuées régulièrement aux matelots matin et soir, et comme il était utile de se nourrir de viandes, on fit la chasse aux canards et aux sarcelles[66], qui abondent dans ces parages.

Jean Cornbutte installa aussi, au sommet du grand mât, un « nid de corneilles », sorte de tonneau défoncé par un bout, dans lequel se tint constamment une vigie[67] pour observer les plaines de glace.

Deux jours après que le brick eut perdu de vue l'île Liverpool, la température se refroidit subitement sous l'influence d'un vent sec. Quelques indices de l'hiver furent aperçus. *La Jeune Hardie* n'avait pas un moment à perdre, car bientôt la route devait lui être absolument fermée. Elle s'avança donc à travers les passes que laissaient entre elles des plaines ayant jusqu'à trente pieds[68] d'épaisseur.

Le 3 septembre au matin, *La Jeune Hardie* parvint à la hauteur de la baie de Gaël-Hamkes[69]. La terre se trouvait alors à trente milles[70] sous le vent. Ce fut la première fois que le brick s'arrêta devant un banc de glace qui ne lui offrait aucun passage et qui mesurait au moins un mille[71] de largeur. Il fallut donc employer les scies pour couper la glace. Penellan, Aupic, Gradlin et Turquiette furent préposés à la manœuvre de ces scies, qu'on avait installées en

---

66. Sarcelles : oiseaux aquatiques, proches du canard.
67. Vigie : guetteur, sentinelle.
68. Trente pieds : environ 10 m.
69. Baie de Gaël-Hamkes : au nord de l'île Liverpool (voir p. 11).
70. Trente milles : 55,56 km.
71. Un mille : 1 852 m.

dehors du navire. Le tracé des coupures fut fait de telle sorte que le courant pût emporter les glaçons détachés du banc. Tout l'équipage réuni mit près de vingt heures à ce travail. Les hommes éprouvaient une peine extrême à se maintenir sur la glace ; souvent ils étaient forcés de se mettre dans l'eau jusqu'à mi-corps, et leurs vêtements de peau de phoque ne les préservaient que très imparfaitement de l'humidité.

D'ailleurs, sous ces latitudes élevées, tout travail excessif est bientôt suivi d'une fatigue absolue, car la respiration manque promptement, et le plus robuste est forcé de s'arrêter souvent.

Enfin, la navigation redevint libre, et le brick fut remorqué au-delà du banc qui l'avait si longtemps retenu.

QUESTIONS SUR LE TEXTE 3

AI-JE BIEN LU ?

1 **a.** Quel personnage a embarqué à bord de *La Jeune Hardie* en cachette ?
b. Qui est chargé de s'en occuper ?
2 À deux reprises Jean Cornbutte a des nouvelles de son fils. Lesquelles ? Comment les obtient-il ?
3 **a.** Dans quelle direction *La Jeune Hardie* s'engage-t-elle ?
b. Quel principal danger doit-elle affronter ?

J'ANALYSE LE TEXTE

Le cadre et la chronologie

4 Retrouvez les différentes étapes de l'expédition en complétant le tableau.

22 mai	Départ de *La Jeune Hardie* du port de Dunkerque
30 mai – 9 juin	
	Départ des îles Féroé
	Arrivée à Bodø (Norvège)
16 juillet	
23 juillet	
	La Jeune Hardie est prise au milieu des icebergs
10 août	
3 septembre	

5 Pourquoi est-il important que *La Jeune Hardie* aille le plus vite possible vers le nord ?

Les préparatifs de l'expédition

6 Quels types d'approvisionnements sont faits à Bodø (ch. 3) ?

7 Quels vêtements les personnages prévoient-ils pour affronter le froid ?

8 **a.** Quels produits Jean Cornbutte échange-t-il avec les Groenlandais (l. 338-375) ?

b. Quels animaux se procure-t-il ? Pourquoi selon vous ?

Les dangers et les difficultés

— Le froid

9 **a.** Quelle température fait-il quand le navire aborde la zone des icebergs (début du ch. 4) ? À quel moment chute-t-elle davantage (l. 403-407) ?

b. Quel effet le grand froid produit-il sur les hommes ?

c. Comment luttent-ils contre ce froid (l. 383-398) ?

— Les icebergs et les bancs de glace

10 **a.** Comment les marins écartent-ils les premiers icebergs qu'ils trouvent sur leur route (l. 205-207) ?

b. L'iceberg le plus dangereux pour *La Jeune Hardie* disparaît-il grâce à l'action des hommes (fin du ch. 4) ?

11 **a.** Devant quel nouveau danger les marins se trouvent-ils lorsqu'ils arrivent à la hauteur de la baie de Gaël-Hamkes (l. 412) ?

b. Comment le surmontent-ils ? La tâche a-t-elle été difficile ? Justifiez votre réponse.

Les personnages : Marie et Vasling

— Marie

12 **a.** Comment Marie se comporte-t-elle à bord ?

b. Les craintes de Cornbutte exprimées quand il l'a découverte sur le navire se sont-elles réalisées ?

QUESTIONS SUR LE TEXTE 3

13 **a.** Quelle attitude Marie a-t-elle à l'égard de Vasling (l. 294-297) ?
b. A-t-elle compris ses projets ? Pourquoi (l. 305-310) ?

André Vasling

14 **a.** Par quelle qualité Vasling se fait-il apprécier de l'équipage (l. 329-333) ?
b. Quel seul reproche Penellan peut-il lui faire ?

15 Repérez à quelles occasions :
– il essaie d'entraîner Jean Cornbutte sur la mauvaise voie ;
– il fait savoir qu'il ne croit pas à la survie de Louis. Citez le texte.

16 Sur quels points entre-t-il en conflit avec Penellan (l. 163-179) ?

Un roman à dimension scientifique

Jules Verne introduit habilement, au sein d'**aventures périlleuses**, des explications scientifiques qui participent à la **construction romanesque** et constituent un ressort de l'intrigue.

17 **a.** Quelle explication le narrateur fournit-il à la fin du chapitre 4 ?
b. Quelle hypothèse formule-t-il dans la dernière phrase ? Quel effet cherche-t-il à produire sur le lecteur ?

Je formule mes impressions

18 Auriez-vous aimé faire partie de cette expédition en zone polaire ou bien préfèreriez-vous affronter le soleil brûlant des tropiques ?

J'ÉTUDIE LA LANGUE

Grammaire : du discours indirect au discours direct

Le **discours direct** est caractérisé par l'utilisation :
- des pronoms des 1re et 2e personnes qui désignent les interlocuteurs ;
- des temps du discours (présent temps de référence, passé composé, imparfait, futur...) ;
- de tirets qui signalent les changements d'interlocuteurs ;
- des verbes de parole qui indiquent qui parle (*dit-il*...).

19 Transcrivez au discours direct l'échange entre le capitaine et les naturels (l. 358-367).

Vocabulaire : les racines grecques et latines *-phage* et *-vore*

« Ils paraissaient affectés de cette forme de lèpre particulière aux tribus ichtyophages » (l. 349-350).
Les racines -vore et -phage se réfèrent au régime alimentaire et signifient : « qui mange ».

20 Dites ce que mangent les êtres :
a. herbivores. **b.** frugivores. **c.** carnivores. **d.** omnivores. **e.** piscivores. **f.** insectivores. **g.** anthropophages. **h.** hippophages.

La signification de la racine peut être prise au sens figuré.

21 Qu'est-ce qu'une activité chronophage ?

QUESTIONS SUR LE TEXTE 3

J'ÉCRIS

Imaginer une autre situation romanesque

22 Et si l'expédition était partie rechercher Louis dans un lieu désertique où la chaleur est brûlante ? Imaginez un épisode.

CONSIGNES D'ÉCRITURE
- Évoquez les difficultés dues au cadre et aux conditions climatiques (champ lexical de la chaleur et de la sécheresse).
- Imaginez une trace qu'aurait pu laisser Louis de son passage.
- Racontez un danger que les membres de l'expédition ont surmonté.

JE DÉBATS

23 Au début de ce passage, Jean Cornbutte dit à Marie qu'elle ne supportera pas les fatigues et les dangers du voyage. Il l'appelle « Faible enfant ! »
Pensez-vous, comme lui, que les femmes ne peuvent pas affronter les mêmes difficultés et les mêmes épreuves que les hommes ? Pour appuyer votre position, donnez des exemples empruntés au monde qui vous entoure.

LE SAVIEZ-VOUS ?

Coordonnées géographiques, navigation et géolocalisation

La latitude indique un positionnement nord-sud qui varie de 0° à l'équateur à 90° aux pôles. Les points situés à la même latitude se situent sur une ligne imaginaire appelée « parallèle », parallèle à l'équateur.

La longitude indique un positionnement est-ouest qui varie de 0 à 180° ouest et de 0 à 180° est à partir du méridien de Greenwich. Un méridien est une ligne imaginaire qui relie les deux pôles en coupant l'équateur à angle droit. Le méridien de Greenwich a été choisi comme méridien de référence ou premier méridien. La longitude y est égale à 0° ; il passe à travers l'Observatoire royal de Greenwich (banlieue de Londres).
Pour se diriger, les navigateurs ont besoin de savoir dans quelle direction ils vont (utilisation de la boussole) et où ils sont : ils font le point en se basant sur des repères situés sur la côte et surtout sur l'observation des astres (soleil, lune, étoiles) à l'aide d'un instrument appelé sextant.
Actuellement, grâce au système GPS (*Global Positionning System*) qui utilise vingt-quatre satellites, l'usager peut connaître sa position calculée par les signaux envoyés par quatre satellites du système.

La vie à bord

La bonne marche d'un voyage a toujours dépendu de l'ordre qui règne sur le navire. Les marins étaient divisés en deux groupes ou « quarts ». Toutes les quatre heures, ils se relayaient pour leur tour de travail. Pendant ce temps, les autres se reposaient.
Les hommes de quart accomplissaient des tâches telles que nettoyer le pont, hisser les voiles, tresser les cordages. Le maître d'équipage surveillait tout le monde et transmettait les ordres qu'il recevait du commandant.
Le repas type du marin se composait d'aliments secs (biscuits, viande séchée, fromage, riz, amandes, raisins secs), d'eau et de vin. Les fruits et les légumes frais ne se conservaient pas à bord, c'est pourquoi la vitamine C faisait cruellement défaut. Les marins étaient souvent atteints de scorbut qui pouvait les mener à la mort (voir p. 135).

« Le moment de l'hivernage était donc venu »

Chapitre 6
Le tremblement de glaces

Pendant quelques jours encore, *La Jeune Hardie* lutta contre d'insurmontables obstacles. L'équipage eut presque toujours la scie à la main ; souvent même on fut forcé d'employer la poudre pour faire sauter les énormes blocs de glace qui coupaient le chemin.

Le 12 septembre, la mer n'offrit plus qu'une plaine solide, sans issue, sans passe, qui entourait le navire de tous côtés, de sorte qu'il ne pouvait ni avancer ni reculer. La température se maintenait, en moyenne, à seize degrés au-dessous de zéro. Le moment de l'hivernage[1] était donc venu, et la saison d'hiver arrivait avec ses souffrances et ses dangers.

La Jeune Hardie se trouvait alors à peu près par le vingt et unième degré de longitude ouest et le soixante-seizième degré de latitude nord, à l'entrée de la baie de Gaël-Hamkes.

Jean Cornbutte fit ses premiers préparatifs d'hivernage. Il s'occupa d'abord de trouver une crique[2] dont la

1. **Hivernage :** fait de passer l'hiver sans naviguer.
2. **Crique :** petite baie, formant un port naturel.

« La mer n'offrait plus qu'une plaine solide. »

position mît son navire à l'abri des coups de vent et des grandes débâcles[3]. La terre, qui devait être à une dizaine de milles[4] dans l'ouest, pouvait seule lui offrir de sûrs abris, qu'il résolut d'aller reconnaître.

Le 12 septembre, il se mit en marche, accompagné d'André Vasling, de Penellan et des deux matelots Gradlin et Turquiette. Chacun portait des provisions pour deux jours, car il n'était pas probable que leur excursion se prolongeât au-delà, et ils s'étaient munis de peaux de buffle, sur lesquelles ils devaient se coucher.

3. Débâcles : fontes des neiges au printemps ; de gros blocs de glace se brisent et dérivent, risquant de briser les navires.
4. Une dizaine de milles : environ 18 km.

La neige, qui avait tombé en grande abondance et dont la surface n'était pas gelée, les retarda considérablement. Ils enfonçaient souvent jusqu'à mi-corps, et ne pouvaient, d'ailleurs, s'avancer qu'avec une extrême prudence, s'ils ne voulaient pas tomber dans les crevasses[5]. Penellan, qui marchait en tête, sondait[6] soigneusement chaque dépression[7] du sol avec son bâton ferré.

Vers les cinq heures du soir, la brume commença à s'épaissir, et la petite troupe dut s'arrêter. Penellan s'occupa de chercher un glaçon qui pût les abriter du vent ; après s'être un peu restaurés, tout en regrettant de ne pas avoir quelque chaude boisson, ils étendirent leur peau de buffle sur la neige, s'en enveloppèrent, se serrèrent les uns près des autres, et le sommeil l'emporta bientôt sur la fatigue.

Le lendemain matin, Jean Cornbutte et ses compagnons étaient ensevelis sous une couche de neige de plus d'un pied[8] d'épaisseur. Heureusement leurs peaux, parfaitement imperméables, les avaient préservés, et cette neige avait même contribué à conserver leur propre chaleur, qu'elle empêchait de rayonner[9] au-dehors.

Jean Cornbutte donna aussitôt le signal du départ, et, vers midi, ses compagnons et lui aperçurent enfin la côte, qu'ils eurent d'abord quelque peine à distinguer. De hauts blocs de glace, taillés perpendiculairement, se dressaient sur le rivage ; leurs sommets variés, de toutes formes et

5. Crevasses : fentes qui traversent la glace.
6. Sondait : cherchait à déterminer la profondeur.
7. Dépression : creux, trou.
8. De plus d'un pied : de plus de 30 cm.
9. Rayonner : se répandre.

de toutes tailles, reproduisaient en grand les phénomènes de la cristallisation[10]. Des myriades d'oiseaux aquatiques s'envolèrent à l'approche des marins, et les phoques, qui étaient étendus paresseusement sur la glace, plongèrent avec précipitation.

« Ma foi ! dit Penellan, nous ne manquerons ni de fourrures ni de gibier !

– Ces animaux-là, répondit Jean Cornbutte, ont l'air d'avoir reçu déjà la visite des hommes, car, dans des parages entièrement inhabités, ils ne seraient pas si sauvages.

– Il n'y a que des Groenlandais qui fréquentent ces terres, répliqua André Vasling.

– Je ne vois cependant aucune trace de leur passage, ni le moindre campement, ni la moindre hutte ! répondit Penellan, en gravissant un pic élevé. – Ohé ! capitaine, s'écria-t-il, venez donc ! J'aperçois une pointe de terre qui nous préservera joliment des vents du nord-est.

– Par ici, mes enfants », dit Jean Cornbutte.

Ses compagnons le suivirent, et tous rejoignirent bientôt Penellan. Le marin avait dit vrai. Une pointe de terre assez élevée s'avançait comme un promontoire[11], et, en se recourbant vers la côte, elle formait une petite baie d'un mille[12] de profondeur au plus. Quelques glaces mouvantes, brisées par cette pointe, flottaient au milieu, et la mer, abritée contre les vents les plus froids, ne se trouvait pas encore entièrement prise.

10. Cristallisation : formation de cristaux.
11. Promontoire : pointe de terre qui s'avance dans la mer.
12. Un mille : 1 852 m.

Ce lieu d'hivernage était excellent. Restait à y conduire le navire. Or, Jean Cornbutte remarqua que la plaine de glace avoisinante était d'une grande épaisseur ; il paraissait fort difficile, dès lors, de creuser un canal pour conduire le brick à sa destination. Il fallait donc chercher quelque autre crique ; mais ce fut en vain que Jean Cornbutte s'avança vers le nord. La côte restait droite et abrupte[13] sur une grande longueur, et, au-delà de la pointe, elle se trouvait directement exposée aux coups de vent de l'est. Cette circonstance déconcerta[14] le capitaine, d'autant plus qu'André Vasling fit valoir combien la situation était mauvaise en s'appuyant sur des raisons péremptoires[15]. Penellan eut beaucoup de peine à se prouver à lui-même que, dans cette conjoncture[16], tout fût pour le mieux.

Le brick n'avait donc plus que la chance de trouver un lieu d'hivernage sur la partie méridionale[17] de la côte. C'était revenir sur ses pas, mais il n'y avait pas à hésiter. La petite troupe reprit donc le chemin du navire et marcha rapidement, car les vivres[18] commençaient à manquer. Jean Cornbutte chercha, tout le long de la route, quelque passe qui fût praticable, ou au moins quelque fissure qui permit de creuser un canal à travers la plaine de glace, mais en vain.

Vers le soir, les marins arrivèrent près du glaçon où ils avaient campé pendant l'autre nuit. La journée s'était

---

13. Abrupte : quasi-verticale.
14. Déconcerta : troubla.
15. Péremptoires : qui excluent toute discussion.
16. Conjoncture : situation.
17. Méridionale : située au sud.
18. Vivres : nourriture.

passée sans neige, et ils purent encore reconnaître l'empreinte de leurs corps sur la glace. Tout était donc disposé pour leur coucher, et ils s'étendirent sur leur peau de buffle.

Penellan, très contrarié de l'insuccès de son exploration, dormait assez mal, quand, dans un moment d'insomnie, son attention fut attirée par un roulement sourd. Il prêta l'oreille à ce bruit, et ce roulement lui parut tellement étrange, qu'il poussa du coude Jean Cornbutte.

« Qu'est-ce que c'est ? demanda celui-ci, qui, suivant l'habitude du marin, eut l'intelligence aussi rapidement éveillée que le corps.

– Écoutez, capitaine ! » répondit Penellan.

Le bruit augmentait avec une violence sensible.

« Ce ne peut être le tonnerre, sous une latitude si élevée ! dit Jean Cornbutte en se levant.

– Je crois que nous avons plutôt affaire à une bande d'ours blancs ! répondit Penellan.

– Diable ! nous n'en avons pas encore aperçu, cependant.

– Un peu plus tôt, un peu plus tard, répondit Penellan, nous devons nous attendre à leur visite. Commençons par bien les recevoir. »

Penellan, armé d'un fusil, gravit lestement[19] le bloc qui les abritait. L'obscurité étant fort épaisse et le temps couvert, il ne put rien découvrir ; mais un incident nouveau lui prouva bientôt que la cause de ce bruit ne

19. Lestement : avec souplesse et rapidité.

venait pas des environs. Jean Cornbutte le rejoignit, et ils remarquèrent avec effroi que ce roulement, dont l'intensité réveilla leurs compagnons, se produisait sous leurs pieds.

Un péril d'une nouvelle sorte venait les menacer. À ce bruit, qui ressembla bientôt aux éclats du tonnerre, se joignit un mouvement d'ondulation[20] très prononcé du champ de glace. Plusieurs matelots perdirent l'équilibre et tombèrent.

« Attention ! cria Penellan.

– Oui ! lui répondit-on.

– Turquiette ! Gradlin ! Où êtes-vous ?

– Me voici ! répondit Turquiette, secouant la neige dont il était couvert.

– Par ici, Vasling, cria Jean Cornbutte au second. Et Gradlin ?

– Présent, capitaine !... Mais nous sommes perdus ! s'écria Gradlin avec effroi.

– Eh non ! fit Penellan. Nous sommes peut-être sauvés ! »

À peine achevait-il ces mots, qu'un craquement effroyable se fit entendre. La plaine de glace se brisa tout entière, et les matelots durent se cramponner au bloc qui oscillait[21] auprès d'eux. En dépit des paroles du timonier, ils se trouvaient dans une position excessivement périlleuse, car un tremblement venait de se produire. Les glaçons venaient « de lever l'ancre », suivant l'expression

20. Ondulation : mouvement qui forme une série de courbes.
21. Oscillait : se déplaçait dans un mouvement de va-et-vient.

des marins. Ce mouvement dura près de deux minutes, et il était à craindre qu'une crevasse ne s'ouvrit sous les pieds même des malheureux matelots ! Aussi attendirent-ils le jour au milieu de transes[22] continuelles, car ils ne pouvaient, sous peine de périr, se hasarder[23] à faire un pas, et ils demeurèrent étendus tout de leur long pour éviter d'être engloutis.

Aux premières lueurs du jour, un tableau tout différent s'offrit à leurs yeux. La vaste plaine, unie la veille, se trouvait disjointe en mille endroits, et les flots, soulevés par quelque commotion[24] sous-marine, avaient brisé la couche épaisse qui les recouvrait.

La pensée de son brick se présenta à l'esprit de Jean Cornbutte.

« Mon pauvre navire ! s'écria-t-il. Il doit être perdu ! »

Le plus sombre désespoir commença à se peindre sur la figure de ses compagnons. La perte du navire entraînait inévitablement leur mort prochaine.

« Courage ! mes amis, reprit Penellan. Songez donc que le tremblement de cette nuit nous a ouvert un chemin à travers les glaces, qui permettra de conduire notre brick à la baie d'hivernage ! Eh ! tenez, je ne me trompe pas ! *La Jeune Hardie*, la voilà, plus rapprochée de nous d'un mille ! »

Tous se précipitèrent en avant, et si imprudemment, que Turquiette glissa dans une fissure et eût infailliblement péri, si Jean Cornbutte ne l'eût rattrapé par son capuchon. Il en fut quitte pour un bain un peu froid.

22. **Transes :** très vives inquiétudes.
23. **Se hasarder :** se risquer.
24. **Commotion :** secousse, ébranlement.

Effectivement, le brick flottait à deux milles au vent[25]. Après des peines infinies, la petite troupe l'atteignit. Le brick était en bon état ; mais son gouvernail, que l'on avait négligé d'enlever, avait été brisé par les glaces.

Chapitre 7
Les installations de l'hivernage

Penellan avait encore une fois raison : tout était pour le mieux, et ce tremblement de glaces avait ouvert au navire une route praticable jusqu'à la baie. Les marins n'eurent plus qu'à disposer habilement des courants pour y diriger les glaçons de manière à se frayer une route.

Le 19 septembre, le brick fut enfin établi, à deux encâblures[26] de terre, dans sa baie d'hivernage, et solidement ancré sur un bon fond. Dès le jour suivant, la glace s'était déjà formée autour de sa coque ; bientôt elle devint assez forte pour supporter le poids d'un homme, et la communication put s'établir directement avec la terre.

Suivant l'habitude des navigateurs arctiques, le gréement[27] resta tel qu'il était ; les voiles furent soigneusement repliées sur les vergues et garnies de leur étui, et le nid de corneilles demeura en place, autant pour permettre d'observer au loin que pour attirer l'attention sur le navire.

Déjà le soleil s'élevait à peine au-dessus de l'horizon. Depuis le solstice de juin[28], les spirales qu'il avait décrites

25. À deux milles au vent : à environ 3,5 km dans la direction d'où souffle le vent.
26. Deux encâblures : environ 400 m.
27. Gréement : ensemble des mâts et des voiles.
28. Solstice de juin : 21 ou 22 juin.

s'étaient de plus en plus abaissées, et bientôt il devait disparaître tout à fait.

L'équipage se hâta de faire ses préparatifs ; Penellan en fut le grand ordonnateur[29]. La glace se fut bientôt épaissie autour du navire, et il était à craindre que sa pression ne fût dangereuse ; mais Penellan attendit que, par suite du va-et-vient des glaçons flottants et de leur adhérence, elle eût atteint une vingtaine de pieds d'épaisseur. Il la fit alors tailler en biseau[30] autour de la coque, si bien qu'elle se rejoignit sous le navire, dont elle prit la forme ; enclavé[31] dans un lit, le brick n'eut plus à craindre dès lors la pression des glaces, qui ne pouvaient faire aucun mouvement.

Les marins élevèrent ensuite le long des préceintes[32], et jusqu'à la hauteur des bastingages[33], une muraille de neige de cinq à six pieds d'épaisseur[34], qui ne tarda pas à se durcir comme un roc. Cette enveloppe ne permettait pas à la chaleur intérieure de rayonner au dehors. Une tente en toile, recouverte de peaux et hermétiquement fermée, fut étendue sur toute la longueur du pont et forma une espèce de promenoir pour l'équipage.

On construisit également à terre un magasin de neige, dans lequel on entassa les objets qui embarrassaient le navire. Les cloisons des cabines furent démontées de manière à ne plus former qu'une vaste chambre à l'avant comme à l'arrière. Cette pièce unique était, d'ailleurs, plus

---

29. Ordonnateur : organisateur.
30. En biseau : en angle aigu, en oblique.
31. Enclavé : enfermé.
32. Préceintes : ceintures de bois très solides tout autour du bateau.
33. Bastingages : barrière (garde-fous) bordant le pont d'un navire.
34. Cinq à six pieds d'épaisseur : entre 1,5 et 2 m.

facile à réchauffer, car la glace et l'humidité trouvaient moins de coins pour s'y blottir. Il fut également plus aisé de l'aérer convenablement, au moyen de manches[35] en toile qui s'ouvraient au dehors.

Chacun déploya une extrême activité dans ces divers préparatifs, et, vers le 25 septembre, ils furent entièrement terminés. André Vasling ne s'était pas montré le moins habile à ces divers aménagements. Il déploya surtout un empressement trop grand à s'occuper de la jeune fille, et, si celle-ci, toute à la pensée de son pauvre Louis, ne s'en aperçut pas, Jean Cornbutte comprit bientôt ce qui en était. Il en causa avec Penellan ; il se rappela plusieurs circonstances qui l'éclairèrent tout à fait sur les intentions de son second : André Vasling aimait Marie et comptait la demander à son oncle, dès qu'il ne serait plus permis de douter de la mort des naufragés ; on s'en retournerait alors à Dunkerque, et André Vasling s'accommoderait très bien d'épouser une fille jolie et riche, qui serait l'unique héritière de Jean Cornbutte.

Seulement, dans son impatience, André Vasling manqua souvent d'habileté ; il avait plusieurs fois déclaré inutiles les recherches entreprises pour retrouver les naufragés, et souvent un indice nouveau venait lui donner un démenti[36], que Penellan prenait du plaisir à faire ressortir. Aussi le second détestait-il cordialement le timonier, qui le lui rendait avec du retour. Ce dernier ne craignait qu'une chose, c'était qu'André Vasling ne parvînt à jeter

35. Manches : tubes.
36. Donner un démenti : montrer que ce qu'il disait était faux.

quelque germe de dissension[37] dans l'équipage, et il engagea Jean Cornbutte à ne lui répondre qu'évasivement[38] à la première occasion.

Lorsque les préparatifs d'hivernage furent terminés, le capitaine prit diverses mesures propres à conserver la santé de son équipage. Tous les matins, les hommes eurent ordre d'aérer les logements et d'essuyer soigneusement les parois intérieures, pour les débarrasser de l'humidité de la nuit. Ils reçurent, matin et soir, du thé ou du café brûlant, ce qui est un des meilleurs cordiaux[39] à employer contre le froid ; puis ils furent divisés en quarts[40] de chasseurs, qui devaient, autant que possible, procurer chaque jour une nourriture fraîche à l'ordinaire du bord.

Chacun dut prendre aussi, tous les jours, un exercice salutaire[41], et ne pas s'exposer sans mouvement à la température, car, par des froids de trente degrés au-dessous de zéro, il pouvait arriver que quelque partie du corps se gelât subitement. On devait, dans ce cas, avoir recours aux frictions de neige, qui seules pouvaient sauver la partie malade.

Penellan recommanda fortement aussi l'usage des ablutions[42] froides, chaque matin. Il fallait un certain courage pour se plonger les mains et la figure dans la neige, que l'on faisait dégeler à l'intérieur. Mais Penellan donna bravement l'exemple, et Marie ne fut pas la dernière à l'imiter.

---

37. Dissension : désaccord, hostilité.
38. Évasivement : de manière imprécise.
39. Cordiaux : remontants.
40. Quarts : groupes qui vont chasser tour à tour.
41. Salutaire : bon pour la santé.
42. Ablutions : actions de se laver.

Jean Cornbutte n'oublia pas non plus les lectures et les prières, car il s'agissait de ne pas laisser dans le cœur place au désespoir ou à l'ennui. Rien n'est plus dangereux sous ces latitudes désolées.

Le ciel, toujours sombre, remplissait l'âme de tristesse. Une neige épaisse, fouettée par des vents violents, ajoutait à l'horreur accoutumée. Le soleil allait disparaître bientôt. Si les nuages n'eussent pas été amoncelés[43] sur la tête des navigateurs, ils auraient pu jouir de la lumière de la lune, qui allait devenir véritablement leur soleil pendant cette longue nuit des pôles ; mais, avec ces vents d'ouest, la neige ne cessa pas de tomber. Chaque matin, il fallait déblayer les abords du navire et tailler de nouveau dans la glace un escalier qui permît de descendre sur la plaine. On y réussissait facilement avec des couteaux à neige ; une fois les marches découpées, on jetait un peu d'eau à leur surface, et elles se durcissaient immédiatement.

Penellan fit aussi creuser un trou dans la glace, non loin du navire. Tous les jours on brisait la nouvelle croûte qui se formait à sa partie supérieure, et l'eau que l'on y puisait à une certaine profondeur était moins froide qu'à la surface.

Tous ces préparatifs durèrent environ trois semaines. Il fut alors question de pousser les recherches plus avant. Le navire était emprisonné pour six ou sept mois, et le prochain dégel pouvait seul lui ouvrir une nouvelle route à travers les glaces. Il fallait donc profiter de cette immobilité forcée pour diriger des explorations dans le nord.

---

43. Amoncelés : entassés, regroupés.

QUESTIONS SUR LE TEXTE 4

AI-JE BIEN LU ?

1 **a.** Dans quel lieu géographique *La Jeune Hardie* arrive-t-elle le 12 septembre ?

b. Quel est l'état de la mer ?

2 Dans quel but Jean Cornbutte organise-t-il une marche sur la banquise ?

3 **a.** Suite à quel phénomène le brick réussit-il à atteindre sa baie d'hivernage ?

b. Pendant combien de temps y restera-t-il bloqué ?

J'ANALYSE LE TEXTE

Le cadre et la chronologie

4 **a.** Quelle date le narrateur indique-t-il pour la fin des principaux préparatifs d'hivernage ?

b. Précisez la température et le climat.

c. Pourquoi le narrateur parle-t-il de « longue nuit de pôles » (l. 296) ?

Un roman d'aventure : l'hivernage et ses dangers

— La marche sur la banquise

5 Pourquoi le lieu d'hivernage trouvé par Jean Cornbutte est-il « excellent » (l. 81) ?

6 **a.** Quels différents dangers les hommes affrontent-ils lors de leur expédition à pied sur la banquise (ch. 6) ?

b. Quels champs lexicaux vous paraissent dominants dans les lignes 153-166 ?

c. Montrez que c'est parfois l'action de la nature, parfois celle des hommes qui permettent de vaincre les difficultés.

QUESTIONS SUR LE TEXTE 4

— Les préparatifs de l'hivernage

7 **a.** Que font les marins pour empêcher que le navire subisse une trop forte pression des glaces (l. 212-220) ?
b. Quels dispositifs utilisent-ils pour conserver la chaleur à l'intérieur du bateau ?
c. Comment préservent-ils leurs réserves ?
d. Comment se procurent-ils de l'eau ?
e. Quel rôle Penellan joue-t-il dans ces préparatifs ?

8 **a.** Que doivent faire les navigateurs pour lutter contre le froid (ch. 7) ?
b. À quoi doivent-ils veiller également pour préserver leur santé ?

Les dialogues

Le dialogue anime le récit mais il a d'autres fonctions :
– fonction d'**information** (il fait connaître aux lecteurs une situation, un événement) ;
– fonction de **caractérisation** (à travers le dialogue, les personnages se révèlent) ;
– fonction d'**action** (le dialogue permet de faire connaître une décision prise par un personnage, ou d'évoquer une action à venir).

9 Repérez le premier dialogue du chapitre 6.
a. Quelles informations vous donne-t-il ?
b. Trouvez-vous qu'il illustre l'opposition entre Penellan et Vasling ? Justifiez votre réponse.

10 Dans le deuxième dialogue (l. 115-128), comment les paroles des personnages créent-elles du suspense ?

11 **a.** Quelle est la longueur des répliques dans le troisième dialogue (l. 142-152) ? Quel est l'effet produit ?
b. Relevez la phrase qui témoigne de l'optimisme de Penellan.
c. Relevez à la fin du chapitre 6 une autre phrase qui exprime aussi son optimisme.

Étudier un personnage : André Vasling

12 **a.** Quelle attitude Vasling a-t-il à l'égard de Marie ?
b. Quel conseil Penellan donne-t-il à Cornbutte à propos du comportement de Vasling (l. 259-263) ?
c. De quoi Vasling essaie-t-il de convaincre Jean Cornbutte et tout l'équipage ? Qui combat sans arrêt sa position ?
d. Quels sont cependant les aspects positifs de son comportement ?

J'ÉTUDIE LA LANGUE

Grammaire : l'inversion du sujet

Le sujet peut être inversé (placé après le verbe) :
– dans une phrase interrogative : *Que venez-vous faire ici ?*
– dans les propositions incises, après un verbe de parole : *Par ici, Vasling, cria Jean.*
– après un adverbe placé en début de phrase (aussi, peut-être, sans doute...) : *Peut-être le retrouveront-ils. L'apprit-elle jamais.*
– après un complément circonstanciel : *Sur la banquise apparurent des ours blancs.*

13 Repérez le sujet inversé dans chacune des phrases et indiquez ce qui a déterminé son inversion.
– « Me voici ! répondit Turquiette, secouant la neige dont il était couvert. »
– « Turquiette ! Gradlin ! où êtes-vous ? »
– « Aussi attendirent-ils le jour au milieu de transes continuelles. »

QUESTIONS SUR LE TEXTE 4

Vocabulaire : autour du mot « hiver »

14 Le mot « hiver » vient du mot latin *hibernum* : le *b* est devenu *v* et la syllabe finale a disparu (formation populaire).

a. Complétez chacune des phrases suivantes par un mot de la famille d'« hiver ».

– Bien que nous soyons au printemps, aujourd'hui, il fait un froid ....

– Le capitaine de *La Jeune Hardie* cherche un mouillage abrité pour pouvoir ....

– La saison d'............... d'une expédition polaire dure de septembre à mai.

b. Sur la racine latine *hibern-* ont été créés les mots « hiberner », « hibernation », « hibernal ». Introduisez chacun de ces mots dans une phrase de votre composition. Aidez-vous du dictionnaire.

J'ÉCRIS

Écrire un récit à la 1re personne

15 De retour sur son brick, Jean Cornbutte fait à Marie le récit de son expédition.

CONSIGNES D'ÉCRITURE
- Les personnages s'expriment à la 1re personne.
- Appuyez-vous sur le texte de Jules Verne.
- Imaginez les questions et les réactions de Marie.

« Il fut décidé que l'on dirigerait les explorations du côté de l'île Shannon »

Chapitre 8
Plan d'exploration

Le 9 octobre, Jean Cornbutte tint conseil pour dresser le plan de ses opérations, et, afin que la solidarité augmentât le zèle[1] et le courage de chacun, il y admit tout l'équipage. La carte en main, il exposa nettement la situation présente.

La côte orientale du Groenland s'avance perpendiculairement vers le nord. Les découvertes des navigateurs ont donné la limite exacte de ces parages. Dans cet espace de cinq cents lieues[2], qui sépare le Groenland du Spitzberg[3], aucune terre n'avait encore été reconnue. Une seule île, l'île Shannon, se trouvait à une centaine de milles[4] dans le nord de la baie de Gaël-Hamkes, où *La Jeune Hardie* allait hiverner.

Si donc le navire norvégien, suivant toutes les probabilités, avait été entraîné dans cette direction, en supposant qu'il n'eût pu atteindre l'île Shannon, c'était là que Louis Cornbutte et les naufragés avaient dû chercher asile pour l'hiver.

1. **Zèle :** ardeur, empressement, dévouement.
2. **Cinq cents lieues :** 2 800 km environ.
3. **Spitzberg :** archipel au nord-est du Groenland (voir p. 11).
4. **Une centaine de milles :** 185 km environ.

Cet avis prévalut[5] malgré l'opposition d'André Vasling, et il fut décidé que l'on dirigerait les explorations du côté de l'île Shannon.

Les dispositions furent immédiatement commencées. On s'était procuré, sur la côte de Norvège, un traîneau fait à la manière des Esquimaux, construit en planches recourbées à l'avant et à l'arrière, et qui fût propre à glisser sur la neige et sur la glace. Il avait douze pieds de long sur quatre de large[6], et pouvait, en conséquence, porter des provisions pour plusieurs semaines au besoin. Fidèle Misonne l'eut bientôt mis en état, et il y travailla dans le magasin de neige, où ses outils avaient été transportés. Pour la première fois, on établit un poêle à charbon dans ce magasin, car tout travail y eût été impossible sans cela. Le tuyau du poêle sortait par un des murs latéraux, au moyen d'un trou percé dans la neige ; mais il résultait un grave inconvénient de cette disposition, car la chaleur du tuyau faisait fondre peu à peu la neige à l'endroit où il était en contact avec elle, et l'ouverture s'agrandissait sensiblement. Jean Cornbutte imagina d'entourer cette portion du tuyau d'une toile métallique, dont la propriété est d'empêcher la chaleur de passer. Ce qui réussit complétement.

Pendant que Misonne travaillait au traîneau, Penellan, aidé de Marie, préparait les vêtements de rechange pour la route. Les bottes de peau de phoque étaient heureusement en grand nombre. Jean Cornbutte et André Vasling

5. **Prévalut :** l'emporta.
6. **Douze pieds de long sur quatre de large :** environ 4 m de longueur sur 1,3 m de largeur.

« La carte en main, il exposa nettement la situation. »

s'occupèrent des provisions ; ils choisirent un petit baril d'esprit-de-vin, destiné à chauffer un réchaud portatif ; des réserves de thé et de café furent prises en quantité suffisante ; une petite caisse de biscuits, deux cents livres de pemmican[7] et quelques gourdes d'eau-de-vie complétèrent la partie alimentaire. La chasse devait fournir

7. **Pemmican :** voir p.43, l. 104-106.

chaque jour des provisions fraîches. Une certaine quantité de poudre fut divisée dans plusieurs sacs. La boussole, le sextant[8] et la longue-vue furent mis à l'abri de tout choc.

Le 11 octobre, le soleil ne reparut pas au-dessus de l'horizon. On fut obligé d'avoir une lampe continuellement allumée dans le logement de l'équipage. Il n'y avait pas de temps à perdre ; il fallait commencer les explorations, et voici pourquoi :

Au mois de janvier, le froid deviendrait tel qu'il ne serait plus possible de mettre le pied dehors, sans péril pour la vie. Pendant deux mois au moins, l'équipage serait condamné au casernement[9] le plus complet ; puis le dégel commencerait ensuite et se prolongerait jusqu'à l'époque où le navire devrait quitter les glaces. Ce dégel empêcherait forcément toute exploration. D'un autre côté, si Louis Cornbutte et ses compagnons existaient encore, il n'était pas probable qu'ils pussent résister aux rigueurs d'un hiver arctique. Il fallait donc les sauver auparavant, ou tout espoir serait perdu.

André Vasling savait tout cela mieux que personne. Aussi résolut-il d'apporter de nombreux obstacles à cette expédition.

Les préparatifs du voyage furent achevés vers le 20 octobre. Il s'agit alors de choisir les hommes qui en feraient partie. La jeune fille ne devait pas quitter la garde de Jean Cornbutte ou de Penellan. Or, ni l'un ni l'autre ne pouvaient manquer à la caravane.

---

8. Sextant : instrument servant à déterminer la latitude du lieu où l'on se trouve.
9. Casernement : enfermement.

La question fut donc de savoir si Marie pourrait supporter les fatigues d'un pareil voyage. Jusqu'ici elle avait passé par de rudes épreuves, sans trop en souffrir ; c'était une fille de marin, habituée dès son enfance aux fatigues de la mer, et vraiment Penellan ne s'effrayait pas trop de la voir, au milieu de ces climats affreux, luttant contre les dangers des mers polaires.

On décida donc, après de longues discussions, que la jeune fille accompagnerait l'expédition, et qu'il lui serait, au besoin, réservé une place dans le traîneau, sur lequel on construisit une petite hutte en bois, hermétiquement fermée. Quant à Marie, elle fut au comble de ses vœux, car il lui répugnait d'être éloignée de ses deux protecteurs.

L'expédition fut donc ainsi formée : Marie, Jean Cornbutte, Penellan, André Vasling, Aupic et Fidèle Misonne. Alain Turquiette demeura spécialement chargé de la garde du brick, sur lequel restaient Gervique et Gradlin. De nouvelles provisions de toutes sortes furent emportées, car Jean Cornbutte, afin de pousser l'exploration aussi loin que possible, avait résolu de faire des dépôts le long de sa route, tous les sept ou huit jours de marche. Dès que le traîneau fut prêt, on le chargea immédiatement, et il fut recouvert d'une tente de peaux de buffle. Le tout formait un poids d'environ sept cents livres[10], qu'un attelage de cinq chiens pouvait aisément traîner sur la glace.

Le 22 octobre, suivant les prévisions du capitaine, un changement soudain se manifesta dans la température.

10. Sept cents livres : environ 300 kg.

Le ciel s'éclaircit, les étoiles jetèrent un éclat extrêmement vif, et la lune brilla au-dessus de l'horizon pour ne plus le quitter pendant une quinzaine de jours. Le thermomètre était descendu à vingt-cinq degrés au-dessous de zéro.

Le départ fut fixé au lendemain.

Chapitre 9
La maison de neige

Le 23 octobre, à onze heures du matin, par une belle lune, la caravane se mit en marche. Les précautions étaient prises, cette fois, de façon que le voyage pût se prolonger longtemps, s'il le fallait. Jean Cornbutte suivit la côte, en remontant vers le nord. Les pas des marcheurs ne laissaient aucune trace sur cette glace résistante. Aussi Jean Cornbutte fut-il obligé de se guider au moyen de points de repère qu'il choisit au loin ; tantôt il marchait sur une colline toute hérissée de pics, tantôt sur un énorme glaçon que la pression avait soulevé au-dessus de la plaine.

À la première halte, après une quinzaine de milles[11], Penellan fit les préparatifs d'un campement. La tente fut adossée à un bloc de glaces. Marie n'avait pas trop souffert de ce froid rigoureux, car, par bonheur, la brise s'étant calmée, il était beaucoup plus supportable ; mais, plusieurs fois, la jeune fille avait dû descendre de son traîneau pour empêcher que l'engourdissement n'arrêtât

11. **Une quinzaine de milles :** environ 28 km.

chez elle la circulation du sang. D'ailleurs, sa petite hutte, tapissée de peaux par les soins de Penellan, offrait tout le confortable possible.

Quand la nuit, ou plutôt quand le moment du repos arriva, cette petite hutte fut transportée sous la tente, où elle servit de chambre à coucher à la jeune fille. Le repas du soir se composa de viande fraîche, de pemmican et de thé chaud. Jean Cornbutte, pour prévenir les funestes effets du scorbut, fit distribuer à tout son monde quelques gouttes de jus de citron. Puis, tous s'endormirent à la garde de Dieu.

Après huit heures de sommeil, chacun reprit son poste de marche. Un déjeuner substantiel[12] fut fourni aux hommes et aux chiens, puis on partit. La glace, excessivement unie, permettait à ces animaux d'enlever le traîneau avec une grande facilité. Les hommes, quelquefois, avaient de la peine à le suivre.

Mais un mal dont plusieurs marins eurent bientôt à souffrir, ce fut l'éblouissement. Des ophtalmies[13] se déclarèrent chez Aupic et Misonne. La lumière de la lune, frappant sur ces immenses plaines blanches, brûlait la vue et causait aux yeux une cuisson insupportable.

Il se produisait aussi un effet de réfraction[14] excessivement curieux. En marchant, au moment où l'on croyait mettre le pied sur un monticule[15], on tombait plus bas, ce qui occasionnait souvent des chutes, heureusement

---

12. Substantiel : copieux, nourrissant.
13. Ophtalmies : maladies de l'œil.
14. Réfraction : phénomène de déviation des rayons lumineux.
15. Monticule : petite élévation du terrain.

sans gravité, et que Penellan tournait en plaisanterie. Néanmoins il recommanda de ne jamais faire un pas sans sonder le sol avec le bâton ferré dont chacun était muni.

Vers le 1er novembre, dix jours après le départ, la caravane se trouvait à une cinquantaine de lieues[16] dans le nord. La fatigue devenait extrême pour tout le monde. Jean Cornbutte éprouvait des éblouissements terribles, et sa vue s'altérait[17] sensiblement. Aupic et Fidèle Misonne ne marchaient plus qu'en tâtonnant, car leurs yeux, bordés de rouge, semblaient brûlés par la réflexion[18] blanche. Marie avait été préservée de ces accidents par suite de son séjour dans la hutte, qu'elle habitait le plus possible. Penellan, soutenu par un indomptable courage, résistait à toutes ces fatigues. Celui qui, au surplus, se portait le mieux et sur lequel ces douleurs, ce froid, cet éblouissement ne semblaient avoir aucune prise, c'était André Vasling. Son corps de fer était fait à toutes ces fatigues ; il voyait alors avec plaisir le découragement gagner les plus robustes, et il prévoyait déjà le moment prochain où il faudrait revenir en arrière.

Or, le 1er novembre, par suite des fatigues, il devint indispensable de s'arrêter pendant un jour ou deux.

Dès que le lieu du campement fut choisi, on procéda à son installation. On résolut de construire une maison de neige, que l'on appuierait contre une des roches du promontoire. Fidèle Misonne en traça immédiatement les fondements, qui mesuraient quinze pieds de long

16. Une cinquantaine de lieues : environ 200 km.
17. S'altérait : se modifiait en mal, se dégradait.
18. Réflexion : les rayons lumineux sont renvoyés par la surface glacée.

sur cinq de large[19]. Penellan, Aupic, Misonne, à l'aide de leurs couteaux, découpèrent de vastes blocs de glace qu'ils apportèrent au lieu désigné, et ils les dressèrent, comme des maçons eussent fait de murailles en pierre. Bientôt la paroi du fond fut élevée à cinq pieds de hauteur avec une épaisseur à peu près égale, car les matériaux ne manquaient pas, et il importait que l'ouvrage fût assez solide pour durer quelques jours. Les quatre murailles furent terminées en huit heures à peu près ; une porte avait été ménagée du côté du sud, et la toile de la tente, qui fut posée sur ces quatre murailles, retomba du côté de la porte, qu'elle masqua. Il ne s'agissait plus que de recouvrir le tout de larges blocs, destinés à former le toit de cette construction éphémère[20].

Après trois heures d'un travail pénible, la maison fut achevée, et chacun s'y retira, en proie à la fatigue et au découragement. Jean Cornbutte souffrait au point de ne pouvoir faire un seul pas, et André Vasling exploita si bien sa douleur qu'il lui arracha la promesse de ne pas porter ses recherches plus avant dans ces affreuses solitudes.

Penellan ne savait plus à quel saint se vouer. Il trouvait indigne et lâche d'abandonner ses compagnons sur des présomptions sans portée[21]. Aussi cherchait-il à les détruire, mais ce fut en vain.

Cependant, quoique le retour eût été décidé, le repos était devenu si nécessaire que, pendant trois jours, on ne fit aucun préparatif de départ.

---

19. Quinze pieds de long sur cinq de large : environ 5 m de longueur sur 1,5 m de largeur.
20. Éphémère : qui n'est pas destinée à durer.
21. Présomptions sans portée : opinions fondées sur des apparences, non justifiées.

Le 4 novembre, Jean Cornbutte commença à faire enterrer sur un point de la côte les provisions qui ne lui étaient pas nécessaires. Une marque indiqua le dépôt, pour le cas improbable où de nouvelles explorations l'entraîneraient de ce côté.

Tous les quatre jours de marche, il avait laissé de semblables dépôts le long de sa route, – ce qui lui assurait des vivres pour le retour, sans qu'il eût la peine de les transporter sur son traîneau.

Le départ fut fixé à dix heures du matin, le 5 novembre. La tristesse la plus profonde s'était emparée de la petite troupe. Marie avait peine à retenir ses larmes, en voyant son oncle tout découragé. Tant de souffrances inutiles ! tant de travaux perdus ! Penellan, lui, devenait d'une humeur massacrante ; il donnait tout le monde au diable et ne cessait, à chaque occasion, de se fâcher contre la faiblesse et la lâcheté de ses compagnons, plus timides et plus fatigués, disait-il, que Marie, laquelle aurait été au bout du monde sans se plaindre.

André Vasling ne pouvait pas dissimuler le plaisir que lui causait cette détermination[22]. Il se montra plus empressé que jamais près de la jeune fille, à laquelle il fit même espérer que de nouvelles recherches seraient entreprises après l'hiver, sachant bien qu'elles seraient alors trop tardives !

22. Détermination : décision.

QUESTIONS SUR LE TEXTE 5

AI-JE BIEN LU ?

1 Dans quelle direction Jean Cornbutte décide-t-il de mener l'exploration ?

2 De quoi les marins souffrent-ils pendant cette expédition ?

3 Pourquoi les membres de l'expédition construisent-ils une « maison de neige » ?

4 Quelle décision Cornbutte prend-il quant à la poursuite de l'expédition ?

J'ANALYSE LE TEXTE

Le cadre

5 **a.** Rappelez où se trouve la baie d'hivernage du brick *La Jeune Hardie*.

b. Quelle hypothèse Jean Cornbutte fait-il sur la direction qu'a pu prendre le *Froöern* sur lequel Louis a embarqué (l. 14-21) ?

c. Quelles caractéristiques de l'hiver arctique Jean Cornbutte et ses compagnons rencontrent-ils ? Quelle température fait-il ?

6 **a.** Complétez le calendrier suivant en notant la progression de l'expédition.

9 octobre	
11 octobre	
20 octobre	
22 octobre	
23 octobre	
1er novembre	
4 novembre	

QUESTIONS SUR LE TEXTE 5

b. Selon ce calendrier, combien de temps l'expédition dure-t-elle ? Quelle distance les personnages ont-ils parcourue en lieues, puis en kilomètres (l. 159-161) ?

Un roman d'aventure : la marche sur la glace

— Les préparatifs

7 **a.** Comment les hommes ont-ils prévu de circuler sur la glace et de transporter leurs provisions ?
b. Quels vêtements et quelles provisions ont été préparés ?
c. Quels objets sont également nécessaires à l'expédition (l. 52-54) ?

— L'expédition (l. 112-175)

8 **a.** Pourquoi l'expédition doit-elle avoir lieu en octobre-novembre ? Relevez deux explications.
b. Comment les membres de l'expédition organisent-ils leur campement ? Que mangent-ils ?

9 **a.** Quelle maladie les rayons de la lune se réfléchissant sur la glace provoquent-ils ? Qui en souffre ?
b. Quel est l'autre effet lumineux dangereux ? Quel risque fait-il courir aux marcheurs ?

— La pause et la décision du retour

10 Pourquoi l'expédition doit-elle faire une pause (l. 176-199) ?

11 Avec quel matériau les hommes construisent-ils la maison de neige ?

12 **a.** Qui prend la décision du retour ? Sous quelle influence ?
b. Quels arguments Penellan met-il en avant pour s'opposer à cette décision ? Comment qualifie-t-il l'attitude de ses compagnons ?
c. Quel est l'état d'esprit de l'ensemble des membres de l'expédition (l. 219-228) ?

Étudier un personnage : André Vasling

13 **a.** Vasling est-il touché par la fatigue, comme les autres personnages ? Justifiez votre réponse (l. 169-175).
b. Comment s'y prend-il pour convaincre Jean Cornbutte de ne pas poursuivre l'expédition ?

Je formule mes impressions

14 Que pensez-vous du comportement de Vasling ?
15 La décision d'abandonner les recherches vous semble-t-elle justifiée ? Donnez votre point de vue.

J'ÉTUDIE LA LANGUE

Grammaire : l'expression du futur dans un récit au passé

- Pour exprimer une action située dans l'avenir par rapport au temps présent, on utilise le futur simple : *Marie pense que l'on retrouvera Louis.*
- Pour exprimer une action située dans l'avenir par rapport à un temps passé, on utilise la forme en *-rais* ou conditionnel simple : *Marie pensait que l'on retrouverait Louis.*

16 **a.** Réécrivez le passage suivant comme si les explications étaient données par rapport au présent.
« Au mois de janvier, le froid deviendrait tel qu'il ne serait plus possible de mettre le pied dehors, sans péril pour la vie. Pendant deux mois au moins, l'équipage serait condamné au casernement le plus complet ; puis le dégel commencerait ensuite et se prolongerait jusqu'à l'époque où le navire devrait quitter les glaces. Ce dégel empêcherait forcément toute exploration. »
Commencez par : *Au mois de janvier, le froid deviendra tel.*

QUESTIONS SUR LE TEXTE 5

b. Transposez les phrases suivantes aux temps du passé.

– Cornbutte pense que Marie sera capable de faire partie de l'expédition.

– Vasling espère que Cornbutte abandonnera les recherches et fera machine arrière.

Vocabulaire : autour du mot « courage »

17 Le nom « courage » vient du mot « cœur ».

a. Formez l'adjectif et l'adverbe correspondant au nom « courage ».

b. Quel verbe de la famille de « courage » signifie perdre courage ? Quel verbe signifie donner courage ?

c. Trouvez des synonymes de courage :

– br _ v _ _ r e

– vail _ _ _ ce

– hard _ _ _ se

– aud _ _ e

– tém _ _ _ t é

– intr _ _ _ _ _ té

e. Quel est le contraire du courage ?

J'ÉCRIS

Transformer un résumé de paroles en dialogue

18 Réécrivez le passage des lignes 221-234 sous forme d'un dialogue entre Penellan, Marie et Vasling.

CONSIGNES D'ECRITURE

• Utilisez la disposition typographique du dialogue.

• Choisissez les verbes introducteurs (*répliquer, s'écrier*…) et donnez les indications sur le ton adopté ou les gestes qui accompagnent les paroles (*en retenant ses larmes*…).

« Nous sommés enterrés sous cette neige ! »

Chapitre 10
Enterrés vivants

La veille du départ, au moment du souper, Penellan était occupé à briser des caisses vides pour en fourrer les débris dans le poêle, quand il fut suffoqué tout à coup par une fumée épaisse. Au même moment, la maison de neige fut comme ébranlée par un tremblement de terre. Chacun poussa un cri de terreur, et Penellan se précipita au-dehors.

Il faisait une obscurité complète. Une tempête effroyable, car ce n'était pas un dégel, éclatait dans ces parages. Des tourbillons de neige s'abattaient avec une violence extrême, et le froid était tellement excessif que le timonier sentit ses mains se geler rapidement. Il fut obligé de rentrer, après s'être vivement frotté avec de la neige.

« Voici la tempête, dit-il. Fasse le Ciel que notre maison résiste, car si l'ouragan la détruisait, nous serions perdus ! »

En même temps que les rafales[1] se déchaînaient dans l'air, un bruit effroyable se produisait sous le sol glacé ; les glaçons, brisés à la pointe du promontoire, se heurtaient

1. **Rafales :** coups de vent.

avec fracas et se précipitaient les uns sur les autres ; le vent soufflait avec une telle force, qu'il semblait parfois que la maison entière se déplaçait ; des lueurs phosphorescentes[2], inexplicables sous ces latitudes, couraient à travers le tourbillon des neiges.

« Marie, Marie ! s'écria Penellan, en saisissant les mains de la jeune fille.

– Nous voilà mal pris ! dit Fidèle Misonne.

– Et je ne sais si nous en réchapperons ! répliqua Aupic.

– Quittons cette maison de neige ! dit André Vasling.

– C'est impossible ! répondit Penellan. Le froid est épouvantable au dehors, tandis que nous pourrons peut-être le braver en demeurant ici !

– Donnez-moi le thermomètre », dit André Vasling.

Aupic lui passa l'instrument, qui marquait dix degrés au-dessous de zéro, à l'intérieur, bien que le feu fût allumé. André Vasling souleva la toile qui retombait devant l'ouverture et le glissa au-dehors avec précipitation, car il eût été meurtri par des éclats de glace que le vent soulevait et qui se projetaient en une véritable grêle.

« Eh bien, monsieur Vasling, dit Penellan, voulez-vous encore sortir ?... Vous voyez bien que c'est ici que nous sommes le plus en sûreté !

– Oui, ajouta Jean Cornbutte, et nous devons employer tous nos efforts à consolider intérieurement cette maison.

– Mais il est un danger plus terrible encore, qui nous menace ! dit André Vasling.

2. Phosphorescentes : qui émettent de la lumière dans l'obscurité.

– Lequel ? demanda Jean Cornbutte.

– C'est que le vent brise la glace sur laquelle nous reposons, comme il a brisé les glaçons du promontoire, et que nous soyons entraînés ou submergés !

– Cela me parait difficile, répondit Penellan, car il gèle de manière à glacer toutes les surfaces liquides !... Voyons quelle est la température. »

Il souleva la toile de manière à ne passer que le bras, et eut quelque peine à retrouver le thermomètre, au milieu de la neige ; mais enfin il parvint à le saisir, et, l'approchant de la lampe, il dit :

« Trente-deux degrés au-dessous de zéro ! C'est le plus grand froid que nous ayons éprouvé jusqu'ici !

– Encore dix degrés, ajouta André Vasling, et le mercure gèlera ! »

Un morne silence suivit cette réflexion.

Vers huit heures du matin, Penellan essaya une seconde fois de sortir, pour juger de la situation. Il fallait, d'ailleurs, donner une issue à la fumée, que le vent avait plusieurs fois repoussée dans l'intérieur de la hutte. Le marin ferma très hermétiquement ses vêtements, assura son capuchon sur sa tête au moyen d'un mouchoir, et souleva la toile.

L'ouverture était entièrement obstruée[3] par une neige résistante. Penellan prit son bâton ferré et parvint à l'enfoncer dans cette masse compacte[4] ; mais la terreur glaça son sang, quand il sentit que l'extrémité de son bâton n'était pas libre et s'arrêtait sur un corps dur !

---

3. Obstruée : bloquée, bouchée.

4. Compacte : dense, solide.

« Cornbutte ! dit-il au capitaine, qui s'était approché de lui, nous sommés enterrés sous cette neige !

– Que dis-tu ? s'écria Jean Cornbutte.

– Je dis que la neige s'est amoncelée et glacée autour de nous et sur nous, que nous sommes ensevelis vivants !

– Essayons de repousser cette masse de neige », répondit le capitaine.

Les deux amis s'arc-boutèrent[5] contre l'obstacle qui obstruait la porte, mais ils ne purent le déplacer. La neige formait un glaçon qui avait plus de cinq pieds d'épaisseur et ne faisait qu'un avec la maison.

Jean Cornbutte ne put retenir un cri, qui réveilla Misonne et André Vasling. Un juron éclata entre les dents de ce dernier, dont les traits se contractèrent.

En ce moment, une fumée plus épaisse que jamais reflua à l'intérieur, car elle ne pouvait trouver aucune issue.

« Malédiction ! s'écria Misonne. Le tuyau du poêle est bouché par la glace ! »

Penellan reprit son bâton et démonta le poêle, après avoir jeté de la neige sur les tisons pour les éteindre, ce qui produisit une fumée telle que l'on pouvait à peine apercevoir la lueur de la lampe ; puis il essaya, avec son bâton, de débarrasser l'orifice[6], mais il ne rencontra partout qu'un roc de glace !

Il ne fallait plus attendre qu'une fin affreuse, précédée d'une agonie terrible ! La fumée, s'introduisant dans la gorge des malheureux, y causait une douleur

---

5. S'arc-boutèrent : prirent appui solidement sur leurs pieds pour acquérir une plus grande force.

6. Orifice : ouverture.

insoutenable[7], et l'air même ne devait pas tarder à leur manquer !

Marie se leva alors, et sa présence, qui désespérait Jean Cornbutte, rendit quelque courage à Penellan. Le timonier se dit que cette pauvre enfant ne pouvait être destinée à une mort aussi horrible !

« Eh bien ! dit la jeune fille, vous avez donc fait trop de feu ? La chambre est pleine de fumée !

– Oui... oui... répondit le timonier en balbutiant.

– On le voit bien, reprit Marie, car il ne fait pas froid, et il y a longtemps même que nous n'avons éprouvé autant de chaleur ! »

Personne n'osa lui apprendre la vérité.

« Voyons, Marie, dit Penellan, en brusquant les choses, aide-nous à préparer le déjeuner. Il fait trop froid pour sortir. Voici le réchaud, voici l'esprit-de-vin, voici le café.

– Allons, vous autres, un peu de pemmican d'abord, puisque ce maudit temps nous empêche de chasser ! »

Ces paroles ranimèrent ses compagnons.

« Mangeons d'abord, ajouta Penellan, et nous verrons ensuite à sortir d'ici ! »

Penellan joignit l'exemple au conseil et dévora sa portion. Ses compagnons l'imitèrent et burent ensuite une tasse de café brûlant, ce qui leur remit un peu de courage au cœur ; puis, Jean Cornbutte décida, avec une grande énergie, que l'on allait tenter immédiatement les moyens de sauvetage.

7. Insoutenable : insupportable.

Ce fut alors qu'André Vasling fit cette réflexion :

« Si la tempête dure encore, ce qui est probable, il faut que nous soyons ensevelis à dix pieds sous la glace, car on n'entend plus aucun bruit au-dehors ! »

Penellan regarda Marie, qui comprit la vérité, mais ne trembla pas.

Penellan fit d'abord rougir à la flamme de l'esprit-de-vin le bout de son bâton ferré, qu'il introduisit successivement dans les quatre murailles de glace, mais il ne trouva d'issue dans aucune. Jean Cornbutte résolut alors de creuser une ouverture dans la porte même. La glace était tellement dure que les coutelas[8] l'entamaient difficilement. Les morceaux que l'on parvenait à extraire encombrèrent bientôt la hutte. Au bout de deux heures de ce travail pénible, la galerie creusée n'avait pas trois pieds de profondeur.

Il fallut donc imaginer un moyen plus rapide et qui fût moins susceptible d'ébranler la maison, car plus on avançait, plus la glace, devenant dure, nécessitait de violents efforts pour être entamée. Penellan eut l'idée de se servir du réchaud à esprit-de-vin pour fondre la glace dans la direction voulue. C'était un moyen hasardeux, car si l'emprisonnement venait à se prolonger, cet esprit-de-vin, dont les marins n'avaient qu'une petite quantité, leur ferait défaut au moment de préparer le repas. Néanmoins, ce projet obtint l'assentiment de tous, et il fut mis à exécution. On creusa préalablement un trou de trois pieds de

8. Coutelas : grands couteaux.

profondeur sur un pied de diamètre[9] pour recueillir l'eau qui proviendrait de la fonte de la glace, et l'on n'eut pas à se repentir de cette précaution ; en effet, l'eau suinta[10] bientôt sous l'action du feu, que Penellan promenait à travers la masse de neige.

L'ouverture se creusa peu à peu ; mais on ne pouvait continuer longtemps un tel genre de travail, car l'eau, se répandant sur les vêtements, les perçait de part en part. Penellan fut obligé de cesser au bout d'un quart d'heure et de retirer le réchaud pour se sécher lui-même. Misonne ne tarda pas à prendre sa place, et il n'y mit pas moins de courage.

Au bout de deux heures de travail, bien que la galerie eût déjà cinq pieds de profondeur, le bâton ferré ne put encore trouver d'issue au-dehors.

« Il n'est pas possible, dit Jean Cornbutte, que la neige soit tombée avec une telle abondance ! Il faut qu'elle ait été amoncelée par le vent sur ce point. Peut-être aurions-nous dû songer à nous échapper par un autre endroit ?

– Je ne sais, répondit Penellan ; mais, ne fût-ce que pour ne pas décourager nos compagnons, nous devons continuer à percer le mur dans le même sens. Il est impossible que nous ne trouvions pas une issue !

– L'esprit-de-vin ne manquera-t-il pas ? demanda le capitaine.

– J'espère que non, répondit Penellan, mais à la condition, cependant, que nous nous privions de café ou de

9. Trois pieds ... de diamètre : environ 90 cm de profondeur sur 30 cm de diamètre.
10. Suinta : s'écoula très lentement.

boissons chaudes ! D'ailleurs, ce n'est pas là ce qui m'inquiète le plus.

– Qu'est-ce donc, Penellan ? demanda Jean Cornbutte.

– C'est que notre lampe va s'éteindre, faute d'huile, et que nous arrivons à la fin de nos vivres ! – Enfin ! à la grâce de Dieu ! »

Puis, Penellan alla remplacer André Vasling, qui travaillait avec énergie à la délivrance commune.

« Monsieur Vasling, lui dit-il, je vais prendre votre place, mais veillez bien, je vous en prie, à toute menace d'éboulement, pour que nous ayons le temps de la parer[11] ! »

Le moment du repos était arrivé, et, lorsque Penellan eut encore creusé la galerie d'un pied[12], il revint se coucher près de ses compagnons.

11. La parer : l'éviter en prévoyant quelque chose à lui opposer.
12. Un pied : environ 30 cm.

QUESTIONS SUR LE TEXTE 6

AI-JE BIEN LU ?

1 **a.** Quels sont les effets de la tempête sur la maison de neige ?
b. Pourquoi est-il moins dangereux de rester à l'intérieur de la maison que d'en sortir ?

2 **a.** Pourquoi le matin du départ les personnages sont-ils prisonniers de la maison ?
b. Comment s'en rendent-ils compte ?

3 Quels moyens imaginent-ils pour tenter de sortir ? Lequel leur paraît le meilleur ? Quels inconvénients présente-t-il ?

4 Quelle est la longueur de la galerie qui a été creusée ?

J'ANALYSE LE TEXTE

Un roman d'aventure : les effets de dramatisation

> Le narrateur dispose de plusieurs moyens pour créer des effets de dramatisation : l'utilisation du lexique, les paroles des personnages, ses propres commentaires sur la situation, le rythme du récit. Il peut notamment ralentir le rythme de l'action en détaillant les actions des personnages.

5 **a.** Combien de lignes le chapitre 10 comporte-t-il ? Quelle est la durée approximative de l'action ?
b. Quelles actions des personnages le narrateur détaille-t-il ? Avez-vous l'impression de vivre la scène en temps réel ?

6 Relevez le lexique qui décrit la tempête (l. 1-24). Quelle image le narrateur en donne-t-il ?

7 Relisez les paroles des personnages. Lesquelles traduisent le plus la gravité de la situation ?

8 Quel commentaire le narrateur fait-il sur la situation (l. 99-100) ?

QUESTIONS SUR LE TEXTE 6

Les réactions des personnages

— Marie

9 **a.** Comment, par sa présence, Marie donne-t-elle du courage aux marins ?

b. Comment réagit-elle d'abord quand elle voit la maison pleine de fumée ?

c. Garde-t-elle la même sérénité quand elle comprend qu'ils sont tous prisonniers de la glace ?

— Vasling et Penellan

10 **a.** À quel sujet Penellan et Vasling s'opposent-ils au moment où la tempête fait rage (l. 29-42) ?

b. Quelle crainte Vasling exprime-t-il (l. 45-50) ? Quel argument Penellan lui oppose-t-il ?

11 Comment Vasling réagit-il quand il découvre qu'ils sont prisonniers (l. 86-88) ? Quel trait de caractère cela révèle-t-il ?

12 De quelles qualités Penellan fait-il preuve? Citez le texte à l'appui de vos réponses.

Je formule mes impressions

13 Quelles sont vos réactions à la lecture de ce chapitre ? Êtes-vous inquiet pour les personnages ?

J'ÉTUDIE LA LANGUE

Grammaire : l'expression de l'ordre

14 **a.** Identifiez le mode, le temps et la personne des verbes suivants : « quittons » (l. 29), « donnez-moi » (l. 33), « aide-nous » (l. 116), « mangeons » (l. 121).

b. Conjuguez aux trois personnes de l'impératif présent les verbes « voir » et « écouter ».

Vocabulaire : la racine grecque *-mètre*

15 « Donnez-moi le *thermomètre.* », dit André Vasling (l. 33).
De nombreux mots sont formés avec la racine *-mètre*, qui indique une mesure. Indiquez le sens des mots en italique dans les phrases suivantes.

a. Le moniteur de natation utilise le *chronomètre* pour mesurer les performances des nageurs.
b. Les météorologistes se servent de *pluviomètres* enregistreurs.
c. Le *baromètre* restait au beau sec.
d. Je ne sais pas trop quoi faire. Je vais y aller au *pifomètre*.
e. La somme indiquée par le *taximètre* était de 19 euros.

J'ÉCRIS

Décrire une tempête

16 Vous avez un jour été très impressionné(e) par une violente tempête (pluie, neige…). Décrivez le phénomène et dites ce que vous avez ressenti.

CONSIGNES D'ÉCRITURE
- Utilisez le pronom de la 1re personne.
- Précisez le lieu, les circonstances.
- Montrez la violence et la brutalité de la tempête.
- Exprimez vos émotions.

TEXTE 7 LES RETROUVAILLES

« Une légère fumée s'élevait dans le nord-est »

Chapitre 11
Un nuage de fumée

Le lendemain, quand les marins se réveillèrent, une obscurité complète les enveloppait. La lampe s'était éteinte. Jean Cornbutte réveilla Penellan pour lui demander le briquet, que celui-ci lui passa. Penellan se leva pour allumer le réchaud ; mais, en se levant, sa tête heurta contre le plafond de glace. Il fut épouvanté[1], car, la veille, il pouvait encore se tenir debout. Le réchaud allumé, à la lueur indécise de l'esprit-de-vin, il s'aperçut que le plafond avait baissé d'un pied.

Penellan se remit au travail avec rage.

En ce moment, la jeune fille, aux lueurs que projetait le réchaud sur la figure du timonier, comprit que le désespoir et la volonté luttaient sur sa rude physionomie[2]. Elle vint à lui, lui prit les mains, les serra avec tendresse. Penellan sentit le courage lui revenir.

« Elle ne peut pas mourir ainsi ! » s'écria-t-il.

Il reprit son réchaud et se mit de nouveau à ramper dans l'étroite ouverture. Là, d'une main vigoureuse, il enfonça son bâton ferré et ne sentit pas de résistance. Était-il donc

---

1. **Il fut épouvanté :** il eut très peur.
2. **Physionomie :** visage.

arrivé aux couches molles de la neige ? Il retira son bâton, et un rayon brillant se précipita dans la maison de glace.

« À moi, mes amis ! » s'écria-t-il.

Et, des pieds et des mains, il repoussa la neige ; mais la surface extérieure n'était pas dégelée, ainsi qu'il l'avait cru. Avec le rayon de lumière, un froid violent pénétra dans la cabane et en saisit toutes les parties humides, qui se solidifièrent en un moment. Son coutelas aidant, Penellan agrandit l'ouverture et put enfin respirer au grand air. Il tomba à genoux pour remercier Dieu et fut bientôt rejoint par la jeune fille et ses compagnons.

Une lune magnifique éclairait l'atmosphère, dont les marins ne purent supporter le froid rigoureux. Ils rentrèrent ; mais, auparavant, Penellan regarda autour de lui. Le promontoire n'était plus là, et la hutte se trouvait au milieu d'une immense plaine de glace. Penellan voulut se diriger du côté du traîneau, où étaient les provisions : le traîneau avait disparu !

La température l'obligea de rentrer. Il ne parla de rien à ses compagnons. Il fallait avant tout sécher les vêtements, ce qui fut fait avec le réchaud à esprit-de-vin. Le thermomètre, mis un instant à l'air, descendit à trente degrés au-dessous de zéro.

Au bout d'une heure, André Vasling et Penellan résolurent d'affronter l'atmosphère extérieure. Ils s'enveloppèrent dans leurs vêtements encore humides et sortirent par l'ouverture, dont les parois avaient déjà acquis la dureté du roc.

« Nous avons été entraînés dans le nord-est, dit André Vasling, en s'orientant sur les étoiles, qui brillaient d'un éclat extraordinaire.

– Il n'y aurait pas de mal, répondit Penellan, si notre traîneau nous eût accompagnés !

– Le traîneau n'est plus là ? s'écria André Vasling. Mais nous sommes perdus, alors !

– Cherchons » répondit Penellan.

Ils tournèrent autour de la hutte, qui formait un bloc de plus de quinze pieds[3] de hauteur. Une immense quantité de neige était tombée pendant toute la durée de la tempête, et le vent l'avait accumulée contre la seule élévation que présentât la plaine. Le bloc entier avait été entraîné par le vent, au milieu des glaçons brisés, à plus de vingt-cinq milles au nord-est, et les prisonniers avaient subi le sort de leur prison flottante. Le traîneau, supporté par un autre glaçon, avait dérivé d'un autre côté, sans doute, car on n'en apercevait aucune trace, et les chiens avaient dû succomber[4] dans cette effroyable tempête.

André Vasling et Penellan sentirent se glisser le désespoir dans leur âme. Ils n'osaient rentrer dans la maison de neige ! Ils n'osaient annoncer cette fatale nouvelle à leurs compagnons d'infortune ! Ils gravirent le bloc de glace même dans lequel se trouvait creusée la hutte et n'aperçurent rien que cette immensité blanche qui les entourait de toutes parts. Déjà le froid raidissait leurs membres, et l'humidité de leurs vêtements se transformait en glaçons qui pendaient autour d'eux.

3. Plus de quinze pieds : environ 5 m.

4. Succomber : mourir.

Au moment où Penellan allait descendre le monticule, il jeta un coup d'œil sur André Vasling. Il le vit tout à coup regarder avidement d'un côté, puis tressaillir et pâlir.

« Qu'avez-vous, monsieur Vasling ? lui demanda-t-il.

– Ce n'est rien ! répondit celui-ci. Descendons, et avisons à quitter au plus vite ces parages, que nous n'aurions jamais dû fouler ! »

Mais, au lieu d'obéir, Penellan remonta et porta ses yeux du côté qui avait attiré l'attention du second. Un effet[5] bien différent se produisit en lui, car il poussa un cri de joie et s'écria :

« Dieu soit béni ! »

Une légère fumée s'élevait dans le nord-est. Il n'y avait pas à s'y tromper. Là respiraient des êtres animés. Les cris de joie de Penellan attirèrent ses compagnons, et tous purent se convaincre par leurs yeux que le timonier ne se trompait pas.

Aussitôt, sans s'inquiéter du manque de vivres, sans songer à la rigueur de la température, enveloppés dans leurs capuchons, tous s'avancèrent à grands pas vers l'endroit signalé.

La fumée s'élevait dans le nord-est, et la petite troupe prit précipitamment cette direction. Le but à atteindre se trouvait à cinq ou six milles environ[6], et il devenait fort difficile de se diriger à coup sûr. La fumée avait disparu, et aucune élévation ne pouvait servir de point de repère, car la plaine de glace était entièrement unie. Il importait, cependant, de ne pas dévier de la ligne droite.

---

5. Effet : réaction.

6. Cinq ou six milles environ : environ 9-11 km.

« Puisque nous ne pouvons nous guider sur des objets éloignés, dit Jean Cornbutte, voici le moyen à employer : Penellan va marcher en avant, Vasling à vingt pas[7] derrière lui, moi à vingt pas derrière Vasling. Je pourrai juger alors si Penellan ne s'écarte pas de la ligne droite. »

La marche durait ainsi depuis une demi-heure, quand Penellan s'arrêta soudain, prêtant l'oreille.

Le groupe de marins le rejoignit.

« N'avez-vous rien entendu ? leur demanda-t-il.

– Rien, répondit Misonne.

– C'est singulier ! fit Penellan. Il m'a semblé que des cris venaient de ce côté.

– Des cris ? répondit la jeune fille. Nous serions donc bien près de notre but !

– Ce n'est pas une raison, répondit André Vasling. Sous ces latitudes élevées et par ces grands froids, le son porte à des distances extraordinaires.

– Quoi qu'il en soit, dit Jean Cornbutte, marchons, sous peine d'être gelés !

– Non ! fit Penellan. Écoutez ! »

Quelques sons faibles, mais perceptibles cependant, se faisaient entendre. Ces cris paraissaient des cris de douleur et d'angoisse. Ils se renouvelèrent deux fois. On eût dit que quelqu'un appelait au secours. Puis tout retomba dans le silence.

« Je ne me suis pas trompé, dit Penellan. En avant ! »

Et il se mit à courir dans la direction de ces cris. Il fit ainsi deux milles environ[8], et sa stupéfaction fut grande,

---

7. Vingt pas : environ 6m.

8. Deux milles environ : environ 4 km.

quand il aperçut un homme couché sur la glace. Il s'approcha de lui, le souleva et leva les bras au ciel avec désespoir.

André Vasling, qui le suivait de près avec le reste des matelots, accourut et s'écria :

« C'est un des naufragés ! C'est notre matelot Cortrois !

– Il est mort, répliqua Penellan, mort de froid ! »

Jean Cornbutte et Marie arrivèrent auprès du cadavre, que la glace avait déjà raidi. Le désespoir se peignit sur toutes les figures. Le mort était l'un des compagnons de Louis Cornbutte !

« En avant ! » s'écria Penellan.

Ils marchèrent encore pendant une demi-heure, sans mot dire, et ils aperçurent une élévation du sol, qui devait être certainement la terre.

« C'est l'île Shannon ! » dit Jean Cornbutte.

Au bout d'un mille, ils aperçurent distinctement une fumée qui s'échappait d'une hutte de neige fermée par une porte en bois. Ils poussèrent des cris. Deux hommes s'élancèrent hors de la hutte, et, parmi eux, Penellan reconnut Pierre Nouquet.

« Pierre ! » s'écria-t-il.

Celui-ci demeurait là comme un homme hébété[9], n'ayant pas conscience de ce qui se passait autour de lui. André Vasling regardait avec une inquiétude mêlée d'une joie cruelle les compagnons de Pierre Nouquet, car il ne reconnaissait pas Louis Cornbutte parmi eux.

« Pierre ! C'est moi ! s'écria Penellan ! Ce sont tous tes amis ! »

---

9. Hébété : dans un état d'engourdissement, sans réaction.

Pierre Nouquet revint à lui et tomba dans les bras de son vieux compagnon.

« Et mon fils ! Et Louis ! » cria Jean Cornbutte avec l'accent du plus profond désespoir.

Chapitre 12
Retour au navire

À ce moment, un homme, presque mourant, sortant de la hutte, se traîna sur la glace.

C'était Louis Cornbutte.

« Mon fils !

– Mon fiancé ! »

Ces deux cris partirent en même temps, et Louis Cornbutte tomba évanoui entre les bras de son père et de la jeune fille, qui l'entraînèrent dans la hutte, où leurs soins le ranimèrent.

« Mon père ! Marie ! s'écria Louis Cornbutte. Je vous aurai donc revus avant de mourir !

– Tu ne mourras pas ! répondit Penellan, car tous tes amis sont près de toi ! »

Il fallait qu'André Vasling eût bien de la haine pour ne pas tendre la main à Louis Cornbutte ; mais il ne la lui tendit pas.

Pierre Nouquet ne se sentait pas de joie. Il embrassait tout le monde ; puis il jeta du bois dans le poêle, et bientôt une température supportable s'établit dans la cabane.

Là, il y avait encore deux hommes que ni Jean Cornbutte ni Penellan ne connaissaient.

« C'était Louis Cornbutte. »

C'étaient Jocki et Herming, les deux seuls matelots norvégiens qui restassent de l'équipage du *Froöern*.

« Mes amis, nous sommes donc sauvés ! dit Louis Cornbutte. Mon père ! Marie ! vous vous êtes exposés à tant de périls !

– Nous ne le regrettons pas, mon Louis, répondit Jean Cornbutte. Ton brick, *La Jeune Hardie*, est solidement ancré dans les glaces à soixante lieues d'ici[10]. Nous le rejoindrons tous ensemble.

– Quand Cortrois rentrera, dit Pierre Nouquet, il sera fameusement content tout de même ! »

Un triste silence suivit cette réflexion, et Penellan apprit à Pierre Nouquet et à Louis Cornbutte la mort de leur compagnon, que le froid avait tué.

« Mes amis, dit Penellan, nous attendrons ici que le froid diminue. Vous avez des vivres et du bois ?

– Oui, et nous brûlerons ce qui nous reste du *Froöern* ! »

Le *Froöern* avait été entraîné, en effet, à quarante milles[11] de l'endroit où Louis Cornbutte hivernait. Là, il fut brisé par les glaçons qui flottaient au dégel, et les naufragés furent emportés, avec une partie des débris dont était construite leur cabane, sur le rivage méridional de l'île Shannon.

Les naufragés se trouvaient alors au nombre de cinq : Louis Cornbutte, Cortrois, Pierre Nouquet, Jocki et Herming. Quant au reste de l'équipage norvégien, il avait été submergé[12] avec la chaloupe au moment du naufrage.

Dès que Louis Cornbutte, entraîné dans les glaces, vit celles-ci se refermer autour de lui, il prit toutes les précautions pour passer l'hiver. C'était un homme énergique, d'une grande activité comme d'un grand courage ; mais, en dépit de sa fermeté, il avait été vaincu par ce climat horrible, et quand son père le retrouva, il ne s'attendait plus qu'à mourir. Il n'avait, d'ailleurs, pas à lutter

10. Soixante lieues : 240 km.

11. À quarante milles : à environ 75 km.

12. Submergé : recouvert par la mer, noyé.

seulement contre les éléments, mais contre le mauvais vouloir des deux matelots norvégiens, qui lui devaient la vie cependant. C'étaient deux sortes de sauvages, à peu près inaccessibles aux sentiments les plus naturels. Aussi, quand Louis Cornbutte eut occasion d'entretenir Penellan, il lui recommanda de s'en défier[13] particulièrement. En retour, Penellan le mit au courant de la conduite d'André Vasling. Louis Cornbutte ne put y croire ; mais Penellan lui prouva que, depuis sa disparition, André Vasling avait toujours agi de manière à s'assurer la main de la jeune fille.

Toute cette journée fut employée au repos et au plaisir de se revoir. Fidèle Misonne et Pierre Nouquet tuèrent quelques oiseaux de mer, près de la maison, dont il n'était pas prudent de s'écarter. Ces vivres frais et le feu qui fut activé rendirent de la force aux plus malades. Louis Cornbutte lui-même éprouva un mieux sensible. C'était le premier moment de plaisir qu'éprouvaient ces braves gens. Aussi le fêtèrent-ils avec entrain[14], dans cette misérable cabane, à six cents lieues dans les mers du Nord, par un froid de trente degrés au-dessous de zéro !

Cette température dura jusqu'à la fin de la lune, et ce ne fut que vers le 17 novembre, huit jours après leur réunion, que Jean Cornbutte et ses compagnons purent songer au départ. Ils n'avaient plus que la lueur des étoiles pour se guider, mais le froid était moins vif, et il tomba même un peu de neige.

13. De s'en défier : de ne pas leur faire confiance.
14. Entrain : bonne humeur, vivacité.

Avant de quitter ce lieu, on creusa une tombe au pauvre Cortrois. Triste cérémonie, qui affecta vivement ses compagnons ! C'était le premier d'entre eux qui ne devait pas revoir son pays.

Misonne avait construit avec les planches de la cabane une sorte de traîneau destiné au transport des provisions, et les matelots le traînèrent tour à tour. Jean Cornbutte dirigea la marche par les chemins déjà parcourus. Les campements s'organisaient, à l'heure du repos, avec une grande promptitude[15]. Jean Cornbutte espérait retrouver ses dépôts de provisions, qui devenaient presque indispensables avec ce surcroît de quatre personnes. Aussi chercha-t-il à ne pas s'écarter de sa route.

Par un bonheur providentiel, il fut remis en possession de son traîneau, qui s'était échoué près du promontoire où tous avaient couru tant de dangers. Les chiens, après avoir mangé leurs courroies pour satisfaire leur faim, s'étaient attaqués aux provisions du traîneau. C'était ce qui les avait retenus, et ce furent eux-mêmes qui guidèrent la troupe vers le traîneau, où les vivres étaient encore en grande quantité.

La petite troupe reprit sa route vers la baie d'hivernage. Les chiens furent attelés au traîneau, et aucun incident ne signala[16] l'expédition.

On constata seulement qu'Aupic, André Vasling et les Norvégiens se tenaient à l'écart et ne se mêlaient pas à leurs compagnons ; mais, sans le savoir, ils étaient surveil-

15. Promptitude : rapidité.
16. Ne signala : ne marqua.

lés de près. Néanmoins, ce germe de dissension jeta plus d'une fois la terreur dans l'âme de Louis Cornbutte et de Penellan.

Vers le 7 décembre, vingt jours après leur réunion, ils aperçurent la baie où hivernait *La Jeune Hardie*. Quel fut leur étonnement en apercevant le brick juché à près de quatre mètres en l'air sur des blocs de glace ! Ils coururent, fort inquiets de leurs compagnons, et ils furent reçus avec des cris de joie par Gervique, Turquiette et Gradlin, Tous étaient en bonne santé, et cependant ils avaient couru, eux aussi, les plus grands dangers.

La tempête s'était fait ressentir dans toute la mer polaire. Les glaces avaient été brisées et déplacées, et glissant les unes sous les autres, elles avaient saisi le lit sur lequel reposait le navire. Leur pesanteur spécifique[17] tendant à les ramener au-dessus de l'eau, elles avaient acquis une puissance incalculable, et le brick s'était trouvé soudain élevé hors des limites de la mer.

Les premiers moments furent donnés à la joie du retour. Les marins de l'exploration se réjouissaient de trouver toutes les choses en bon état, ce qui leur assurait un hiver rude, sans doute, mais enfin supportable. L'exhaussement[18] du navire ne l'avait pas ébranlé, et il était parfaitement solide. Lorsque la saison du dégel serait venue, il n'y aurait plus qu'à le faire glisser sur un plan incliné, à le lancer, en un mot, dans la mer redevenue libre.

---

17. Leur pesanteur spécifique : leur poids bien particulier.
18. Exhaussement : élévation.

Mais une mauvaise nouvelle assombrit le visage de Jean Cornbutte et de ses compagnons. Pendant la terrible bourrasque, le magasin de neige construit sur la côte avait été entièrement brisé ; les vivres qu'il renfermait étaient dispersés, et il n'avait pas été possible d'en sauver la moindre partie. Dès que ce malheur leur fut appris, Jean et Louis Cornbutte visitèrent la cale et la cambuse du brick, pour savoir à quoi s'en tenir sur ce qui restait de provisions.

Le dégel ne devait arriver qu'avec le mois de mai, et le brick ne pouvait quitter la baie d'hivernage avant cette époque. C'était donc cinq mois d'hiver qu'il fallait passer au milieu des glaces, pendant lesquels quatorze personnes devaient être nourries. Calculs et comptes faits, Jean Cornbutte comprit qu'il atteindrait tout au plus le moment du départ, en mettant tout le monde à la demi-ration. La chasse devint donc obligatoire pour procurer de la nourriture en plus grande abondance.

De crainte que ce malheur ne se renouvelât, on résolut de ne plus déposer de provisions à terre. Tout demeura à bord du brick, et on disposa également des lits pour les nouveaux arrivants dans le logement commun des matelots. Turquiette, Gervique et Gradlin, pendant l'absence de leurs compagnons, avaient creusé un escalier dans la glace qui permettait d'arriver sans peine au pont du navire.

QUESTIONS SUR LE TEXTE 7

AI-JE BIEN LU ?

1 **a.** Pourquoi Penellan est-il épouvanté lorsqu'il se réveille, le 6 novembre au matin ?
b. Comment réussit-il à sortir de la maison de neige ?
2 Que découvrent Vasling, puis Penellan, en montant sur la butte de neige qui recouvre leur abri ?
3 Quels personnages retrouvent-ils ?
4 Le retour vers *La Jeune Hardie* se fait-il facilement ?

J'ANALYSE LE TEXTE

Le cadre

5 Sur quelle côte le *Froöern* s'est-il échoué ? L'hypothèse de Jean Cornbutte était-elle la bonne (voir texte 5 p. 81) ?
6 À quelle date :
– la sortie de la maison de neige et les retrouvailles avec Louis ont-elles lieu ;
– l'expédition quitte-t-elle l'île Shannon et retrouve-t-elle *La Jeune Hardie* ?
7 Quelle température et quel temps fait-il jusqu'au 17 novembre ? Quel changement de temps se produit après cette date ?

Un roman d'aventure : la dramatisation

— La marche vers la fumée

8 **a.** Comment le narrateur crée-t-il le suspense au moment de la découverte du nuage de fumée (l. 76-87) ?
b. Quel danger les marins et Marie courent-ils dans leur marche vers la fumée ? Quel procédé Cornbutte utilise-t-il pour l'éviter ?
9 **a.** Qui est l'homme découvert sur la glace ? De quoi est-il mort ?
b. Que craignent alors les membres de l'expédition ?

QUESTIONS SUR LE TEXTE 7

— Les retrouvailles

10 Qui est le premier personnage qui sort de la hutte ? Dans quel état est-il ?

11 **a.** Comment la scène de retrouvailles avec Louis se déroule-t-elle ?
b. Qui sont les marins norvégiens qui hivernent avec Louis ?

La conduite du récit : les retours en arrière

> Quand le narrateur interrompt le cours du récit pour raconter ce qui s'est passé avant ce qu'il est en train de raconter, il effectue un retour en arrière. Le temps dominant utilisé est le plus-que-parfait.

12 Dans le chapitre 12, quelles informations le narrateur fournit-il concernant :
– ce qui est arrivé au *Froöern* et à ses passagers ;
– le sort des chiens de traîneau ;
– les conséquences de la tempête du 4 novembre pour *La Jeune Hardie* ?
Relevez les verbes au plus-que-parfait.

Le parcours d'André Vasling

13 **a.** Pourquoi Vasling ne dit-il pas à Penellan qu'il a aperçu le nuage de fumée (l. 76-82) ?
b. Vasling participe-t-il à la joie des retrouvailles ? Comment son hostilité vis-à-vis de Louis Cornbutte se manifeste-t-elle (l. 177-179) ?

Le personnage de Louis Cornbutte

14 **a.** Relevez ses principaux traits de caractère (l. 212-218).
b. Contre quels obstacles a-t-il dû lutter pendant son hivernage ? Dans quel état est-il au moment où arrivent son père et sa fiancée ?
c. Comment retrouve-t-il la santé ?

Je formule mes impressions

15 Selon vous, deux groupes de personnages commencent-ils à se former ? Lesquels ?

J'ÉTUDIE LA LANGUE

Vocabulaire : le lexique de la peur

16 « Il fut épouvanté » (l. 6). Donnez les noms correspondant aux verbes :
a. épouvanter. **b.** appréhender. **c.** terroriser. **d.** inquiéter.
e. craindre. **f.** effrayer. **g.** paniquer.

J'ÉCRIS

Rédiger une scène de retrouvailles

17 Vous retrouvez un ami ou une amie ou un parent que vous n'avez pas vu(e) depuis longtemps. Racontez.

CONSIGNES D'ÉCRITURE
- Vous décrirez les circonstances et le lieu de la rencontre aux temps du passé.
- Vous rédigerez le dialogue des retrouvailles.
- Vous exprimerez vos émotions.

TEXTE 8 AFFRONTEMENT

« Seul le plus fort fait la loi ! »

Chapitre 13
Les deux rivaux

André Vasling s'était pris d'amitié pour les deux matelots norvégiens. Aupic faisait aussi partie de leur bande, qui se tenait généralement à l'écart, désapprouvant hautement toutes les nouvelles mesures ; mais Louis Cornbutte, auquel son père avait remis le commandement du brick, redevenu maître à son bord, n'entendait pas raison sur ce chapitre-là, et, malgré les conseils de Marie, qui l'engageait à user de douceur, il fit savoir qu'il voulait être obéi en tous points.

Néanmoins, les deux Norvégiens parvinrent, deux jours après, à s'emparer d'une caisse de viande salée. Louis Cornbutte exigea qu'elle lui fût rendue sur-le-champ ; mais Aupic prit fait et cause pour eux, et André Vasling fit même entendre que les mesures touchant la nourriture ne pouvaient durer plus longtemps.

Il n'y avait pas à prouver à ces malheureux que l'on agissait dans l'intérêt commun, car ils le savaient, et ils ne cherchaient qu'un prétexte pour se révolter. Penellan s'avança vers les deux Norvégiens, qui tirèrent leurs coutelas ; mais, secondé par Misonne et Turquiette, il parvint à les leur arracher des mains, et il reprit la caisse de viande salée. André Vasling et Aupic, voyant que l'affaire tournait contre eux, ne s'en mêlèrent aucunement. Néanmoins, Louis Cornbutte prit le second en particulier et lui dit :

« André Vasling, vous êtes un misérable. Je connais toute votre conduite, et je sais à quoi tendent vos menées[1] ; mais, comme le salut[2] de tout l'équipage m'est confié, si quelqu'un de vous songe à conspirer[3] sa perte, je le poignarde de ma main !

– Louis Cornbutte répondit le second, il vous est loisible de faire de l'autorité, mais rappelez-vous que l'obéissance hiérarchique[4] n'existe plus ici, et que seul le plus fort fait la loi ! »

La jeune fille n'avait jamais tremblé devant les dangers des mers polaires, mais elle eut peur de cette haine dont elle était la cause, et l'énergie de Louis Cornbutte put à peine la rassurer.

Malgré cette déclaration de guerre, les repas se prirent aux mêmes heures et en commun. La chasse fournit encore quelques ptarmigans[5] et quelques lièvres blancs ; mais, avec les grands froids qui approchaient, cette ressource allait encore manquer. Ces froids commencèrent au solstice, le 22 décembre, jour auquel le thermomètre tomba à trente-cinq degrés au-dessous de zéro. Les hiverneurs éprouvèrent des douleurs dans les oreilles, dans le nez, dans toutes les extrémités du corps ; ils furent

1. **Vos menées :** vos agissements.
2. **Salut :** fait de sauver.
3. **Conspirer :** préparer secrètement.
4. **Obéissance hiérarchique :** qui respecte le supérieur, ici Louis, qui est capitaine.
5. **Ptarmigans :** lagopèdes, perdrix des neiges.

pris d'une torpeur[6] mortelle, mêlée de maux de tête, et leur respiration devint de plus en plus difficile.

Dans cet état, ils n'avaient plus le courage de sortir pour chasser, ou pour prendre quelque exercice. Ils demeuraient accroupis autour du poêle, qui ne leur donnait qu'une chaleur insuffisante, et, dès qu'ils s'en éloignaient un peu, ils sentaient leur sang se refroidir subitement.

Jean Cornbutte vit sa santé gravement compromise, et il ne pouvait déjà plus quitter son logement. Des symptômes prochains de scorbut se manifestèrent en lui ; ses jambes se couvrirent de taches blanchâtres. La jeune fille se portait bien et s'occupait de soigner les malades avec l'empressement d'une sœur de charité. Aussi tous ces braves marins la bénissaient-ils du fond du cœur.

Le 1er janvier fut l'un des plus tristes jours de l'hivernage. Le vent était violent et le froid insupportable. On ne pouvait sortir sans s'exposer à être gelé. Les plus courageux devaient se borner à se promener sur le pont abrité par la tente. Jean Cornbutte, Gervique et Gradlin ne quittèrent pas leur lit. Les deux Norvégiens, Aupic et André Vasling, dont la santé se soutenait, jetaient des regards farouches sur leurs compagnons, qu'ils voyaient dépérir[7].

Louis Cornbutte emmena Penellan sur le pont et lui demanda où en étaient les provisions de combustible.

« Le charbon est épuisé depuis longtemps, répondit Penellan, et nous allons brûler nos derniers morceaux de bois !

6. Torpeur : engourdissement général, état de demi-conscience.
7. Dépérir : s'affaiblir.

– Si nous n'arrivons pas à combattre ce froid, dit Louis Cornbutte, nous sommes perdus !

– Il nous reste un moyen, répliqua Penellan, c'est de brûler ce que nous pourrons de notre brick, depuis les bastingages jusqu'à la flottaison, et même, au besoin, nous pouvons le démolir en entier et reconstruire un plus petit navire.

– C'est un moyen extrême, répondit Louis Cornbutte, et qu'il sera toujours temps d'employer quand nos hommes seront valides, car, dit-il à voix basse, nos forces diminuent, et celles de nos ennemis semblent augmenter. C'est même assez extraordinaire !

– C'est vrai, fit Penellan, et sans la précaution que nous avons de veiller nuit et jour, je ne sais ce qui nous arriverait.

– Prenons nos haches, dit Louis Cornbutte, et faisons notre récolte de bois. »

Malgré le froid, tous deux montèrent sur les bastingages de l'avant, et ils abattirent tout le bois qui n'était pas d'une indispensable utilité pour le navire. Puis ils revinrent avec cette provision nouvelle. Le poêle fut bourré de nouveau, et un homme resta de garde pour l'empêcher de s'éteindre.

Cependant, Louis Cornbutte et ses amis furent bientôt sur les dents. Ils ne pouvaient confier aucun détail de la vie commune à leurs ennemis. Chargés de tous les soins domestiques, ils sentirent bientôt leurs forces s'épuiser. Le scorbut se déclara chez Jean Cornbutte, qui souffrit d'intolérables douleurs. Gervique et Gradlin commencèrent à être pris également. Sans la provision de jus de citron, dont ils étaient abondamment fournis, ces malheureux auraient promptement succombé à leurs souffrances. Aussi ne leur épargna-t-on pas ce remède souverain.

Mais un jour, le 15 janvier, lorsque Louis Cornbutte descendit à la cambuse pour renouveler ses provisions de citrons, il demeura stupéfait en voyant que les barils où ils étaient renfermés avaient disparu. Il remonta près de Penellan et lui fit part de ce nouveau malheur. Un vol avait été commis, et les auteurs étaient faciles à reconnaître. Louis Cornbutte comprit alors pourquoi la santé de ses ennemis se soutenait ! Les siens n'étaient plus en force maintenant pour leur arracher ces provisions, d'où dépendaient sa vie et celle de ses compagnons, et il demeura plongé, pour la première fois, dans un morne[8] désespoir !

Chapitre 14
Détresse

Le 20 janvier, la plupart de ces infortunés[9] ne se sentirent pas la force de quitter leur lit. Chacun d'eux, indépendamment de ses couvertures de laine, avait une peau de buffle qui le protégeait contre le froid ; mais, dès qu'il essayait de mettre le bras à l'air, il éprouvait une douleur telle qu'il lui fallait le rentrer aussitôt.

Cependant, Louis Cornbutte ayant allumé le poêle, Penellan, Misonne, André Vasling sortirent de leur lit et

---

8. Morne : triste, qui ne pousse pas à réagir.
9. Infortunés : malheureux.

vinrent s'accroupir autour du feu. Penellan prépara du café brûlant, et leur rendit quelque force, ainsi qu'à Marie, qui vint partager leur repas.

Louis Cornbutte s'approcha alors du lit de son père qui était presque sans mouvement et dont les jambes étaient brisées par la maladie. Le vieux marin murmurait quelques mots sans suite, qui déchiraient le cœur de son fils.

« Louis ! disait-il, je vais mourir !... Oh que je souffre !... Sauve-moi ! »

Louis Cornbutte prit une résolution décisive. Il revint vers le second et lui dit, en se contenant à peine :

« Savez-vous où sont les citrons, Vasling ?

– Dans la cambuse, je suppose, reprit le second sans se déranger.

– Vous savez bien qu'ils n'y sont plus, puisque vous les avez volés !

– Vous êtes le maître, Louis Cornbutte, répondit ironiquement André Vasling, et il vous est permis de tout dire et de tout faire !

– Par pitié, Vasling, mon père se meurt ! Vous pouvez le sauver ! Répondez !

– Je n'ai rien à répondre, répondit André Vasling.

– Misérable ! s'écria Penellan en se jetant sur le second, son coutelas à la main.

– À moi, les miens ! » s'écria André Vasling en reculant.

Aupic et les deux matelots norvégiens sautèrent à bas de leur lit et se rangèrent derrière lui. Misonne, Turquiette, Penellan et Louis se préparèrent à se défendre. Pierre

Nouquet et Gradlin, quoique bien souffrants, se levèrent pour les seconder.

« Vous êtes encore trop forts pour nous ! dit alors André Vasling. Nous ne voulons nous battre qu'à coup sûr ! »

Les marins étaient si affaiblis, qu'ils n'osèrent pas se précipiter sur ces quatre misérables, car, en cas d'échec, ils eussent été perdus.

« André Vasling, dit Louis Cornbutte d'une voix sombre, si mon père meurt, tu l'auras tué, et moi je te tuerai comme un chien ! »

André Vasling et ses complices se retirèrent à l'autre bout du logement et ne répondirent pas.

Il fallut alors renouveler la provision de bois, et malgré le froid, Louis Cornbutte monta sur le pont et se mit à couper une partie des bastingages du brick, mais il fut forcé de rentrer au bout d'un quart d'heure, car il risquait de tomber foudroyé par le froid. En passant, il jeta un coup d'œil sur le thermomètre extérieur et vit le mercure gelé. Le froid avait donc dépassé quarante-deux degrés au-dessous de zéro. Le temps était sec et clair, et le vent soufflait du nord.

Le 26, le vent changea, il vint du nord-est, et le thermomètre marqua extérieurement trente-cinq degrés. Jean Cornbutte était à l'agonie, et son fils avait cherché vainement quelque remède à ses douleurs. Ce jour-là, cependant, se jetant à l'improviste sur André Vasling, il parvint à lui arracher un citron que celui-ci s'apprêtait à sucer. André Vasling ne fit pas un pas pour le reprendre. Il semblait qu'il attendît l'occasion d'accomplir ses odieux projets.

Le jus de ce citron rendît quelque force à Jean Cornbutte, mais il aurait fallu continuer ce remède. La jeune fille alla supplier à genoux André Vasling, qui ne lui répondit pas, et Penellan entendit bientôt le misérable dire à ses compagnons :

« Le vieux est moribond[10] ! Gervique, Gradlin et Pierre Nouquet ne valent guère mieux ! Les autres perdent leur force de jour en jour ! Le moment approche où leur vie nous appartiendra ! »

Il fut alors résolu entre Louis Cornbutte et ses compagnons de ne plus attendre et de profiter du peu de force qui leur restait. Ils résolurent d'agir dans la nuit suivante et de tuer ces misérables pour n'être pas tués par eux.

La température s'était élevée un peu. Louis Cornbutte se hasarda à sortir avec son fusil pour rapporter quelque gibier.

Il s'écarta d'environ trois milles[11] du navire, et, souvent trompé par des effets de mirage ou de réfraction, il s'éloigna plus loin qu'il ne voulait. C'était imprudent, car des traces récentes d'animaux féroces se montraient sur le sol. Louis Cornbutte ne voulut cependant pas revenir sans rapporter quelque viande fraîche, et il continua sa route ; mais il éprouvait alors un sentiment singulier, qui lui tournait la tête. C'était ce qu'on appelle le « vertige du blanc ».

En effet, la réflexion des monticules de glace et de la plaine le saisissait de la tête aux pieds, et il lui semblait que cette couleur le pénétrait et lui causait un affadisse-

10. Moribond : sur le point de mourir.
11. Environ trois milles : environ 5,5 km.

ment[12] irrésistible. Son œil en était imprégné, son regard dévié.

Il crut qu'il allait devenir fou de blancheur. Sans se rendre compte de cet effet terrible, il continua sa marche et ne tarda pas à faire lever un ptarmigan, qu'il poursuivit avec ardeur. L'oiseau tomba bientôt, et, pour aller le prendre, Louis Cornbutte, sautant d'un glaçon sur la plaine, tomba lourdement, car il avait fait un saut de dix pieds[13] lorsque la réfraction lui faisait croire qu'il n'en avait que deux à franchir. Le vertige le saisit alors, et, sans savoir pourquoi, il se mit à appeler au secours pendant quelques minutes, bien qu'il ne se fût rien brisé dans sa chute. Le froid commençant à l'envahir, il revint au sentiment de sa conservation[14] et se releva péniblement.

Soudain, sans qu'il pût s'en rendre compte, une odeur de graisse brûlée saisit son odorat. Comme il était sous le vent du navire, il supposa que cette odeur venait de là, et il ne comprit pas dans quel but on brûlait cette graisse, car c'était fort dangereux, puisque cette émanation[15] pouvait attirer des bandes d'ours blancs.

Louis Cornbutte reprit donc le chemin du brick, en proie à une préoccupation qui, dans son esprit surexcité, dégénéra bientôt en terreur. Il lui sembla que des masses colossales se mouvaient à l'horizon, et il se demanda s'il n'y avait pas encore quelque tremblement de glaces. Plusieurs de ces masses s'interposèrent entre le navire

12. **Affadissement :** perte de vigueur, de vitalité.
13. **Dix pieds :** 3 m environ.
14. **Conservation :** survie.
15. **Émanation :** odeur.

et lui, et il lui parut qu'elles s'élevaient sur les flancs du brick. Il s'arrêta pour les considérer plus attentivement, et sa terreur fut extrême, quand il reconnut une bande d'ours gigantesques.

Ces animaux avaient été attirés par cette odeur de graisse qui avait surpris Louis Cornbutte. Celui-ci s'abrita derrière un monticule, et il en compta trois qui ne tardèrent pas à escalader les blocs de glace sur lesquels reposait *La Jeune Hardie*.

Rien ne parut lui faire supposer que ce danger fût connu à l'intérieur du navire, et une terrible angoisse lui serra le cœur. Comment s'opposer à ces ennemis redoutables ? André Vasling et ses compagnons se réuniraient-ils à tous les hommes du bord dans ce danger commun ? Penellan et les autres, à demi-privés de nourriture, engourdis par le froid, pourraient-ils résister à ces bêtes redoutables, qu'excitait une faim inassouvie[16] ? Ne seraient-ils pas surpris, d'ailleurs, par une attaque imprévue ?

Louis Cornbutte fit en un instant ces réflexions. Les ours avaient gravi les glaçons et montaient à l'assaut du navire. Louis Cornbutte put alors quitter le bloc qui le protégeait ; il s'approcha en rampant sur la glace, et bientôt il put voir les énormes animaux déchirer la tente avec leurs griffes et sauter sur le pont. Louis Cornbutte pensa à tirer un coup de fusil pour avertir ses compagnons ; mais si ceux-ci montaient sans être armés, ils seraient inévitablement mis en pièces, et rien n'indiquait qu'ils eussent connaissance de ce nouveau danger.

---

16. Inassouvie : insatisfaite.

QUESTIONS SUR LE TEXTE 8

AI-JE BIEN LU ?

1 Quels sont les deux groupes rivaux ?

2 **a.** Indiquez les deux causes de l'affaiblissement des marins ?

b. Pourquoi un des deux groupes est-il en meilleure santé que l'autre ?

c. Quel personnage est le plus touché ?

3 À quelle principale occasion Louis Cornbutte s'affronte-t-il avec Vasling ?

4 Quel nouveau danger menace l'équipage à la fin du chapitre 14 ?

J'ANALYSE LE TEXTE

Le cadre

5 Dans quels lieux l'action de ces deux chapitres se déroule-t-elle ?

6 **a.** Quelle température fait-il à partir du solstice d'hiver (22 décembre) ?

b. Le 22 janvier, le thermomètre peut-il encore marquer la température ? Justifiez votre réponse.

c. Comment le temps évolue-t-il le 26 janvier ?

Le roman d'aventure : la lutte pour la survie

— Le froid et le scorbut

7 Comment le froid extrême affecte-t-il la santé des hommes (l. 45-48) ?

8 **a.** Détaillez les souffrances de Jean Cornbutte, atteint du scorbut (l. 129-135).

b. Les autres marins sont-ils atteints ?

c. Quel est le remède nécessaire ? Les marins en disposent-ils en quantité suffisante ?

— L'affrontement entre les deux groupes

9 **a.** Quels sont les deux vols commis à bord ? Par qui le sont-ils ?
b. Pourquoi le second vol est-il plus grave que le premier ?

10 Pour quelle raison le 20 janvier (l. 118) Louis est-il prêt à provoquer un affrontement avec André Vasling ?

11 **a.** Le 26 janvier, quel geste Louis Cornbutte fait-il pour récupérer un citron pour son père (l. 176-181) ?
b. Vasling réagit-il ? Quelle est sa tactique et celle de ses complices ?
c. Comment Louis et ses compagnons veulent-ils y répondre ?

— L'organisation du suspense (l. 197-264)

12 **a.** Pourquoi Louis quitte-t-il le brick ?
b. De quel mal souffre-t-il ?
c. Dans quelles circonstances risque-t-il de mourir ?

13 **a.** Quelles sont ses craintes lorsqu'il sent l'odeur de graisse brûlée ? Ses craintes se trouveront-elles confirmées ?
b. Quelles réflexions se fait-il (l. 246-254) ? Montrez que le narrateur fait partager au lecteur le point de vue de Louis.

Je formule mes impressions

14 Que pensez-vous de l'attitude des Norvégiens à l'égard de Louis Cornbutte ? Et de celle d'André Vasling ? Sa passion pour Marie la justifie-t-elle ?

15 À ce moment du récit, et avec l'apparition des ours, à quelle suite vous attendez-vous ?

QUESTIONS SUR LE TEXTE 8

J'ÉTUDIE LA LANGUE

Grammaire : l'attribut du sujet

L'attribut du sujet est un mot (ou groupe de mots) qui permet d'attribuer une caractéristique au sujet par l'intermédiaire d'un verbe dit attributif (*être, paraître, sembler, devenir, demeurer, rester*...).

16 Relevez les attributs du sujet et indiquez leur classe grammaticale (adjectif ou participe adjectif, groupe nominal). Lequel comporte un superlatif ?

a. « André Vasling, vous êtes un misérable. »
b. « Ils demeuraient accroupis. »
c. « Le 1er janvier fut l'un des plus tristes jours de l'hivernage. »
d. « Le vent était violent, et le froid insupportable. »
e. « Il crut qu'il allait devenir fou de blancheur. »

Orthographe : les accords des participes passés

17 Expliquez l'orthographe des participes passés dans les phrases suivantes. Pour chaque cas, vous énoncerez la règle.

a. « Louis Cornbutte exigea qu'elle [la caisse] lui fût rendue sur-le-champ. »
b. « La jeune fille n'avait jamais tremblé devant les dangers des mers polaires. »
c. « Si nous n'arrivons pas à combattre ce froid, nous sommes perdus. »
d. « Vous les [les citrons] avez volés. »
e. « Penellan et les autres, à demi privés de nourriture, engourdis par le froid, pourraient-ils résister à ces bêtes redoutables... ? »

Vocabulaire : le suffixe *-ment*

Le suffixe *-ment* sert à former des adverbes à partir d'un radical d'adjectif ou des noms souvent à partir d'un radical de verbe.

18 Dans la liste de mots suivants, identifiez les noms et les adverbes. Indiquez l'adjectif radical au masculin singulier s'il s'agit d'un adverbe et le verbe radical s'il s'agit d'un nom.
généralement – commandement – logement – empressement – abondamment – promptement – indépendamment – mouvement – sentiment – affadissement – attentivement

JE FAIS UN EXPOSÉ

19 Faites une recherche à deux sur les ours polaires et leur disparition (ouvrage documentaire, encyclopédie, sites internet, notamment WWF). Préparez un dossier, un panneau ou un document Powerpoint. Vous exposerez le résultat de vos recherches.

LE SAVIEZ-VOUS ?

Le scorbut

Le scorbut est une maladie due au manque de vitamine C que l'on trouve dans les fruits et légumes frais, en particulier dans les agrumes (oranges, citrons…).
Cette maladie se manifeste par le déchaussement des dents, des hémorragies, un affaiblissement généralisé qui mène jusqu'à la mort. Aux XVIe et XVIIe siècles, elle touche principalement les marins des grands voiliers qui restent longtemps en mer sans nourriture fraîche. Au milieu du XVIIIe siècle, l'Écossais James Lind démontre l'efficacité du jus d'orange ou de citron dans le traitement et la prévention du scorbut.
Mais ce n'est que dans la première moitié du XXe siècle que l'on établit la liste des vitamines et que l'on étudie et isole la vitamine C (acide ascorbique). Elle joue un rôle important dans le maintien en bonne santé de notre corps, elle développe nos capacités à résister aux maladies et active la cicatrisation des plaies.

« Sans ces bêtes-là, nous étions perdus ! »

Chapitre 15
Les ours blancs

Après le départ de Louis Cornbutte, Penellan avait soigneusement fermé la porte du logement, qui s'ouvrait au bas de l'escalier du pont. Il revint près du poêle, qu'il se chargea de garder pendant que ses compagnons regagnaient leur lit pour y trouver un peu de chaleur.

Il était alors six heures du soir, et Penellan se mit à préparer le souper. Il descendit à la cambuse pour chercher de la viande salée, qu'il voulait faire amollir dans l'eau bouillante. Quand il remonta, il trouva sa place prise par André Vasling, qui avait mis des morceaux de graisse à cuire dans la bassine.

« J'étais là avant vous, dit brusquement Penellan à André Vasling. Pourquoi avez-vous pris ma place ?

– Par la raison qui vous fait la réclamer, répondit André Vasling, parce que j'ai besoin de faire cuire mon souper !

– Vous enlèverez cela tout de suite, répliqua Penellan, ou nous verrons !

– Nous ne verrons rien, répondit André Vasling, et ce souper cuira malgré vous !

– Vous n'y goûterez donc pas ! » s'écria Penellan, en s'élançant sur André Vasling, qui saisit son coutelas, en s'écriant :

« À moi, les Norvégiens ! à moi, Aupic ! »

Ceux-ci, en un clin d'œil, furent sur pied, armés de pistolets et de poignards. Le coup était préparé.

Penellan se précipita sur André Vasling, qui s'était sans doute donné le rôle de le combattre tout seul, car ses compagnons coururent aux lits de Misonne, de Turquiette et de Pierre Nouquet. Ce dernier, sans défense, accablé par la maladie, était livré à la férocité d'Herming. Le charpentier, lui, saisit une hache, et, quittant son lit, il se jeta à la rencontre d'Aupic. Turquiette et le Norvégien Jocki luttaient avec acharnement. Gervique et Gradlin, en proie à d'atroces souffrances, n'avaient même pas conscience de ce qui se passait auprès d'eux.

Pierre Nouquet reçut bientôt un coup de poignard dans le côté, et Herming revint sur Penellan, qui se battait avec rage. André Vasling l'avait saisi à bras-le-corps.

Mais dès le commencement de la lutte, la bassine avait été renversée sur le fourneau, et la graisse, se répandant sur les charbons ardents, imprégnait l'atmosphère d'une odeur infecte. Marie se leva en poussant des cris de désespoir, et se précipita vers le lit où râlait le vieux Jean Cornbutte.

André Vasling, moins vigoureux que Penellan, sentit bientôt ses bras repoussés par ceux du timonier. Ils étaient trop près l'un de l'autre pour pouvoir faire usage de leurs armes. Le second, apercevant Herming, s'écria :

« À moi ! Herming !

– À moi ! Misonne ! » cria Penellan à son tour.

Mais Misonne se roulait à terre avec Aupic, qui cherchait à le percer de son coutelas. La hache du charpentier était une arme peu favorable à sa défense, car il ne pouvait la manœuvrer, et il avait toutes les peines du monde à parer les coups de poignard qu'Aupic lui portait.

Cependant, le sang coulait au milieu des rugissements et des cris. Turquiette, terrassé par Jocki, homme d'une force peu commune, avait reçu un coup de poignard à l'épaule, et il cherchait en vain à saisir un pistolet passé à la ceinture du Norvégien. Celui-ci l'étreignait[1] comme dans un étau[2], et aucun mouvement ne lui était possible.

Au cri d'André Vasling, que Penellan acculait[3] contre la porte d'entrée, Herming accourut. Au moment où il allait porter un coup de coutelas dans le dos du Breton, celui-ci, d'un coup de pied vigoureux l'étendit à terre. L'effort qu'il fit permit à André Vasling de dégager son bras droit des étreintes de Penellan ; mais la porte d'entrée, sur laquelle ils pesaient de tout leur poids, se défonça subitement, et André Vasling tomba à la renverse.

Soudain, un rugissement terrible éclata, et un ours gigantesque apparut sur les marches de l'escalier. André Vasling l'aperçut le premier. Il n'était pas à quatre pieds de lui. Au même moment, une détonation se fit entendre, et l'ours, blessé ou effrayé, rebroussa chemin. André Vasling, qui était parvenu à se relever, se mit à sa poursuite, abandonnant Penellan.

---

1. Étreignait : serrait fortement.
2. Étau : outil formé de deux pièces que l'on peut rapprocher au moyen d'une vis.
3. Acculait : poussait.

Le timonier replaça alors la porte défoncée et regarda autour de lui. Misonne et Turquiette, étroitement garrottés[4] par leurs ennemis, avaient été jetés dans un coin et faisaient de vains efforts pour rompre leurs liens. Penellan se précipita à leur secours, mais il fut renversé par les deux Norvégiens et Aupic. Ses forces épuisées ne lui permirent pas de résister à ces trois hommes, qui l'attachèrent de façon à lui interdire tout mouvement. Puis, aux cris du second, ceux-ci s'élancèrent sur le pont, croyant avoir affaire à Louis Cornbutte.

Là, André Vasling se débattait contre un ours, auquel il avait porté déjà deux coups de poignard. L'animal, frappant l'air de ses pattes formidables, cherchait à atteindre Vasling. Celui-ci, peu à peu acculé contre le bastingage, était perdu, quand une seconde détonation retentit. L'ours tomba. André Vasling leva la tête et aperçut Louis Cornbutte dans les enfléchures[5] du mât de misaine, le fusil à la main. Louis Cornbutte avait visé l'ours au cœur, et l'ours était mort.

La haine domina la reconnaissance dans le cœur de Vasling ; mais, avant de la satisfaire, il regarda autour de lui. Aupic avait eu la tête brisée d'un coup de patte, et gisait sans vie sur le pont. Jocki, une hache à la main, parait, non sans peine, les coups que lui portait ce second ours, qui venait de tuer Aupic. L'animal avait reçu deux coups de poignard, et cependant il se battait avec acharnement. Un troisième ours se dirigeait vers l'avant du navire.

---

4. Garrottés : attachés solidement.
5. Enfléchures : échelles de corde établies entre les haubans.

André Vasling ne s'en occupa donc pas, et, suivi d'Herming, il vint au secours de Jocki ; mais Jocki, saisi entre les pattes de l'ours, fut broyé, et quand l'animal tomba sous les coups d'André Vasling et d'Herming, qui déchargèrent sur lui leurs pistolets, il ne tenait plus qu'un cadavre entre ses pattes.

« Nous ne sommes plus que deux, dit André Vasling d'un air sombre et farouche ; mais, si nous succombons, ce ne sera pas sans vengeance ! »

Herming rechargea son pistolet, sans répondre. Avant tout, il fallait se débarrasser du troisième ours. André Vasling regarda du côté de l'avant et ne le vit pas. En levant les yeux, il l'aperçut debout sur le bastingage et grimpant déjà aux enfléchures, pour atteindre Louis Cornbutte. André Vasling laissa tomber son fusil, qu'il dirigeait sur l'animal et une joie féroce se peignit dans ses yeux.

« Ah ! s'écria-t-il, tu me dois bien cette vengeance-là ! »

Cependant Louis Cornbutte s'était réfugié dans la hune[6] de misaine. L'ours montait toujours, et il n'était plus qu'à six pieds[7] de Louis, quand celui-ci épaula son fusil et visa l'animal au cœur.

De son côté, André Vasling épaula le sien pour frapper Louis si l'ours tombait.

Louis Cornbutte tira, mais il ne parut pas que l'ours eût été touché, car il s'élança d'un bond sur la hune. Tout le mât en tressaillit.

André Vasling poussa un cri de joie.

---

6. Hune : plate-forme établie sur le mât.
7. Six pieds : environ 1,5 m.

« Herming ! cria-t-il au matelot norvégien, va me chercher Marie ! Va me chercher ma fiancée ! »

Herming descendit l'escalier du logement.

Cependant, l'animal furieux s'était précipité sur Louis Cornbutte, qui chercha un abri de l'autre côté du mât ; mais, au moment où sa patte énorme s'abattait pour lui briser la tête, Louis Cornbutte, saisissant l'un des galhaubans[8], se laissa glisser jusqu'à terre, non pas sans danger, car, à moitié chemin, une balle siffla à ses oreilles. André Vasling venait de tirer sur lui et l'avait manqué. Les deux adversaires se retrouvèrent donc en face l'un de l'autre, le coutelas à la main.

Ce combat devait être décisif. Pour assouvir[9] pleinement sa vengeance, pour faire assister la jeune fille à la mort de son fiancé, André Vasling s'était privé du secours d'Herming. Il ne devait donc plus compter que sur lui-même.

Louis Cornbutte et André Vasling se saisirent chacun au collet, et se tinrent de façon à ne pouvoir plus reculer. Des deux l'un devait tomber mort. Ils se portèrent de violents coups, qu'ils ne parèrent[10] qu'à demi, car le sang coula bientôt de part et d'autre. André Vasling cherchait à jeter son bras droit autour du cou de son adversaire pour le terrasser. Louis Cornbutte, sachant que celui qui tomberait était perdu, le prévint[11], et il parvint à le saisir de ses deux bras ; mais, dans ce mouvement, son poignard lui échappa de la main.

8. Galhaubans : cordages qui servent à fixer le mât.
9. Assouvir : satisfaire.
10. Parèrent : évitèrent.
11. Le prévint : agit avant lui.

Des cris affreux arrivèrent en ce moment à son oreille. C'était la voix de Marie, qu'Herming voulait entraîner. La rage prit Louis Cornbutte au cœur ; il se raidit pour faire plier les reins d'André Vasling ; mais, à ce moment, les deux adversaires se sentirent saisis tous les deux dans une étreinte puissante.

L'ours, descendu de la hune de misaine, s'était précipité sur ces deux hommes.

André Vasling était appuyé contre le corps de l'animal. Louis Cornbutte sentait les griffes du monstre lui entrer dans les chairs. L'ours les étreignait tous deux.

« À moi ! à moi ! Herming ! put crier le second.

– À moi ! Penellan ! » s'écria Louis Cornbutte.

Des pas se firent entendre sur l'escalier. Penellan parut, arma son pistolet et le déchargea dans l'oreille de l'animal. Celui-ci poussa un rugissement. La douleur lui fit ouvrir un instant les pattes, et Louis Cornbutte, épuisé, glissa sans mouvement sur le pont ; mais l'animal, les refermant avec force dans une suprême agonie, tomba en entraînant le misérable André Vasling, dont le cadavre fut broyé sous lui.

Penellan se précipita au secours de Louis Cornbutte. Aucune blessure grave ne mettait sa vie en danger, et le souffle seul lui avait manqué un moment.

« Marie !... dit-il en ouvrant les yeux.

– Sauvée ! répondit le timonier. Herming est étendu là, avec un coup de poignard au ventre !

– Et ces ours ?...

– Morts, Louis, morts comme nos ennemis ! Mais on peut dire que, sans ces bêtes-là, nous étions perdus ! Vraiment ! ils sont venus à notre secours ! Remercions donc la Providence ! »

Louis Cornbutte et Penellan descendirent dans le logement, et Marie se précipita dans leurs bras.

« L'ours les étreignait tous deux. »

QUESTIONS SUR LE TEXTE 9

AI-JE BIEN LU ?

1 Quel mauvais coup André Vasling et ses partisans ont-ils préparé pendant l'absence de Louis ?
2 Pourquoi la lutte engagée entre Penellan et André Vasling s'interrompt-elle ?
3 Combien d'ours ont pénétré sur le navire ? Sont-ils tous tués ?
4 Quel est le sort d'André Vasling ?

J'ANALYSE LE TEXTE

Les lieux et la durée

5 Citez les trois lieux de l'action dans ce chapitre.
6 À quel moment de la journée l'action commence-t-elle (l. 6) ? Évaluez approximativement la durée des événements dans ce chapitre.

Un roman d'aventure : une lutte sans merci

— Les phases de la lutte

7 Sur quel prétexte l'affrontement débute-t-il ? Faites la liste des combattants et de leurs adversaires.
8 Comment André Vasling est-il sauvé des pattes du premier ours (l. 88-96) ?
9 Qui sont les adversaires du deuxième ours ? Que leur arrive-t-il ? Comment l'ours est-il tué ?
10 **a.** Où le troisième ours poursuit-il Louis ? Comment celui-ci arrive-t-il à lui échapper ?
b. Quel autre adversaire doit-il affronter ? Avec quelle arme ?
11 **a.** À quel moment ce troisième ours intervient-il dans le combat ? Qui le tue ?
b. Quelle est l'issue du combat ?

Brutalité et violence

12 **a.** Quelles sont les armes employées tout au long de cet affrontement ? Dans quel cas les hommes luttent-ils corps à corps ?
b. Quels termes évoquent la rage des hommes et la violence du combat (mentions des cris et du sang) dans les lignes 26-61 ?

Le parcours d'André Vasling

13 **a.** À quel moment Louis sauve-t-il Vasling ? Lui en est-il reconnaissant ? Comment jugez-vous sa réaction ?
b. Quel ordre Vasling donne-t-il à Herming quand il voit Louis aux prises avec l'ours dans les mâts ? Pourquoi veut-il faire monter Marie sur le pont ?

Je formule mes impressions

14 Énumérez les blessés et les morts. Aimez-vous les histoires comme celle-là qui comportent des épisodes de violence ? Pourquoi ?

J'ÉTUDIE LA LANGUE

Grammaire : les connecteurs logiques

Les connecteurs logiques sont des mots qui organisent la progression d'un texte et permettent d'établir des relations logiques entre les phrases ou les propositions. Ils peuvent exprimer la cause : *car, en effet*..., la conséquence : *ainsi, donc*..., l'opposition : *mais, cependant*...

15 Relevez dans les lignes 134-143 quatre connecteurs logiques. Précisez leur valeur (cause, conséquence...).

QUESTIONS SUR LE TEXTE 9

Vocabulaire : autour du mot « ours »

16 **a.** En grec, « ours » se dit *arktos*. Quel terme géographique en référence avec la constellation de la Grande Ourse, visible au Nord, est issu de ce mot ?
b. En latin, « ours » se dit *ursus*. Quel terme scientifique désigne la famille des ours et des pandas ?

17 Donnez le sens des expressions suivantes.
a. Se sentir comme un ours en cage.
b. Vendre la peau de l'ours avant de l'avoir tué.
c. Se conduire comme un ours mal léché.
d. Vivre comme un ours.

J'ÉCRIS

Imaginer une autre fin au chapitre

18 Imaginez un autre dénouement au combat au moment où le troisième ours intervient.

CONSIGNES D'ÉCRITURE
- Conservez le narrateur à la 3e personne et les temps du passé.
- Commencez par : *L'ours, descendu de la hune de misaine, s'était précipité sur ces deux hommes.*
- Vous introduirez de courts dialogues.

« Le 16 août, *La Jeune Hardie* se trouvait en vue de Dunkerque »

Chapitre 16
Conclusion

Herming, mortellement blessé, avait été transporté sur un lit par Misonne et Turquiette, qui étaient parvenus à briser leurs liens. Ce misérable râlait[1] déjà, et les deux marins s'occupèrent de Pierre Nouquet, dont la blessure n'offrit heureusement pas de gravité.

Mais un plus grand malheur devait frapper Louis Cornbutte. Son père ne donnait plus aucun signe de vie ! Était-il mort avec l'anxiété de voir son fils livré à ses ennemis ? Avait-il succombé avant cette terrible scène ? On ne sait. Mais le pauvre vieux marin, brisé par la maladie, avait cessé de vivre !

À ce coup inattendu, Louis Cornbutte et Marie tombèrent dans un désespoir profond, puis ils s'agenouillèrent près du lit et pleurèrent en priant pour l'âme de Jean Cornbutte.

Penellan, Misonne et Turquiette les laissèrent seuls dans cette chambre et remontèrent sur le pont. Les cadavres des trois ours furent tirés à l'avant. Penellan résolut de

1. **Râlait :** avait la respiration d'une personne à l'agonie.

garder leur fourrure, qui devait être d'une grande utilité ; mais il ne pensa pas un seul moment à manger leur chair. D'ailleurs, le nombre des hommes à nourrir était bien diminué maintenant. Les cadavres d'André Vasling, d'Aupic et de Jocki, jetés dans une fosse creusée sur la côte, furent bientôt rejoints par celui d'Herming. Le Norvégien mourut dans la nuit sans repentir ni remords, l'écume de la rage à la bouche.

Les trois marins réparèrent la tente, qui, crevée en plusieurs endroits, laissait la neige tomber sur le pont. La température était excessivement froide et dura ainsi jusqu'au retour du soleil, qui ne reparut au-dessus de l'horizon que le 8 janvier.

Jean Cornbutte fut enseveli sur cette côte. Il avait quitté son pays pour retrouver son fils, et il était venu mourir sous ce climat affreux ! Sa tombe fut creusée sur une hauteur, et les marins y plantèrent une simple croix de bois.

Depuis ce jour, Louis Cornbutte et ses compagnons passèrent encore par de cruelles épreuves ; mais les citrons, qu'ils avaient retrouvés, leur rendirent la santé.

Gervique, Gradlin et Pierre Nouquet purent se lever, une quinzaine de jours après ces terribles événements, et prendre un peu d'exercice.

Bientôt, la chasse devint plus facile et plus abondante. Les oiseaux aquatiques revenaient en grand nombre. On tua souvent une sorte de canard sauvage, qui procura une nourriture excellente. Les chasseurs n'eurent à déplorer d'autre perte que celle de deux de leurs chiens, qu'ils perdirent dans une entreprise pour reconnaître, à vingt-cinq milles[2] dans le sud, l'état de la plaine de glace.

Le mois de février fût signalé par de violentes tempêtes et des neiges abondantes. La température moyenne fut encore de vingt-cinq degrés au-dessous de zéro, mais les hiverneurs n'en souffrirent pas, par comparaison. D'ailleurs, la vue du soleil, qui s'élevait de plus en plus au-dessus de l'horizon, les réjouissait, en leur annonçant la fin de leurs tourments. Il faut croire aussi que le Ciel eut pitié d'eux, car la chaleur fut précoce cette année. Dès le mois de mars, quelques corbeaux furent aperçus, voltigeant autour du navire. Louis Cornbutte captura des grues[3] qui avaient poussé jusque-là leurs pérégrinations septentrionales[4]. Des bandes d'oies sauvages se laissèrent aussi entrevoir dans le sud.

Ce retour des oiseaux indiquait une diminution du froid. Cependant, il ne fallait pas trop s'y fier, car, avec un changement de vent, ou dans les nouvelles ou pleines lunes, la température s'abaissait subitement, et les marins étaient forcés de recourir à leurs précautions les plus grandes pour se prémunir contre elle. Ils avaient déjà brûlé tous les bastingages du navire pour se chauffer, les cloisons du rouffle[5] qu'ils n'habitaient pas, et une grande partie du faux pont[6]. Il était donc temps que cet hivernage finît. Heureusement, la moyenne de mars ne fut pas de

2. Vingt-cinq milles : environ 46 km.
3. Grues : grands oiseaux échassiers migrateurs.
4. Septentrionales : vers le nord.
5. Rouffle : partie habitable du navire.
6. Faux pont : pont situé sous le pont principal.

plus de seize degrés au-dessous de zéro. Marie s'occupa de préparer de nouveaux vêtements pour cette précoce saison de l'été.

Depuis l'équinoxe[7], le soleil s'était constamment maintenu au-dessus de l'horizon. Les huit mois de jour avaient commencé. Cette clarté perpétuelle et cette chaleur incessante, quoique excessivement faibles, ne tardèrent pas à agir sur les glaces.

Il fallait prendre de grandes précautions pour lancer *La Jeune Hardie* du haut lit de glaçons qui l'entouraient. Le navire fut en conséquence solidement étayé[8], et il parut convenable d'attendre que les glaces fussent brisées par la débâcle[9] ; mais les glaçons inférieurs, reposant dans une couche d'eau déjà plus chaude, se détachèrent peu à peu, et le brick redescendit insensiblement. Vers les premiers jours d'avril, il avait repris son niveau naturel.

Avec le mois d'avril vinrent des pluies torrentielles, qui, répandues à flots sur la plaine de glace, hâtèrent encore sa décomposition. Le thermomètre remonta à dix degrés au-dessous de zéro. Quelques hommes ôtèrent leurs vêtements de peaux de phoque, et il ne fut plus nécessaire d'entretenir un poêle jour et nuit dans le logement. La provision d'esprit-de-vin, qui n'était pas épuisée, ne fut plus employée que pour la cuisson des aliments.

Bientôt, les glaces commencèrent à se briser avec de sourds craquements. Les crevasses se formaient avec une

7. Équinoxe : moment de l'année où la durée du jour est égale à celle des nuits. Il se produit une équinoxe au printemps et à l'automne.
8. Étayé : soutenu par des étais, des appuis.
9. Débâcle : fonte des glaces.

grande rapidité, et il devenait imprudent de s'avancer sur la plaine, sans un bâton pour sonder les passages, car des fissures serpentaient çà et là. Il arriva même que plusieurs marins tombèrent dans l'eau, mais ils en furent quittes pour un bain encore un peu froid.

Les phoques revinrent à cette époque, et on leur donna souvent la chasse, leur graisse devant être utilisée.

La santé de tous demeurait excellente. Le temps était rempli par les préparatifs de départ et par les chasses. Louis Cornbutte allait souvent étudier les passes, et, d'après la configuration de la côte méridionale, il résolut de tenter le passage plus au sud. Déjà la débâcle s'était produite dans différents endroits, où quelques glaçons flottants se dirigeaient vers la haute mer. Le 25 avril, le navire fut mis en état. Les voiles, tirées de leur étui, étaient dans un parfait état de conservation ; ce fut une joie véritable pour les marins de les voir se balancer au souffle du vent. Le navire tressaillit[10], car il avait retrouvé sa ligne de flottaison[11], et quoiqu'il ne pût pas encore bouger, il reposait cependant dans son élément naturel.

Au mois de mai, le dégel se fit rapidement. La neige qui couvrait le rivage fondait de tous côtés et formait une boue épaisse, qui rendait la côte presque inabordable. De petites bruyères, roses et pâles, se montraient timidement à travers les restes de neige et semblaient sourire à ce peu de chaleur. Le thermomètre remonta enfin au-dessus de zéro.

10. Tressailli : bougea sans se déplacer.
11. Ligne de flottaison : limite entre la partie immergée et la partie émergée de la coque du bateau.

À vingt milles[12] du navire, au sud, les glaçons, complètement détachés, voguaient alors vers l'océan Atlantique. Bien que la mer ne fût pas entièrement libre autour du navire, il s'établissait des passes dont Louis Cornbutte voulut profiter.

Le 21 mai, après une dernière visite au tombeau de son père, Louis Cornbutte abandonna enfin la baie d'hivernage. Le cœur de ces braves marins se remplit en même temps de joie et de tristesse, car on ne quitte pas sans regret les lieux où l'on a vu mourir un ami. Le vent soufflait du nord et favorisait le départ du brick. Souvent il fut arrêté par des bancs de glace, que l'on dut couper à la scie ; souvent des glaçons se dressèrent devant lui, et il fallut employer la mine pour les faire sauter. Pendant un mois encore, la navigation fut pleine de dangers, qui mirent souvent le navire à deux doigts de sa perte ; mais l'équipage était hardi et accoutumé à ces périlleuses manœuvres. Penellan, Pierre Nouquet, Turquiette, Fidèle Misonne faisaient à eux seuls l'ouvrage de dix matelots, et Marie avait des sourires de reconnaissance pour chacun.

La Jeune Hardie fut enfin délivrée des glaces à la hauteur de l'île Jean-Mayen. Vers le 25 juin, le brick rencontra des navires qui se rendaient dans le Nord, pour la pêche des phoques et de la baleine. Il avait mis près d'un mois à sortir de la mer polaire.

Le 16 août, *La Jeune Hardie* se trouvait en vue de Dunkerque. Elle avait été signalée par la vigie, et toute la popu-

12. Vingt milles : environ 37 km.

lation du port accourut sur la jetée. Les marins du brick tombèrent bientôt dans les bras de leurs amis. Le vieux curé reçut Louis Cornbutte et Marie sur son cœur, et, des deux messes qu'il dit les deux jours suivants, la première fut pour le repos de l'âme de Jean Cornbutte, et la seconde pour bénir ces deux fiancés, unis depuis si longtemps par le malheur.

« Le vieux curé reçut Louis Cornbutte... »

QUESTIONS SUR LE TEXTE 10

AI-JE BIEN LU ?

1 Quels personnages sont morts à la fin de l'aventure ?

2 Quelles épreuves les hiverneurs doivent-ils encore subir de janvier à mai ?

3 Quels obstacles *La Jeune Hardie* rencontre-t-elle dans sa sortie de la mer polaire ?

4 Dans quelle ville *La Jeune Hardie* termine-t-elle son voyage ?

J'ANALYSE LE TEXTE

L'accélération de l'action

> Le narrateur peut ralentir le récit en s'attardant sur une scène. Il peut au contraire l'accélérer en résumant ce qui s'est passé (sommaire).

5 Relevez les indications temporelles. Combien de mois d'hivernage les marins ont-ils encore à affronter ?

6 **a.** Quelle est la date du retour à Dunkerque ?
b. Quelle a été la durée du voyage de retour ? Combien de lignes le narrateur consacre-t-il à ce voyage ?

7 Pourquoi selon vous, dans ce chapitre, le narrateur accélère-t-il le récit ?

Un récit d'aventure : le dénouement

— Les morts

8 **a.** Comment Louis et Marie réagissent-ils quand ils constatent la mort de Jean Cornbutte ?
b. Où Jean Cornbutte est-il enterré ?
c. Quels sentiments à son égard les personnages éprouvent-ils au moment de quitter l'hivernage (l. 130-134) ?

9 **a.** Quand Herming meurt-il ? Rappelez les causes de sa mort. A-t-il regretté d'avoir suivi André Vasling ?
b. Quel sort les marins réservent-ils aux cadavres de leurs ennemis ? Et aux ours ? Que pensez-vous de ces décisions ?

— La fin de l'hivernage

10 Notez dans un tableau :
- l'évolution des températures de janvier à mai ;
- les conditions météorologiques ;
- l'évolution de la faune et de la flore.

11 **a.** Quand les glaces commencent-elles à fondre ? Que doivent craindre les marins à partir de ce moment ?
b. Quel phénomène crée des passes de mer libre aux mois d'avril et mai ?

12 Les conditions de vie des marins s'améliorent-elles peu à peu ? Justifiez votre réponse.

— Le voyage de retour

13 **a.** Quels sont les dangers du voyage de retour ? Sont-ils facilement surmontés ? Justifiez votre réponse.
b. De quelles qualités les marins font-ils preuve ?
c. Quel rôle Marie joue-t-elle ?

La fin du récit

14 **a.** Pourquoi le curé dit-il deux messes lors du retour de *La Jeune Hardie* à Dunkerque ?
b. Comparez le début et la fin du récit. Quels sont les points communs (lieux, personnages…) et les différences (personnages présents, morts) ? Quel est l'effet produit par ces scènes en écho ?

Je formule mes impressions

15 **a.** Selon vous, Jean Cornbutte est-il mort en héros ?
b. Jugez-vous que la fin du récit est heureuse ?

QUESTIONS SUR LE TEXTE 10

J'ÉTUDIE LA LANGUE

Vocabulaire : sens propre, sens figuré

16 « Déjà la débâcle s'était produite dans différents endroits. » Quels sont les sens du mot « débâcle » dans les phrases suivantes ? Distinguez sens propre et sens figuré.

a. La surface du lac était encore glacée, les pêcheurs attendaient la débâcle.

b. La crise économique a provoqué la débâcle de son entreprise.

c. Juin 1940 vit la débâcle de l'armée française face à l'armée allemande.

J'ÉCRIS

Écrire une lettre

17 Marie écrit une lettre à sa meilleure amie pour lui raconter l'aventure qu'elle a vécue.

CONSIGNES D'ECRITURE

- Respectez les codes de la lettre (utilisation de la 1re et de la 2e personne).
- Le récit des événements passés est au passé composé, à l'imparfait, au plus-que-parfait (pas de passé simple).
- Marie fait part des diverses émotions qui l'ont secouée.

QUESTIONS BILAN

1 La durée

Combien de temps s'écoule entre l'arrivée de *La Jeune Hardie* à Dunkerque, sans Louis, et son retour à la fin du récit ?

a. 3 mois **b.** 6 mois **c.** 15 mois

2 Les étapes du voyage

Remettez dans l'ordre les étapes du voyage. Aidez-vous de la carte p. 11.

Île Shannon – îles Féroé – Bodø – cap Brewster – baie de Gaël-Hamkes – Dunkerque – île Liverpool.

3 Les relations entre les personnages

Reconstituez les deux clans qui se sont formés dans l'équipage.

Penellan – Vasling – Aupic – Jean Cornbutte – Herming – Fidèle Misonne – Gradlin – Gervique – Jocki – Alain Turquiette.

4 Le vocabulaire de la mer

Complétez les phrases avec les mots suivants : brick – larguées – timonier – pavillon – scorbut – cambuse.

a. Les marins de *La Jeune Hardie* avaient hissé le .... noir.

b. On se procura des citrons destinés à prévenir du ....

c. Les voiles furent .... et le .... s'éloigna rapidement.

d. Penellan, le ...., descendit à la .... pour y chercher de la viande salée.

5 Qui a dit ?

Retrouvez les auteurs des paroles :

Jean Cornbutte – Marie – André Vasling.

a. « Êtes-vous bien sûr, André, que mon fils ait péri ? » (ch. 2)

b. « La femme peut bien aller chercher son mari, quand le père s'embarque pour sauver son enfant ! » (ch. 3)

c. « Louis Cornbutte [...] rappelez-vous que l'obéissance hiérarchique n'existe plus ici, et que seul le plus fort fait la loi. » (ch. 13)

BILAN DE LECTURE

L'ATELIER JEU

6 Qui suis-je ?

Remplissez la grille à l'aide des définitions. Vous découvrirez alors dans la colonne grisée le nom d'un élément important du récit.

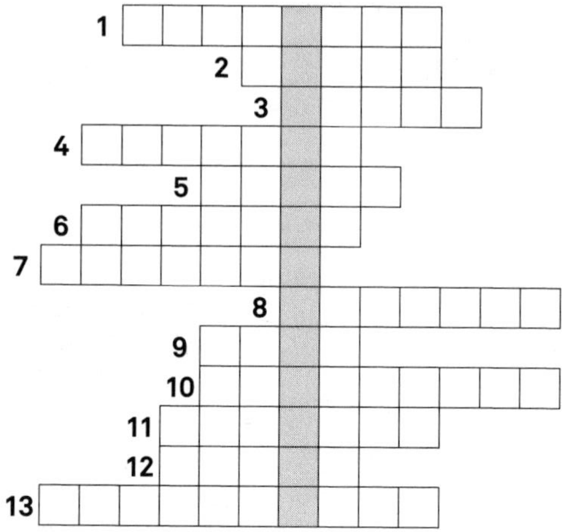

1 Je suis le timonier de l'expédition. Je suis ...
2 Je suis la seule femme de l'expédition. Je suis ...
3 Je suis un des deux Norvégiens et je suis tué avant l'autre. Je suis ...
4 J'ai été timonier et j'ai essayé de sauver la goélette norvégienne. Mon nom est ...
5 Mon père est parti à ma recherche. Mon prénom est ...
6 Je suis le second et je trahis la confiance qu'on a mise en moi. Mon nom est ...
7 Je suis le charpentier. Mon nom est ...
8 Je suis le deuxième marin norvégien. Je suis ...
9 Je pars à la recherche de mon fils disparu. Mon prénom est ...
10 Nous sommes père et fils. Notre nom est ...
11 Je suis un marin fidèle et dévoué mais je ne résiste pas au scorbut. Mon nom est ...
12 Je suis un bon marin mais je rejoins le camp des traîtres. Mon nom est ...
13 Je suis un marin fidèle et dévoué et je me bats avec courage. Mon nom est ...

BILAN DE LECTURE

Les voyages polaires

Le Petit Journal

ADMINISTRATION
61, RUE LAFAYETTE, 61
Les manuscrits ne sont pas rendus
On s'abonne sans frais
dans tous les bureaux de poste

5 CENT. SUPPLÉMENT ILLUSTRÉ 5 CENT.

20me Année Numéro 987
DIMANCHE 19 SEPTEMBRE 1909

ABONNEMENTS

	SIX MOIS	UN AN
SEINE et SEINE-ET-OISE..	2 fr.	3 fr. 50
DÉPARTEMENTS..........	2 fr.	4 fr. »
ÉTRANGER	2 50	5 fr. »

Une du *Petit Journal* du 19 septembre 1909 : « La conquête du Pôle Nord. Le docteur Cook et le commandant Peary s'en disputent la gloire. »

TEXTE 1 JULES VERNE

Le Sphinx des glaces

Outre Un hivernage dans les glaces, *Jules Verne a écrit plusieurs romans dont le cadre est l'exploration des régions polaires. En 1864, il publie* Les Voyages et Aventures du capitaine Hatteras *qui associe l'histoire vraie des explorations du Grand Nord à des aventures imaginaires. Dans* Le Pays des fourrures *(1872), des officiers sont chargés d'établir un fort dans le grand nord canadien mais ils se retrouvent sur une plateforme de glace qui se détache de la terre et qui dérive pendant plus d'un an. Enfin, en 1897, il publie* Le Sphinx des glaces *en hommage à Edgar Poe. Il imagine qu'un géologue, Jeorling, le narrateur de ce roman, qui veut rentrer des îles Kerguelen au sud de l'océan Indien chez lui aux États-Unis, embarque sur une goélette,* L'Halbrane, *et se retrouve entraîné vers le pôle Sud.*

Chapitre VI
Terre ?...

[...]

Des chocs, dont la cause m'échappait encore, retentirent au-dessus de ma tête. À l'intérieur de la cabine les cloisons déviaient de la verticale à faire croire que *L'Halbrane* se renversait sur le flanc. Presque aussitôt je fus projeté hors de mon cadre[1], et il s'en fallut d'un rien que l'angle de la table me fendît le crâne...

1. **Cadre :** sur un navire, couchette de toile montée sur un châssis en bois.

Enfin je me relevai, je parvins à me cramponner au rebord du châssis latéral, je m'arc-boutai contre la porte qui s'ouvrait sur le carré[2] et céda sous mes pieds…

À cet instant se produisirent des craquements dans les bastingages, des déchirements dans le flanc de bâbord[3]…

Est-ce donc qu'il y avait eu collision entre la goélette et l'une de ces colossales masses flottantes que Jem West[4] n'avait pu éviter au milieu de la brume ?…

Soudain de violentes vociférations[5] éclatèrent au-dessus du rouf[6], à l'arrière, puis des cris d'épouvante, dans lesquels se mélangeaient toutes les voix affolées de l'équipage…

Enfin un dernier heurt se fit, et *L'Halbrane* demeura immobile.

Chapitre VII
L'iceberg culbuté

Je dus ramper sur le plancher du rouf pour atteindre la porte et gagner le pont.

Le capitaine Len Guy, ayant déjà quitté sa cabine, se traînait sur les genoux, tant la bande[7] était accusée, et il vint s'accrocher de son mieux au râtelier de tournage[8] des pavois[9].

---

2. Carré : sur un navire, salon ou salle à manger pour les officiers.
3. Bâbord : côté gauche du navire, en regardant vers l'avant.
4. Jem West : second de *L'Halbrane*.
5. Vociférations : cris, hurlements.
6. Rouf (ou rouffle) : petite construction élevée sur le pont du navire.
7. Bande : inclinaison que prend le navire sur un côté.
8. Râtelier de tournage : sur un navire, planches sur lesquelles sont fixés des morceaux de bois servant à tourner les cordages.
9. Pavois : partie prolongeant la coque au-dessus du pont.

Vers l'avant, entre le gaillard[10] et le mât de misaine, quelques têtes sortaient des plis de la trinquette[11] abattue comme une tente dont la drisse[12] aurait largué.

Étaient suspendus aux haubans de tribord[13], Dirk Peters, Hardie, Martin Holt, Endicott[14], sa face noire tout hébétée[15].

Il est à croire qu'à cette heure, le bosseman[16] et lui eussent volontiers cédé à cinquante pour cent les primes qui leur étaient dues depuis le quatre-vingt-quatrième parallèle !...

Un homme parvint jusqu'à moi en rampant, car l'inclinaison du pont empêchait de se tenir debout, – au moins cinquante degrés.

C'était Hurliguerly, qui se pomoyait[17] à la façon d'un gabier[18] sur une vergue.

Étendu tout de mon long, les pieds appuyés contre le chambranle[19] de la porte, je ne craignais plus de glisser jusqu'à l'extrémité de la coursive[20].

La main que je tendis au bosseman, l'aida à se hisser, non sans peine, près de moi.

« Qu'y a-t-il ?... lui demandai-je.

– Un échouement, monsieur Jeorling !

---

10. Gaillard : partie extrême du pont.
11. Trinquette : voile à l'avant de la goélette.
12. Drisse : cordage servant à hisser une voile ou une tente.
13. Tribord : côté droit du navire, en regardant vers l'avant.
14. Dirk Peters, Hardie, Martin Holt, Endicott : marins de *L'Halbrane*.
15. Hébétée : stupide, abasourdie.
16. Bosseman : Hurliguerly, le contremaître, préposé aux cordages, aux ancres.
17. Se pomoyait (ou se paumoyait) : se hissait à la force des mains.
18. Gabier : matelot spécialisé dans les voiles.
19. Chambranle : encadrement de porte.
20. Coursive : sur un navire, passage réservé pour permettre la circulation.

– Nous sommes à la côte ?... m'écriai-je.

– Une côte suppose une terre, répondit ironiquement le bosseman, et, en fait de terre, il n'y en a jamais eu que dans l'imagination de ce diable de Dirk Peters !

– Enfin... qu'est-il arrivé ?...

– Il est arrivé un iceberg au milieu de la brume, – un iceberg dont on n'a pu se garer...

– Un iceberg, bosseman ?...

– Oui !... un iceberg, qui a choisi ce moment pour faire la culbute !... En se retournant, il a rencontré *L'Halbrane*, et il l'a enlevée comme une raquette ramasse un volant, et nous voici maintenant échoués à une bonne centaine de pieds au-dessus du niveau de la mer antarctique. »

Aurait-on pu imaginer plus terrible dénouement à l'aventureuse campagne[21] de *L'Halbrane* !... Au milieu de ces extrêmes parages, notre unique moyen de transport venait d'être arraché de son élément naturel, emporté par le basculage d'un iceberg à une hauteur qui dépassait cent pieds !... Oui ! je le répète, quel dénouement ! De s'engloutir au plus fort d'une tempête, d'être détruit dans une attaque de sauvages, d'être écrasé entre des glaces, ce sont les dangers auxquels s'expose tout navire engagé dans les mers polaires !... Mais que *L'Halbrane* eût été soulevée par une montagne flottante à l'instant où cette montagne se retournait, et qu'elle fût, à cette heure, échouée presque à sa cime, non ! cela dépassait les limites du vraisemblable !

Jules Verne, *Le Sphinx des glaces*, 1897.

21. Campagne : voyage sur mer limité dans le temps.

QUESTIONS SUR LE TEXTE 1

AI-JE BIEN LU ?

1 Qui est le narrateur ?
2 Quel est le type et le nom du navire ? Dans quelle région du monde se trouve-t-il entraîné ?
3 Pourquoi s'arrête-t-il brutalement ? Où a-t-il échoué ?
4 La situation est-elle périlleuse pour les marins ?

J'ANALYSE LE TEXTE

Le choc

5 **a.** Le choc est-il violent ? Relevez des termes précis.
b. Quelles sont les réactions de l'équipage ?
6 Comment les différents personnages (le narrateur, le capitaine, le bosseman) se déplacent-ils après le choc ?

Le suspense

7 **a.** Quelle hypothèse le narrateur fait-il sur la cause du choc ?
b. Précisez le rôle du dialogue dans le maintien du suspense : quelles sont les étapes du questionnement du narrateur et des réponses du bosseman ?
8 À quoi l'iceberg et le navire sont-ils comparés (l. 58) ?

Le commentaire du narrateur

9 Identifiez le type de phrases des lignes 61-73. Quel terme est répété ? Quel état d'esprit le narrateur exprime-t-il ainsi ?

Je formule mes impressions

10 Sur quel ton le narrateur raconte-t-il cette situation dramatique ? Qu'en pensez-vous ?
11 Comment imaginez-vous que les personnages pourront réchapper à la mort ?

TEXTE 2 STEFAN ZWEIG

La Lutte pour le pôle Sud

Stefan Zweig est né en 1881 en Autriche-Hongrie. D'origine juive, pacifiste, il quitte l'Autriche devant la montée du nazisme pour Londres puis pour le Brésil. Il se suicide dans ce pays en 1942 pendant la Seconde guerre mondiale. Il a écrit des poésies, des pièces de théâtre, des romans, mais ce sont surtout ses nouvelles (Amok, Vingt-quatre heures de la vie d'une femme, Le Joueur d'échecs…) *qui l'ont rendu célèbre. Il a également écrit de nombreuses biographies :* Marie-Antoinette, Magellan, Balzac… *En 1927, il fait paraître* Les Très Riches Heures de l'humanité *(traduit en 1939 en français par Alzir Hella) où il raconte quatorze moments importants de l'histoire de l'humanité. L'avant-dernier récit a pour sujet l'affrontement Amundsen-Scott pour la conquête du pôle Sud (voir p. 12-13) et c'est le perdant qui l'intéresse.*

Robert Falcon Scott (1868-1912) est un officier britannique de la Royal Navy. Il a exploré l'Antarctique au cours de deux expéditions : l'expédition Discovery (1901-1904) et l'expédition Terra Nova (1910-1912). La seconde a pour but la conquête du pôle. Avec quatre compagnons, il atteint le pôle Sud le 17 janvier 1912 mais il découvre que le drapeau norvégien planté par Roald Amundsen y flotte déjà depuis un mois. Les cinq explorateurs vont mourir de faim, de froid et d'épuisement sur le chemin du retour.

Les compagnons de Scott à qui n'a pas été accordée la gloire de l'accompagner jusqu'au bout ont attendu l'explorateur dans leur hutte pendant des semaines. D'abord avec confiance, puis légèrement inquiets, ensuite avec une angoisse grandissante. À deux reprises, ils ont envoyé des expéditions à son secours, mais la tempête les a obligés à rebrousser chemin. La troupe sans chef passe inutilement tout l'hiver dans la hutte, un sombre pressentiment envahit le cœur de ces hommes. Pendant ce temps, la neige et le silence ensevelissent l'exploit et la destinée du capitaine Scott. Ce n'est que le 29 octobre, au printemps antarctique[1], que plusieurs d'entre eux partent à la recherche de Scott et de ses amis. Le 12 novembre, ils atteignent la tente ; ils y trouvent les cadavres de ces intrépides, gelés dans leurs sacs de couchage, Scott enlaçant fraternellement Wilson[2] dans la mort. Ils découvrent les lettres et les documents qu'ils ont laissés et creusent un tombeau à ces tragiques[3] héros. Une simple croix noire au milieu du désert blanc s'élève à présent au sommet d'un tertre[4] de neige qui garde pour toujours le secret de cette prouesse[5] des hommes.

Eh bien, non ! leurs exploits connaissent une résurrection[6] inattendue, extraordinaire. Miracle de la technique moderne ! Les amis de Scott rapportent chez eux des clichés[7] et des films, les développent[8] : on revoit l'ex-

1. **Printemps antarctique :** dans l'hémisphère sud, les saisons sont inversées.
2. **Wilson :** un des compagnons de Scott.
3. **Tragiques :** qui ont senti la force du destin peser sur eux.
4. **Tertre :** butte, élévation au sommet aplati.
5. **Prouesse :** acte de courage, exploit.
6. **Résurrection :** retour de la mort à la vie.
7. **Clichés :** images négatives d'une photo. Avant l'invention des procédés numériques, on prenait des photos en impressionnant une pellicule (négatif) qui était ensuite développée (positif).
8. **Développent :** font apparaître les images fixées sur la pellicule, au moyen de procédés chimiques.

plorateur voyageant au milieu de ses compagnons et les paysages polaires qu'à part lui seul Amundsen a contemplés. Le télégraphe[9] communique son Journal et ses lettres au monde émerveillé ; dans la cathédrale de l'Empire britannique[10] le roi fléchit le genou en mémoire du héros. Ainsi ce qui semblait inutile devient productif, la mission manquée se transforme en un vibrant appel exhortant[11] l'humanité à rassembler ses forces pour atteindre l'inaccessible. Par un prodigieux contraste une mort héroïque enfante une existence supérieure, un échec le désir d'accéder à l'infini. Car un succès dû au hasard, une réussite facile ne peut allumer que l'ambition, alors que rien n'élève le cœur de façon aussi sublime[12] que la défaite devant la toute-puissance du destin, la plus grandiose de toutes les tragédies, créatrice de poésie parfois et de vie de multiples fois.

Stefan Zweig, *Les Très Riches Heures de l'humanité*,
publié au Livre de Poche, © Atrium Press, 1976.

9. Télégraphe : système de transmission codé sur une ligne électrique.
10. La cathédrale de l'Empire britannique : le roi George V a assisté à la cérémonie en l'honneur du capitaine Scott dans la cathédrale Saint-Paul à Londres.
11. Exhortant : encourageant, persuadant.
12. Sublime : parfaite, extraordinaire, qui agit de façon à provoquer une grande émotion.

QUESTIONS SUR LE TEXTE 2

AI-JE BIEN LU ?

1 Pourquoi les compagnons de Scott n'ont-ils pas pu lui porter secours avant fin octobre 1912 ?

2 **a.** Que constatent-ils quand ils retrouvent la tente de Scott ?
b. Quel tombeau ont-ils faits à Scott et ses compagnons ?

3 L'échec de l'expédition de Scott est-elle vraiment un échec ?

J'ANALYSE LE TEXTE

La disparition de Scott

4 **a.** Relevez les indications décrivant le climat polaire.
b. Quelle a été la cause de la mort de Scott et ses compagnons ?

5 Quels sentiments les autres membres de l'expédition ont-ils éprouvés pendant leur attente dans la hutte (l. 1-9) ?

6 Montrez, en citant le texte, que Zweig parle de l'expédition de Scott en terme d'exploit glorieux et héroïque.

7 « La neige et le silence ensevelissent l'exploit et la destinée du capitaine Scott. » (l. 9-11). Expliquez l'image.

« Résurrection »

8 **a.** Quels témoignages de l'expédition ont été retrouvés ?
b. Quels progrès techniques ont permis leur diffusion ?

9 Relevez dans les lignes 31-41 les expressions qui s'opposent. Lesquelles sont valorisées ?

Je formule mes impressions

10 « Scott enlaçant fraternellement Wilson dans la mort... » (l. 15-16). Quels sentiments cette scène vous évoque-t-elle ?

11 Pensez-vous, comme Zweig, qu'un échec peut être positif ? Dans quelles conditions ?

TEXTE 3 JEAN MALAURIE

Les Derniers Rois de Thulé

Jean Malaurie est né en 1922. Il fait des études de géographie, et dès 1948, participe aux expéditions polaires dirigées par Paul-Émile Victor (voir p. 177) au Groenland. En 1950, il se rend à Thulé[1] dans le nord-ouest du Groenland pour une mission géographique et ethnographique. Il vit alors avec un groupe d'Esquimaux (ou Eskimos). Ce terme est maintenant considéré comme péjoratif : il signifierait « mangeurs de viande crue », et est remplacé par Inuit, « les hommes », terme par lequel cette population se désigne elle-même. En 1955, Jean Malaurie publie Les Derniers Rois de Thulé *(qu'il actualisera jusqu'en 1996) où il témoigne de la façon de vivre et des croyances des Inuit. Il a participé à plus de trente missions dans le Grand nord, du Groenland à la Sibérie, et a beaucoup œuvré pour une meilleure connaissance et pour le respect des peuples de ces régions.*

S'il est un lieu au monde où l'enfant est roi, c'est bien ici. L'enfant est, avant la chasse, avant les chiens, le premier plaisir de l'Esquimau, préférence marquée étant donnée au fils. Dans l'iglou[2], il est l'objet de toutes les sollicitudes[3]. L'Esquimau-acteur, toujours masqué, ne paraît libéré de lui-même et vraiment à l'aise que devant son

1. Thulé : ou Qaanaaq, petite ville au nord-ouest du Groenland. C'est aussi le nom donné, au IVe siècle avant J.-C, par le navigateur Pythéas à l'île située le plus au nord du monde connu (Groenland ou Islande).
2. Iglou (ou igloo) : abri en forme de dôme, construit avec des blocs de glace ou de neige.
3. Sollicitudes : attentions, faites d'inquiétude et d'affection.

jeune fils. Il lui parle en enfant et, ne s'adressant qu'à lui, lui raconte la chasse dont il revient. « *Kinaana* ? Qui donc es-tu ? *Kinaana* ? » D'un souffle, l'enfant, en baissant les yeux, répond « Masserannguaq ! » Et chacun, admiratif, de répéter en prenant plus ou moins le ton du petit Masserannguaq.

Frapper, corriger le fils qui se rend insupportable apparaît presque scandaleux. L'enfant est élevé dans la plus grande liberté, et il est très rare d'entendre dans un village un enfant, qui n'est plus un bébé, crier ou pleurer du fait de ses parents. Son père est comme soucieux de lui permettre d'être parfaitement heureux avant qu'il ne connaisse, et très tôt (huit ou dix ans), la dure loi de la toundra[4], la chasse dans le froid et les privations. Pendant leur enfance, les Esquimaux sont instruits par les faits, la vie quotidienne, les remarques des uns et des autres sur les bons et les mauvais chasseurs, les récits, les intonations… Très vite, la mère et le père, le grand-père lui apprennent ses parentés, notamment celles secrètes (parrainage ou *illora*[5]). Nous avons vu combien peuvent être complexes ces multiples apparentements[6] puisqu'ils peuvent aboutir à ce que l'on soit tout à la fois fils de son père et de son grand-père qui vous a adopté, cousin d'un homme et son neveu, demi-frère d'un nom apparenté parce qu'il est votre homonyme. De plus, les parentés changent selon les personnes. Le garçon ou la

4. Toundra : plaine de la zone arctique, aux limites du cercle polaire dont le sol est gelé une partie de l'année.
5. Illora : chaque enfant reçoit le parrainage d'un membre du clan.
6. Apparentements : liens de parenté.

fille a très vite – comme le jeune Juif qui apprend par cœur la Thora[7] – l'esprit délié par ces subtilités[8] auxquelles s'ajoute l'effort mnémotechnique[9] nécessaire à une bonne connaissance des tabous[10] et des légendes.

Les jeux des enfants sont élémentaires et d'esprit pratique : un fouet, de jeunes chiens, des osselets pour les garçons ; des poupées en peau, des iglous miniatures pour les filles. À partir de huit ou dix ans, les garçons accompagnent leur père à la chasse. L'éducation du jeune chasseur est, pour l'essentiel, silencieuse. Elle est toute d'exemple, renvoyant à un type d'homme authentiquement Inuk[11], c'est-à-dire pouvant ne dépendre de personne et loyal vis-à-vis du groupe. Elle se traduit toujours par un extrême respect pour le père qui, sa vie durant, quoi qu'il fasse, ne sera pas jugé. On lui parle les yeux baissés ou en regardant de côté. Je me souviens d'un père alcoolique. Dans ses pires états, les enfants qui étaient à ses côtés se comportaient comme s'ils ne voyaient rien.

Jean Malaurie, *Les Derniers Rois de Thulé*, éditions Plon.

---

7. Thora : ensemble des cinq livres sacrés des Juifs transmis par Moïse.
8. Subtilités : manières de pensée subtiles, fines, intelligentes, habiles.
9. Mnémotechnique : qui sert à aider la mémoire.
10. Tabous : interdictions de caractère religieux appliquées à ce qui est considéré comme sacré ou impur.
11. Inuk : l'homme, singulier d'Inuit, les hommes.

QUESTIONS SUR LE TEXTE 3

AI-JE BIEN LU ?

1 Quelle place les Esquimaux accordent-ils aux enfants ?
2 Selon quel principe les élèvent-ils ?
3 Quelle attitude les enfants ont-ils à l'égard de leur père ?

J'ANALYSE LE TEXTE

Le rapport à l'enfant

4 **a.** Quels exemples Jean Malaurie donne-t-il de la place accordée aux enfants dans la société esquimaude ?
b. Les pères accordent-ils la même attention à leurs fils et à leurs filles ? Justifiez votre réponse en citant le texte. Quelle explication pouvez-vous donner de cette attitude ?

L'éducation

5 Quel type d'éducation les Esquimaux refusent-ils (l. 13-14) ? Pourquoi ?
6 **a.** À quoi les enfants jouent-ils ?
b. Quel rôle ces jeux ou ces jouets ont-ils dans leur éducation ?
7 **a.** Qu'apprennent les enfants grâce aux récits ou aux paroles des adultes ? En quoi l'apprentissage des liens de parenté développe-t-il leur intelligence ?
b. Qu'apprennent les garçons par l'exemple ?
8 L'éducation des Esquimaux renvoie à un « type d'homme authentiquement Inuk » (l. 43-44) : quelles sont les valeurs inculquées ?

Je formule mes impressions

9 Que pensez-vous de cette éducation ?

TEXTE 4 KIM HAFEZ

Nomade du Grand Nord – En kayak avec un chien esquimau

Kim Hafez est né en 1970. Après des études d'ingénieur et un poste d'officier du génie dans la Légion étrangère, il décide de voyager. En 1996, il parcourt 7 000 kilomètres à travers le Grand nord canadien en canoë et à pied. Puis en 2000, il décide d'embarquer à bord d'un kayak biplace avec son chien Unghalak. Il pagaie jusqu'au golfe de Botnie en Finlande, traverse la Laponie à pied, arrive au cap Nord en Norvège, reprend son kayak en mer de Norvège. De Bergen, en Norvège, le chalutier Torita *l'amène jusqu'au Groenland. La grue du bateau met son kayak à l'eau à cinq milles environ de la terre par 63° nord. Kim Hafez termine son périple au Canada. Revenu en France en octobre 2003, il fait le récit de ce long voyage dans son deuxième livre,* Nomade du Grand Nord – En kayak avec un chien esquimau.

Quelle immense solitude m'envahit lorsque le chalutier[1] disparut derrière les icebergs pour regagner le large ! La sirène de bord avait été actionnée une dernière fois en guide d'adieu. La soirée était belle, le vent faible et les eaux, protégées de la houle[2] du large par un convoi de glace large de plusieurs milles[3], étales[4]. [...]

1. Chalutier : bateau de pêche.
2. Houle : mouvement qui agite la mer, causé par le vent.
3. Plusieurs milles : le mille marin vaut 1 852 m.
4. Étales : sans mouvement, immobiles.

Pourquoi ? me demanderez-vous. Pourquoi partir risquer sa vie à l'autre bout du monde ? Je pourrais vous dire : pour aller puiser sa liberté à deux mains dans un torrent, confesser sa joie au vent, s'endormir au chaud du feu de camp bercé par la lente respiration de la mer. Cela serait vous mentir. Je pourrais ajouter : pour écouter le murmure des aurores boréales[5], observer silencieusement une compagnie de phoques chasser, glisser sur la mer escorté par une famille d'orques[6] ou percer les secrets de l'océan. Cela serait vous mentir encore. Ceux qui voient dans le bonheur une finalité[7] se trompent. Car le bonheur est dans le chemin. La connaissance de soi ou du monde ? Ne me faites pas rire ! En vérité, c'est un sens à sa vie qu'on désire et c'est la route sur laquelle on s'engage, dans sa longue ascension vers les étoiles, qui peut l'offrir.

J'avais la certitude d'être là absolument seul. Même si *Torita*, qui avait disparu derrière les icebergs, n'était probablement encore qu'à deux ou trois milles de ma position, j'avais le sentiment de me trouver soudainement sur une autre planète. Ou le premier homme sur Terre à l'aube de l'humanité.

Je progressais dans un labyrinthe de glaces qui râpaient la coque de mon kayak. Le paysage que m'offrait la côte, malgré son extraordinaire beauté, n'était pas rassurant : plus j'en approchais, plus je me rendais compte qu'il n'y avait pas un seul endroit où débarquer. Si cette portion du

5. Aurores boréales : phénomènes lumineux, caractérisés par des voiles colorés, surtout en vert, dans le ciel nocturne.
6. Orque : ou épaulard, mammifère marin.
7. Finalité : but.

rivage était représentative de la côte est, j'étais mal parti. Je tirai plus fort sur ma pagaie. Il était hors de question de passer la nuit dans le kayak, quitte à atterrir sur une plaque de glace à la dérive.

Les montagnes qui s'élevaient droit vers le ciel recouvrirent bientôt tout le littoral d'une ombre glaciale. J'ôtai avec soulagement mes lunettes de glacier. Peut-être allais-je enfin distinguer une place au cœur de ce désert minéral[8], dont j'appréciais à présent mieux les détails.

Cependant, au fur et à mesure que j'atterrais[9], non seulement mon angle d'observation se rétrécissait, mais encore les icebergs qui m'entouraient masquaient une portion de plus en plus grande de la côte. Cela faisait une heure que j'avais l'impression de foncer droit dessus. En vain. Comme si elle en profitait pour s'éloigner à chaque fois que je contournais une cathédrale de glace. Décidément, l'échelle était tellement démesurée que l'on avait vite fait de sous-estimer les distances. Je redoublai d'effort. Heureusement, sur la mer parfaitement étale, le kayak glissait merveilleusement bien. Unghalak[10] et moi n'échangions pas un son, de peur de rompre le lourd silence qui liait l'eau, la glace et le roc. Tout en pagayant, je priais le Dieu qui nous avait déjà tirés d'affaire plus d'une fois de nous guider vers notre lieu de campement qui, je n'en doutais pas, nous attendait quelque part entre le ciel et la mer.

Kim Hafez, *Nomade du Grand Nord – En kayak avec un chien esquimau*, Transboréal, 2006, 2ᵉ éd. 2010.

8. Désert minéral : sans aucune végétation.
9. Atterrais : allais vers la terre.
10. Unghalak : nom du chien qui signifie « p'tit gars ».

QUESTIONS SUR LE TEXTE 4

AI-JE BIEN LU ?

1 Dans quel pays Kim Hafez se trouve-t-il lorsqu'il commence à pagayer sur son kayak (voir le paratexte). Avec qui voyage-t-il ?

2 Que recherche Kim Hafez pour le soir ? Quels sont les obstacles qui se présentent à lui ?

J'ANALYSE LE TEXTE

Seul au milieu des glaces

3 Quels sentiments Kim Hafez éprouve-t-il face à la solitude ?

4 **a.** Pourquoi, selon vous, veut-il respecter le silence de la nature (l. 52-54) ?

b. Expliquez la métaphore « cathédrale de glaces » (l. 48).

5 Quelles sont les caractéristiques du paysage qui entoure le voyageur ?

6 **a.** Que craint Kim Hafez dans ce début de voyage ?

b. Que fait-il pour essayer de se tirer d'affaire, lui et son chien ?

Le dialogue avec le lecteur (l. 7-21)

7 **a.** Quelle question le lecteur fictif pose-t-il à Kim Hafez ?

b. Quelles raisons peuvent pousser à partir ? Kim Hafez les trouve-t-il valables ?

c. Quelle est, pour lui, la véritable raison de partir ?

Je formule mes impressions

9 Aimeriez-vous vous retrouver seul(e) au sein de la nature comme Kim Hafez ? Quelles raisons pourraient vous pousser à partir pour un voyage de ce type ?

TEXTE 5 JEAN-CHRISTOPHE VICTOR

Adieu l'Antarctique

Adieu l'Antarctique, *paru en 2007, est une version nouvelle de* Planète Antarctique, *livre de 1992 écrit par Paul-Émile Victor, le célèbre explorateur et scientifique des pôles, et son fils Jean-Christophe Victor, cartographe. Paul-Émile Victor (1907-1995) a organisé sa première expédition polaire après sa rencontre avec l'explorateur Jean-Baptiste Charcot. C'est le navire de ce dernier* Le Pourquoi pas ? *qui le dépose au Groenland où il passe quatorze mois au sein d'une tribu inuit (1934-1935). Après la Seconde guerre mondiale, il devient avec le soutien du gouvernement l'organisateur des Expéditions polaires françaises. Dans ce cadre, il dirige personnellement quatorze expéditions scientifiques en Arctique et dix-sept en Antarctique. Il est un des pionniers de la défense de l'environnement et conçoit l'écologie comme une science au service de l'homme.*

Son fils Jean-Christophe Victor présente régulièrement sur Arte l'émission Le Dessous des cartes *où il s'appuie sur des cartes pour expliquer l'actualité politique internationale. Il continue à s'intéresser à l'Antarctique comme le montre l'extrait suivant.*

L'un des moments les plus difficiles de l'hivernage, c'est peut-être la première minute, quand l'*Astrolabe*[1] se libère de son appontage[2], quitte la base, s'éloigne plein nord, plein monde, et lâche sa sirène.

1. ***L'Astrolabe*** **:** navire français qui emmène Jean-Christophe Victor en Antarctique quand il y retourne au moment où il écrit ce texte.
2. **Appontage :** plateforme le long de laquelle le navire vient s'amarrer.

Adieu à ceux qui restent.

Ce cri de sirène, cela fait mal aux tripes. L'*Astrolabe* part en mars avant que la banquise ne soit complètement formée et fermée. Le navire ne reviendra que neuf mois plus tard, en novembre, lorsque la glace se sera rouverte. Jusque-là, plus la moindre relation physique avec quiconque de l'extérieur.

Les vingt-cinq hommes sont désormais face à eux-mêmes. Ils vont pendant neuf mois s'enfoncer dans leur mission scientifique ou leur travail technique, dans leur vie de groupe, dans leur vie intérieure, ou leur fuite intérieure.

On est et seul, et avec d'autres. Neuf mois. Les chambres sont individuelles, mais certains ont pourtant une sensation de grande promiscuité[3]. Cela apprend à se connaître soi-même, d'autant que la vie du groupe est plutôt moins soudée que du temps des premiers hivernages. On passe moins de soirées à se raconter des histoires, à taper le carton[4], à se projeter tous ensemble un film sur grand écran ou à organiser des pièces de théâtre comme cela se faisait autrefois. L'ordinateur individuel, les jeux et les DVD ont renforcé l'individualisme[5], affaiblissant ainsi la part commune de la vie de la base, donc les liens plus personnels qui peuvent se tisser au fil de l'hivernage.

Les hivernants vivent sans les nouvelles « politiques » du monde extérieur – peu écoutent RFI, pourtant audible.

3. Promiscuité : fait d'avoir de nombreux voisins ressentis comme trop nombreux.
4. Taper le carton : jouer aux cartes.
5. Individualisme : attitude d'esprit privilégiant l'individu au détriment de l'esprit collectif.

Ils choisissent de s'en passer. En revanche, l'introduction des courriels et d'Internet a augmenté la fréquence des communications avec les familles. Ce qui est bien.

Mais est-ce si bien que cela ?

Pendant ces longs mois d'isolement, le cafard se décèle à des choses subtiles. Un père de famille se met à montrer des photos de sa femme et de son fils. Un autre s'isole avec son ordinateur, ou dans sa propre tête en ne communiquant plus avec l'extérieur que par écrit ; un troisième travaille exclusivement la nuit dans son laboratoire et dort le jour, pour ne plus voir personne. Enfin, certains – très peu nombreux – boivent trop.

De nombreuses vies peuvent se combiner en vivant un an en Antarctique : la vie avec le groupe, le travail en laboratoire, la vie avec soi-même, la beauté extraordinaire de la nature glacée. L'Antarctique a des formes, des lumières, des teintes dans le blanc et le bleu, mais ce que ne traduisent ni les photos, ni les dessins, ni les films, ce sont ses proportions. L'Antarctique est hors normes humaines. Ses vents sont surpuissants, ses froids sont les plus bas du monde, ses glaciers crachent des icebergs de toutes tailles. Certains sont gigantesques, d'une superficie de plusieurs kilomètres carrés, et adoptent des audaces formelles[6] à faire pâlir d'envie le peintre Gaspard David Friedrich[7], dômes, monstres, falaises. On pense que tout

---

6. Audaces formelles : aspects, formes qui semblent audacieuses, comme dans une œuvre d'art.

7. Caspar (et non Gaspard) David Friedrich (1774-1840) : dessinateur et peintre allemand. Il peint de nombreux paysages romantiques, par exemple *Voyageur au-dessus de la mer de nuages*.

est blanc. C'est faux : l'œil se fait peu à peu à toutes les nuances du blanc. Et je m'amuse à penser à Soulages[8] en Antarctique.

Et puis il y a ce *white out*, mal traduit en « blanc dehors », cette soudaine absence de distinction entre le ciel et la terre. Dangereux pour les pilotes d'avion ou d'hélicoptère mais très attirant pour la vue humaine. L'Antarctique ne se compare à rien pour ceux qui ne l'ont jamais vu, sans offrir le moindre repère géographique à ceux qui y sont. L'Antarctique, on ne l'apprivoise pas... Il faut se laisser gagner, « épouser » l'Antarctique comme l'écrit joliment Laurence de La Ferrière[9] qui marcha des mois seule face au continent.

Dieu n'est pas en Antarctique. Sans doute n'a-t-il pas eu le temps de finir ce continent-là : pas d'hommes, pas d'arbres, pas de feuilles, quelques poissons et quelques oiseaux résistants. Le continent du septième jour ?

Paul-Émile Victor et Jean-Christophe Victor,
Adieu l'Antarctique, Éditions Robert Laffont, 2007

---

8. Pierre Soulages (né en 1919) : peintre abstrait, auteur d'une œuvre où dominent le noir et ses jeux avec la lumière.
9. Laurence de La Ferrière (née en 1957) : alpiniste et exploratrice des mondes polaires arctique et antarctique. En 1999-2000, elle a traversé intégralement l'Antarctique en solitaire.

AI-JE BIEN LU ?

1 **a.** Quel est le nom du navire amenant les hommes en hivernage ?

b. Quel mois quitte-t-il la base ?

2 **a.** Combien d'hommes participent à cet hivernage ? Pendant combien de mois ?

b. Quel est le but de leur mission ?

c. Comment les hivernants vivent-ils cette période ?

J'ANALYSE LE TEXTE

L'hivernage

3 Quels sont les différents aspects de la vie que mènent les hivernants (l. 13-16 et 43-46) ?

4 **a.** Comparez les distractions des hivernants à celles des années antérieures (jusqu'à la fin des années 1980) en les énumérant (l. 21-23).

b. Lesquelles Jean-Christophe Victor préfère-t-il ? Pourquoi ?

5 Les technologies modernes empêchent-elles « le cafard » (l. 35) ? Justifiez votre réponse.

6 Pour certains, la vie avec les autres peut-elle devenir difficile à supporter ? Comment tentent-ils d'y échapper ?

Un continent particulier

7 a. Quels éléments font la beauté de l'Antarctique ?

b. Pourquoi l'auteur dit-il que « L'Antarctique est hors normes humaines » (l. 49-50) ?

8 Comment l'Antarctique peut-il être à la fois porteur de nuances et uniforme (l. 55-64) ?

QUESTIONS SUR LE TEXTE 5

9 Pourquoi Jean-Christophe Victor se demande-t-il si l'Antarctique est : « Le continent du septième jour » (l. 72) ? Référez-vous au récit de la création selon la Bible.

Je formule mes impressions

10 Quels sentiments éprouvez-vous après avoir lu cette évocation de l'Antarctique ? Vous sentez-vous fasciné par ce continent ? Pourquoi ?

J'ÉCRIS

Inventer un récit

11 Rédigez le récit de la création de l'Antarctique.

CONSIGNES D'ÉCRITURE
- Vous vous appuierez sur le dernier paragraphe du texte 5 (l. 69-72).
- Vous rédigerez votre récit à la 3ᵉ personne aux temps du passé (passé simple et imparfait).

LE SAVIEZ-VOUS ?

Le réchauffement climatique et la fonte des glaces

Le changement climatique s'observe de façon très nette au niveau des pôles. En Arctique, la banquise, c'est-à-dire la surface de glace de mer, fond de façon impressionnante : son étendue a beaucoup reculé et les glaces perdent en épaisseur. En Antarctique, elle a également reculé bien que la situation soit beaucoup moins inquiétante. Ces phénomènes, auxquels s'ajoute la fonte des glaciers, entraînent une montée des eaux des océans qui menacent les populations côtières. Ils touchent également la faune : l'ours blanc qui vit uniquement sur la banquise arctique est maintenant une espèce en danger.

Les voyages polaires et les arts

François Pompon, *Ours blanc*, entre 1923 et 1933, plâtre, h : 1,31 m, L : 2,45 m, l : 0,62 m (Valenciennes, musée des Beaux-Arts).

Les voyages polaires et les arts

Les mondes glacés des régions polaires, la dureté des hivernages et la lutte pour atteindre les pôles ont inspiré de nombreux artistes dans tous les domaines.

La peinture et l'inspiration romantique

— La peinture romantique

Le romantisme est un courant artistique qui s'étend de la fin du XVIIIe siècle au milieu du XIXe siècle dans tous les pays d'Europe, et la peinture romantique en est une des expressions. Le peintre romantique, particulièrement frappé par le spectacle grandiose de la nature, exprime, par son art, ses sentiments et passions.

— François-Auguste Biard, *Vue de l'océan glacial, pêche au morse par des Groënlandais* (1841)

Biard (1799-1882) est un peintre français romantique. Il a beaucoup voyagé : Grand Nord, Brésil, Amérique du Nord. En 1839, il participe avec sa femme Léonie à une expédition au Spitzberg et en Laponie. Au retour, il peint de nombreuses toiles inspirées par ce voyage comme *Vue de l'océan glacial, pêche au morse par des Groënlandais*. Il y représente les hommes des contrées arctiques aux prises avec les dangers d'une nature impressionnante au moment de la débâcle.

▸ LE QUESTIONNAIRE ASSOCIÉ AU TABLEAU SE TROUVE P. 188

L'illustration

— Les images dans les livres de jeunesse

C'est surtout au cours du XIXe siècle, avec le perfectionnement des techniques de gravure sur bois, que l'illustration accompagne de plus en plus souvent les textes, surtout ceux destinés aux enfants. Pierre-Jules Hetzel accorde le plus grand soin à la qualité des illustrations des ouvrages qu'il publie. L'illustrateur le plus célèbre est Gustave Doré (1832-1883).

— *Un hivernage dans les glaces*, illustré par Adrien Marie (1879)

Pour *Un hivernage dans les glaces*, Hetzel choisit Adrien Marie (1848-1891) qui a été apprenti chez un graveur sur bois, puis est entré à l'école des Beaux-Arts où son professeur lui conseille de devenir illustrateur. Il voyage beaucoup et envoie ses nombreux dessins à des journaux français et anglais. Il a illustré *Les Lettres de mon moulin* d'Alphonse Daudet, *Les Misérables* de Victor Hugo et de nombreux ouvrages pour la jeunesse. *Un hivernage dans les glaces* présente seize illustrations en pleine page correspondant à différents moments clés du roman.

► LE QUESTIONNAIRE ASSOCIÉ À L'ILLUSTRATION SE TROUVE P. 190

La caricature

— Un dessin satirique

Une caricature est un dessin qui accentue certains aspects d'un individu ou d'un groupe pour le rendre ridicule. On en trouve dès l'Antiquité, mais elle s'est beaucoup développée en France dans les périodes d'instabilité politique. Elle accompagne le développement de la presse. Malgré la censure, des journaux satiriques se créent : *La Caricature* (1830-1843), *Le Charivari* (1832-1937) et plus récemment *Charlie-Hebdo* en 1972. Le caricaturiste le plus renommé du XIXe siècle est Honoré Daumier (1808-1979).

— *Le Petit Journal*, supplément illustré, 19 septembre 1909

Le Petit Journal est un quotidien du soir créé en 1863. Il se vend en 1895 à deux millions d'exemplaires et cesse de paraître en 1944. Il est accompagné à partir de 1884 d'un *supplément illustré* hebdomadaire dont les première et dernière pages présentent – importante innovation – de grandes images en couleur. Les dessinateurs sont le plus souvent anonymes.

► LE QUESTIONNAIRE ASSOCIÉ À L'ILLUSTRATION SE TROUVE P. 190

La sculpture

— La sculpture animalière

Au XIXe siècle les sculpteurs adoptent la représentation réaliste de l'animal. En 1831, Antoine-Louis Barye (1896-1876) connaît le succès avec sa représentation d'un *Tigre dévorant un gavial.* Pierre-Louis Rouillard (1820-1881) réalise de nombreuses sculptures pour des châteaux ou des jardins. Quant à François Pompon, son élève, il privilégie au début du XXe siècle la simplification des formes.

— François Pompon, *Ours blanc* (1922)

Pompon (1855-1933), après avoir travaillé dans l'atelier d'Auguste Rodin, décide en 1905 de devenir sculpteur animalier : il trouve ses modèles l'été à la ferme et l'hiver au Jardin des Plantes à Paris. Pour son *Ours blanc*, il fait d'abord des croquis, puis modèle l'animal en terre. Il réalise son ours en plâtre (musée de Valenciennes) puis en pierre grandeur nature (musée d'Orsay à Paris). De nombreuses répliques de toutes les tailles sont réalisées en marbre ou en bronze...

► LE QUESTIONNAIRE ASSOCIÉ À LA SCULPTURE SE TROUVE P. 190

Le cinéma

— Les mondes polaires, un cadre apprécié

De nombreux réalisateurs ont choisi de situer l'action de leur film, tout ou partie, au milieu des glaces des pôles : expéditions polaires (*Antartica,* japonais, 1983), science-fiction (*Le Sous-marin de l'Apocalypse*, américain, 1961), films catastrophes (*Le Jour d'après*, américain, 2004), dessins animés (*L'Âge de glace,* 2002), documentaires (*Nanuk l'esquimau*, franco-américain, 1922, long-métrage qui présente la vie d'une famille inuit au Canada ; *La Marche de l'empereur*, français, 2004, tourné en Antarctique, qui montre un couple de manchots empereurs et leur petit...).

— Affiche du film de Nicolas Vanier, *Le Dernier Trappeur*

Nicolas Vanier, né en 1962, est passionné par le Grand Nord. Il effectue de nombreuses expéditions à travers le Canada ou la Sibérie, accompagné de ses chiens. En 2004, il réalise un film entre documentaire et fiction retraçant un an de la vie de Norman Winther, qui joue son propre rôle. Celui-ci vit avec sa famille dans les Montagnes Rocheuses, au nord du Canada, de chasse et de pêche, et se veut le moins dépendant possible de la société moderne.

L'affiche d'un film accompagne sa promotion : elle doit susciter l'envie d'aller le voir. C'est l'œuvre d'un graphiste qui joue sur la composition et les couleurs pour mettre en évidence des éléments qui vont attirer le spectateur.

▶ LE QUESTIONNAIRE ASSOCIÉ À L'AFFICHE SE TROUVE P. 189

ÉTUDIER UN TABLEAU : *VUE DE L'OCÉAN GLACIAL, PÊCHE AU MORSE PAR DES GROËNLANDAIS*, FRANÇOIS-AUGUSTE BIARD

Vous trouverez cette œuvre en 2e de couverture de cet ouvrage.

LA NATURE DE L'IMAGE ET LA SCÈNE REPRÉSENTÉE

1. Identifiez la nature de l'image, sa date, ses dimensions, la technique utilisée, le lieu d'exposition.
2. **a.** Quelle est la scène représentée ?
b. Où se déroule-t-elle ?
3. Combien de kayaks cernent le morse ? Comment sont-ils disposés ?
4. Le peintre a-t-il pu observer la scène qu'il a peinte ? Reportez-vous à la leçon p. 184.

UNE PEINTURE ROMANTIQUE

Une peinture romantique

5. Pouvez-vous repérer des lignes structurant le tableau ? Pourquoi, selon vous, Biard a-t-il choisi une composition désarticulée ?
6. **a.** Quelles sont les couleurs utilisées pour le paysage ? Pour les hommes et les morses ? Sont-elles froides ou chaudes, ternes ou vives ? Quel est l'effet recherché par le peintre ?
b. Quelles formes le peintre donne-t-il aux icebergs et à la banquise ?
c. Quelle est l'atmosphère ainsi créée ?
7. Quelle vous semble être la place de l'homme face à la nature ?
8. Aimez-vous ce tableau ? Quels sentiments et émotions vous inspire-t-il ?

ÉTUDIER UNE AFFICHE : *LE DERNIER TRAPPEUR*, FILM DE NICOLAS VANIER

Vous trouverez cette œuvre en 3ᵉ de couverture de cet ouvrage.

LA COMPOSITION DE L'AFFICHE

1 Que voyez-vous au premier plan ? à l'arrière-plan ?

2 **a.** Où les textes sont-ils situés ?

b. Lequel est mis en valeur ? De quelle façon ?

LES ÉLÉMENTS TEXTUELS

3 Quelles informations le texte situé au bas de l'affiche donne-t-il ?

4 Quels sont les rôles respectifs de Jean-Pierre Bailly et de Nicolas Vanier ?

5 Y a-t-il des noms d'acteurs ? Pourquoi ?

6 Quelle est la fonction du texte en haut de l'affiche ?

L'ANALYSE DE L'IMAGE

7 **a.** Décrivez les personnages (caractéristiques physiques, vêtements de l'homme, attitudes, expressions...).

b. Quelle partie de leur corps l'affichiste a-t-il représentée ? Que pensez-vous du choix de ce cadrage ?

8 Décrivez le paysage. Comment est-il éclairé ?

9 **a.** Repérez les couleurs. Sont-elles nombreuses ? Chaudes ou froides ?

b. Comment les êtres vivants sont-ils intégrés dans le paysage ?

LA FONCTION DE L'AFFICHE

10 **a.** D'après le titre, à quel type de film vous attendez-vous ?

b. Cette affiche vous donne-t-elle envie d'aller voir ce film ?

ÉTUDIER DES ILLUSTRATIONS ET UNE SCULPTURE

Vous trouverez ces œuvres en p. 15, 159 et 183 de cet ouvrage.

ILLUSTRATION D'ADRIEN MARIE (p. 15)

1. Repérez la légende. Rappelez les circonstances de l'action (ch. 9).
2. Décrivez la scène en précisant la place des hommes et des chiens autour du traîneau.
3. Que voyez-vous à l'arrière-plan ? De quelle façon la nuit polaire est-elle représentée ?
4. Quelles remarques faites-vous sur le dessin ? L'illustration vous semble-t-elle fidèle au texte ? Justifiez votre réponse.

ILLUSTRATION DU *PETIT JOURNAL* (p. 159)

1. De quel type d'image s'agit-il ? Où a-t-elle été publiée ?
2. Décrivez l'attitude et les vêtements de Cook et de Peary. Pourquoi se disputent-ils le drapeau américain ?
3. Qui sont les spectateurs ?
4. Ces hommes vous semblent-ils ridicules ? Pourquoi ?

OURS BLANC, FRANÇOIS POMPON (p. 183)

1. Dans quel matériau l'ours est-il sculpté ? Quelle est sa dimension ?
2. Décrivez l'animal. Sa représentation vous semble-t-elle réaliste ?
3. Observez la disposition des pattes et expliquez comment le sculpteur a figuré la marche de l'ours.
4. Aimez-vous cette statue ? Quelles impressions vous laisse-t-elle ?

INDEX

Les notions

Les exercices sur la langue

Les exercices d'écriture

Le saviez-vous ?

TABLE ICONOGRAPHIQUE

2 à 153, 185		Coll. Archives Hatier
159	ph ©	Archives Charmet / The Bridgeman Art Library
183	ph ©	Christophe Chavan / RMN-Grand Palais

Les iconographies des pages 45, 65, 83, 113, 143 et 153 sont des illustrations d'Adrien Marie pour *Un hivernage dans les glaces*, de Jules Verne, édité par J. Hetzel, Paris, 1879.

Achevé d'imprimer par Black Print CPI Iberica S.L.U - Espagne
Dépôt légal 99149-3/01 - août 2015

Iconographie : Hatier Illustrations

Graphisme : Mecano – Laurent Batard

Mise en pages : Alinéa

Édition : Raphaële Patout

Comment vaincre peurs et angoisses

collection "SAVOIR POUR RÉUSSIR"

OUVRAGES DU MÊME AUTEUR
(actuellement disponibles)

La Clé (Éditions Astra, Paris).
Le Secret de la grande pyramide (Éditions Adyar et J'ai Lu).
Le Livre de la mort douce (Éditions Bettex, Genève).
Recherche de la N[e] *dimension* (Éditions Adyar, Paris).
L'Énigme du grand Sphinx (Éditions Adyar et J'ai Lu).

J'ai vécu 100 vies	chez Mme FEUILLET-BARBARIN
Histoires de bêtes	Les Mas de la Rouguière
Sois un as !	06480 LA COLLE-SUR-LOUP (France)

Autres principaux ouvrages épuisés :

Les Clés de la santé.
Les Clés de l'abondance.
Les Clés du bonheur.
L'Ami des heures difficiles.
Je et Moi.
Demande et tu recevras.
Affirmez et vous obtiendrez.
Le Jeu passionnant de la vie.
Vivre divinement.
L'Après-mort.
Comment on soulève les montagnes.
La Vie commence à 50 ans.
Dieu est-il tout-puissant ?
Faites des miracles. Le problème de la chair ou l'énigme sexuelle.
Faites des miracles.
Etc.

Georges BARBARIN

Comment vaincre peurs et angoisses

Guide pratique pour retrouver confiance, sérénité et joie de vivre.

Editions DANGLES
18, rue Lavoisier
45800 ST JEAN DE BRAYE

L'AUTEUR :

Poète, écrivain et journaliste connu, Georges Barbarin fait, en 1936, une évolution profonde et s'oriente vers le spiritualisme. Il découvre la recherche ésotérique, et fait paraître avant la guerre des livres d'une brûlante actualité encore aujourd'hui, tels que : *La Mort douce, L'Après-mort, Le Secret de la grande pyramide, L'Énigme du grand Sphinx, La Danse sur le volcan* (la dérive des continents), les cycles historiques, les derniers temps du monde, l'Anté-Christ, etc.

Mais son œuvre la plus importante reste le *Mysticisme expérimental* qui a permis à des milliers de lecteurs de comprendre le pourquoi de leur vie. Son langage pur et clair a ouvert la voie spirituelle à d'innombrables personnes qui sentaient confusément leur besoin « d'autre chose », et il a ainsi touché tous les publics, les plus simples comme les plus cultivés.

Jusqu'à sa mort, en 1965, sa vie fut un exemple vivant de foi profonde en l'Amour et en l'Homme, et il vécut vraiment avec Dieu qu'il appelait l'AMI. Même sa mort fut éloquente, et il laisse derrière lui une œuvre importante et humaniste.

Cet ouvrage a été publié, en édition originale, sous le titre : « *La Peur, maladie n° 1* », par les Éditions de l'Ermite (Paris) en 1949.

Nouvelle édition :

ISSN : 0337-8268
ISBN : 2-7033-0256-8

Avertissement de l'éditeur

Cet ouvrage a été rédigé en 1949, au lendemain de cette Seconde Guerre mondiale qui a dévasté une grande partie de l'Europe, fait couler beaucoup de larmes et de sang, meurtri beaucoup de cœurs.

Le monde de l'après-guerre était déjà animé des mêmes soubresauts que ceux que nous connaissons — encore amplifiés — aujourd'hui.

Ce texte n'a pas vieilli d'une ride et est resté de la plus vive actualité. Le constat de notre pauvre monde moderne en perdition est toujours aussi réel, aussi présent, et chacun ressent avec plus ou moins d'acuité, ce sentiment de peur, d'angoisse, d'insécurité, cette appréhension du lendemain qui étreint les humains des années 1980 tout autant que ceux des années 1940. Il est vraiment déplorable et navrant de constater que notre prétendue « évolution » ou « civilisation » ne soit capable d'engendrer que de tels sentiments qui ne font pas honneur à l'espèce humaine.

Georges Barbarin, philosophe, homme de foi et grand humaniste, nous a légué une œuvre littéraire riche et féconde, emplie de positivisme, d'amour et de confiance. Sa pensée et ses conseils sont toujours aussi réconfortants pour nos esprits désemparés ; c'est là la voie du bon sens, de l'altruisme, de l'amour... du vrai bonheur, profond et intense.

Voilà pourquoi, plus de 30 années après sa première publication, nous avons tenu à rééditer ce texte merveilleux ; nous n'y avons rien changé, à l'exception de quelques termes que nous avons réactualisés.

Si ce petit livre pouvait raviver une parcelle de l'espoir enfoui de plus en plus profondément en nos cœurs, nous aurions fait là œuvre utile.

L'éditeur (1983)

CHAPITRE I

L'âge de la grande peur

Voici le diagnostic exact de notre époque ; il tient en quatre mots :

LE MONDE A PEUR

Cette peur est **collective.** Elle englobe aussi bien les hommes des cinq continents que ceux qui volent dans l'air ou naviguent sous les mers. De plus, elle est **individuelle,** c'est-à-dire qu'elle frappe isolément chaque homme, selon son état de santé morale ou physique, ses tendances, son milieu.

Essayons de faire ressortir les incroyables méfaits de la peur, cette affection universelle qui sévit sur l'humanité à l'état chronique depuis ses origines, mais revêt, dans certaines circonstances, un caractère plus aigu. On enregistre, précisément aujourd'hui, une recrudescence des symptômes de la peur générale, due aux temps particulièrement troublés que nous traversons.

1. Les deux plus grands péchés capitaux

Tous les péchés essentiels ne sont pas compris dans la liste théologique des péchés capitaux. On a omis les deux plus dangereux peut-être, ceux qui causent à présent les pires désordres : la **peur** et la **haine.**

Le premier est un vice passif mais dont les conséquences sont mortelles. A des degrés divers il opprime tous les hommes et les ampute de la faculté d'agir comme de la liberté de se déterminer.

L'individu a peur, à la fois, de la Vie et de la Mort. Il redoute, dans la Vie, la maladie, les blessures, les déceptions, les obstacles, les privations, les espèces animales ou végétales, les phénomènes naturels ou sociaux, les autres hommes et ses propres passions. Il appréhende, dans la Mort, la souffrance, la dissociation organique, la séparation sentimentale et l'inconnu.

Certains sont affranchis d'une forme de la peur mais paient tribut à d'autres formes.

Suivant les époques, les individus ont des peurs mesquines ou de vastes peurs. Des épidémies de « Grande Peur » eurent lieu dans tous les âges. Jusqu'aux persécutions chrétiennes, l'Antiquité les subit comme une nécessité inéluctable. Le Moyen Age enregistra, entre autres, la Peur de l'An Mille. Plus près de nous sévit la Grande Peur du Directoire et, postérieurement à 1914, les deux guerres mondiales portèrent au maximum la peur des civilisés.

N'oublions pas, non plus, les nombreux conflits localisés partout dans le monde : guerre d'Algérie, Viêt-nam, Moyen-Orient, Afghanistan... bref, tous les lieux de cette immense poudrière qu'est devenue notre planète.

Mais les soi-disant progrès de la science ont encore abaissé le plafond de la peur sur l'humanité qu'elle écrase. La découverte et l'emploi de la bombe atomique ont fait aux hommes de toute la terre une âme d'Hiroshima.

« *Aujourd'hui lui, et demain toi* », tel est le leitmotiv des peuples d'Orient et d'Occident, des villes comme des campagnes. Bien plus, une sorte d'effroi mystique fait vivre au monde actuel des temps d'apocalypse qui ne semblent cependant pas pour demain.

Comme toujours, la contagion de la peur s'effectue d'autant plus universellement que la rapidité des communications et la multiplicité des moyens d'information alarment jusqu'aux habitants des contrées les plus reculées, de sorte qu'aujourd'hui la planète entière est sensibilisée et, comme sous la baguette d'un chef d'orchestre invisible, réagit aux mauvaises nouvelles avec un synchronisme dangereux.

Il n'y a plus désormais le compartimentage de la peur, qui permettait à certaines collectivités d'échapper à la crainte des autres. La même cause engendre aussitôt partout la même angoisse et paralyse le genre humain.

2. Mécanisme de la peur

On connaît le mécanisme physiologique de la peur : en face d'un danger vrai ou faux, l'organisme se contracte. Une gouttelette de sécrétion endocrinienne se répand dans le sang et tout le corps est transformé : les jambes deviennent molles, les genoux s'affaissent, la gorge se noue, un voile passe devant les yeux et un vertige gagne le cerveau. L'être humain n'est plus alors qu'une sorte de guenille animale où subsistent, à défaut de conscience, les réflexes de l'instinct.

Il en est exactement de même pour la société quand, de ses glandes morales, la peur exsude son venin collectif. L'espèce humaine est alors frappée de paralysie ou atteinte de frénésie panique et incapable de se libérer. Dans cet état, elle est la proie des premiers mauvais bergers venus et ceux-ci ne font jamais défaut aux heures troubles. C'est toujours l'arbre malade qui est attaqué par les moisissures et les pucerons.

3. Le rôle néfaste des media

La presse (écrite et parlée) joue un rôle de premier plan dans cette intoxication de la conscience humaine. Chaque jour, les rotatives et les ondes déversent la peur à grands flots. La première page des quotidiens est pleine de nouvelles de meurtres, de vols, de viols, d'accidents et d'épidémies. On dirait que tout l'intérêt des informations repose sur l'étalage des vices et des malheurs.

On y parle ouvertement, et avec des raffinements incroyables, de tout ce qui peut exciter et ébranler la bête humaine dans ses pires instincts. Pour réaliser des rubriques piquantes et des manchettes sensationnelles, on suppute toutes les possibilités de guerre, de famine et de révolution. A toute heure, n'importe qui peut, moyennant une somme modique, acheter sa ration quotidienne de peur.

Un incroyable pouvoir de suggestion émane de la phrase imprimée ou de l'image télévisée, au point que certains « bobards » ou certaines exagérations, engendrés par une cervelle d'en deçà ou d'outre-Atlantique reviennent à ceux qui les ont lancés, après s'être enrichis dans le tour du monde, et sèment la panique chez leurs auteurs.

On a vu, naguère, comment le choléra égyptien s'est répandu moralement sur toute la terre, y engendrant une des plus pernicieuses épidémies de peur.

Sans la presse, la radio et la T.V., colporteuses de nouvelles funestes, la plus grande partie du monde eût été dans l'ignorance du mal des fellahs. Ceux-ci n'en eussent pas été secourus moins efficacement et nul besoin n'était d'ensemencer le monde du terrible virus de la peur.

On se demande comment des hommes intelligents et qui, individuellement, sont parfois d'une réelle valeur morale peuvent prêter à ces entreprises d'intoxication publique leur labeur et leur talent. Une lourde et renaissante responsabilité pèse sur leurs reins, sœur de celle que tant de savants, acharnés aux recherches nucléaires, encourent pour avoir forcé les arcanes de la Nature et entrebâillé le coffre aux secrets.

Hors de rares organes, disposant dans l'ensemble de peu de lecteurs, la presse du monde entier joue son rôle dans l'empoisonnement de la conscience collective. Elle aura de lourds comptes à rendre au jour de la grande répartition.

4. La « fabrication » de la peur

Non moins nocive s'avère l'action de la télévision dont les mille voix parcourent la terre et, avec ou sans la permission des éducateurs, pénètrent dans tous les foyers.

Nous avons dit, quelque part, que des parents, jaloux de la sûreté de leurs enfants et qui ne permettraient pas à ceux-ci d'être accostés dans la rue, tolèrent sereinement un tête-à-tête avec les pires dévoyés de la télévision.

On est confondu de ce qui peut sortir *de mauvais* chaque jour sous forme d'informations, de renseignements, de causeries, d'images, de conférences et même de chansons… Il faut flétrir la lecture des faits divers criminels parce qu'elle écœure les bons, suscite la curiosité des mauvais et déséquilibre les faibles. Il faut déplorer les interminables revues de presse qui n'ont d'utilité ni pour l'esprit, ni pour le cœur. Quel bénéfice, en effet, un homme sain peut-il retirer des opinions de vingt journaux, dont la moitié juge les événements dans un sens et l'autre moitié en sens contraire ?

Il faut réprouver les émissions médicales qui sèment la panique chez les bien-portants, car il faut que chacun se persuade que son organisme est merveilleusement bien construit pour lutter avec succès contre les maladies, sauf dans les cas où l'esprit est gagné par la démoralisation.

Il faut écarter des programmes les chansons stupides où il n'est question que de « serments rompus », de « cœurs brisés », de « pleurs », de « tristesse », de « trahison » et de tout ce qui empoisonne la vie. Comme s'il n'y avait pas de belles passions, de tendresses fidèles et de cœurs épris !

La télévision sue la peur ; elle reflète la peur universelle et devient ainsi et de plus en plus un agent universel de contagion. Son influence serait féconde cependant si elle ne traduisait pas les émois animaux de la multitude et entreprenait d'éduquer les esprits inquiets. La preuve en est dans la diffusion des belles œuvres musicales, dans les chants religieux de diverses églises, dans les chœurs mâles ou enfantins.

Pourquoi faire entendre la voix et faire voir le visage des démons quand on pourrait entendre et voir les anges ? L'espèce humaine n'a que faire du sadisme cérébral.

5. Les entreprises d'abêtissement de la pensée

Le théâtre aussi a sa lourde part dans le dérèglement des âmes. Pour une pièce fraîche et heureuse, que d'actes pervers et tourmentés ! Les spectateurs sont ainsi faits que la traduction de vies simples et calmes ne leur inspire aucun intérêt. Ce qu'ils recherchent avidement, c'est l'étalage des passions affrontées, les situations morbides, les maladies du sentiment. Ils n'aiment rien tant que d'être bouleversés, écartelés, crucifiés dans leur sensibilité intime. Et ce sont précisément les moins stables qui ont davantage soif d'horreur et de perversité.

Le spectacle genre Grand-Guignol donne la mesure de ce déséquilibre qui tend à gagner de plus en plus le monde.

Encore le théâtre n'est-il accessible qu'à une fraction relativement minime du public et n'exerce-t-il de ravages continus que dans certaines sphères. Mais que dire du cinéma, devenu un moyen d'abêtissement populaire et de surexcitation de l'instinct ?

On se « cinématise » aujourd'hui comme on s'alcoolisait autrefois, avec cette différence que l'ivresse alcoolique est beaucoup moins grave que l'ivresse mentale et que le cinéma, dans sa forme européenne et surtout américaine, constitue un véritable stupéfiant.

Il existerait dans le monde une vaste entreprise de démolition de la pensée qu'on n'agirait pas avec plus de diabolique astuce pour empêcher les hommes de penser.

Le papillotage continuel du film, l'inhumaine succession des images, cet éparpillement méthodique de l'attention, ce grignotage lumineux de l'intérêt viennent peu à peu à bout des âmes les plus indépendantes et, par l'usage réitéré du voyage immobile et de l'exploration assise, détendent infailliblement en elles les ressorts de l'action.

Par contre, chez les âmes serves, élémentaires ou enfantines, le cinéma déclenche tous les gestes d'imitation. D'où la monstrueuse prolifération de la brutalité et de la sexualité dans le monde par excitation incessante des réflexes adolescents.

Il est stupéfiant, de nos jours, de constater que les plus grands succès des films vidéo, à regarder chez soi, sont les films d'horreur, d'épouvante ou pornographiques !

6. La responsabilité des Églises

La civilisation moderne, avec son athéisme obtus et sa trépidation industrielle, ne saurait être surprise de récolter ce qu'elle sème obstinément. Son grain étant toxique, ses récoltes sont empoisonnées et corrompent chaque jour de nouveaux semeurs.

Il ne faut pas chercher plus loin la cause des horreurs scientifiques par lesquelles la *kultur* allemande s'est distinguée au cours des années 1940. Dachau, Buchenwald, Auschwitz, etc., sont le fruit amer de la logique humaine lorsque celle-ci est poussée jusqu'à l'extrême limite de ses possibilités.

Les bagnes hitlériens, au surplus, sont une imitation atténuée de ce que la plupart des religions offrent à leurs fidèles en punition de leurs péchés.

Les Églises ont, sous ce rapport, contribué à la désagrégation des consciences en jetant la peur à pleines mains. L'imagination maléfique des théologiens a répandu à profusion l'image des tourments et des supplices qui attendent la plupart des futurs élus, en même temps que l'unanimité des damnés. On ne saurait croire combien d'honnêtes gens ont été et sont encore paralysés par l'effroi canonique du Purgatoire et de l'Enfer.

La notion d'un dieu colère et vindicatif a plus fait pour accroître le nombre des athées que les plus ardentes croisades des libres-penseurs. Quand l'homme a la crainte de Dieu, il ne saurait croire à son Amour, car l'Amour est exclusif de la crainte.

Toutes les confessions, sans exception aucune, sont à base de peur.

On n'a pas fait crédit à la créature humaine depuis le début de l'ère chrétienne. Au contraire, on lui impute comme un crime sa faiblesse et son imperfection. Sous couleur d'humilité, on la représente, à partir de la création, comme naturellement mauvaise et, pour cela, justiciable des plus dures corrections. Cette méthode, que les éducateurs modernes abandonnent de plus en plus vis-à-vis de l'enfance déficiente et qui a causé tant de déboires aux éducateurs du passé, les Églises la conservent maladroitement et s'acharnent à faire de l'homme une image perverse qui doit être châtiée impitoyablement.

L'une des preuves les plus évidentes du grand désarroi spirituel dans lequel se débat l'homme du XXe siècle n'est-elle pas cette recrudescence des « sectes » (ou religions parallèles) dans lesquelles chacun essaye de retrouver un succédané de cette grande spiritualité perdue, si nécessaire à l'homme équilibré ?

7. La peur est une arme à deux tranchants

Ce qu'on obtiendrait si aisément par l'amour, on préfère l'arracher par la peur, terrible médicament qui détruit les rouages de la conscience et fait de ceux qui le colportent, comme de ceux qui le subissent, des êtres diminués.

Car voilà qui montre bien l'un des aspects des plus redoutables de la peur. Cette peste est aussi dangereuse pour ceux qui l'utilisent que pour ceux auxquels on l'injecte.

Se servir de la peur, c'est la reconnaître pour maîtresse et se faire l'esclave de la peur.

A quelque période de l'histoire qu'on se réfère, tous les despotes ou tyrans ont subi les affres de la peur. Entourés d'obéissance et de servilité, ils avaient des nuits d'angoisse. De Tamerlan et Denys l'Ancien à Hitler et Mussolini, les dictateurs du monde ont toujours tremblé de peur.

On imagine ce que peut être l'administration des collectivités humaines par des chefs que la peur chevauche et dont les réflexes physiques, mentaux et moraux sont obnubilés. A la vérité, la peur a peuplé le monde de fous et de demi-fous, d'autant plus dangereux que leur situation sociale est plus élevée et que ces êtres diminués abondent dans les gouvernements, les administrations, les églises, les universités et les parlements.

8. Où est votre libre arbitre ?

Tant que l'humanité sera en proie à la peur, non pas à la peur accidentelle, mais à ces peurs multiples et endémiques, aucune amélioration de son état ne sera possible parce qu'elle chancellera sur ses fondations.

La paix du monde ne peut s'asseoir que sur la paix individuelle intérieure, et cette paix intérieure ne peut être réalisée que si l'individu échappe à la peur.

Que plusieurs hommes se soustraient isolément à l'emprise de la peur et déjà ils seront en mesure de conduire efficacement les autres. C'est donc de cette sorte d'hommes qu'il faut augmenter le nombre de manière à constituer une élite sans peur.

Mais pour être sans peur, vous avez déjà compris qu'il faut être sans reproche et, par conséquent, s'astreindre aux disciplines de vie que mérite la liberté.

L'homme n'est une créature supérieure aux autres que par sa faculté d'exercer son libre arbitre. Or, le libre arbitre est absolument inconciliable avec la peur. Un homme terrorisé n'a plus de libre arbitre :

ses pensées et ses actes sont conditionnés par la peur. Chez lui, tout est en porte à faux, tout est en déséquilibre ; c'est ce qui permet aux mauvais de l'ébranler facilement.

Multiplions donc les hommes sans peur. Par le seul fait d'être sans peur, ils sont aptes à fortifier les autres. Instinctivement les hommes peureux sentent que l'homme sans peur est un chef, et ils aiment à se serrer contre lui comme les brebis contre le bélier, qui les rassure de la tête et des cornes.

Vous êtes peut-être un de ces hommes en puissance, qui subissent la peur par contagion et par grégarisme, mais désirent s'en évader. S'il en est ainsi, lisez attentivement ce qui suit, car ce livre vous restituera à vous-même en vous lessivant de la peur. Vous subissez celle-ci à votre insu, faute d'avoir pensé que vous pouviez, même seul, vous en défaire.

Ne croyez pas que ce soit une entreprise impossible. D'autres, beaucoup d'autres l'ont menée à bien avant vous.

Il n'est même pas nécessaire que vous éliminiez d'un coup toutes les peurs, ni même totalement chacune d'elles. A mesure que vous vous amputerez d'une peur, et même d'une partie de peur, vous sentirez votre dynamisme personnel s'accroître dans de grandes proportions.

La disparition d'une fraction de votre peur, si petite soit-elle, vous donnera la force suffisante pour vous débarrasser d'une fraction encore plus considérable de la peur.

Et ainsi, peu à peu, vous faucherez en vous la broussaille négative où vous vous empêtriez. Votre marche dans la vie deviendra souple, aisée, efficace. Vous rampiez jusqu'alors ; vous pourrez bondir.

9. Notre époque de grande peur

Nous avons, dans les pages précédentes, souligné que notre époque était une époque de grande peur. La recrudescence de cette peur est due à l'instabilité du XXe siècle où l'humanité est à la recherche de nouvelles solutions.

Un ancien état social est en train de mourir ; un nouvel état social est en train de naître... et la lutte est vive entre le moribond et le nouveau-né. C'est de cet antagonisme que sont faits le déséquilibre présent et cette agitation dont, pour la première fois sur notre planète, on enregistre universellement les remous.

Deux guerres mondiales ont bouleversé l'économie de plusieurs continents ; des guerres localisées partout dans le monde éclatent laissant d'innombrables victimes, d'autant plus innombrables d'ailleurs que les armements sont de plus en plus « sophistiqués », « performants » ; de terribles saignées humaines ont été faites, d'immenses populations se sont trouvé déplacées, décimées. Le conflit latent entre les deux grandes puissances, l'escalade des armements dont seule une infime fraction serait suffisante pour détruire complètement la planète, les rivalités politiques et idéologiques partout dans le monde se traduisant par des attentats sur des innocents, la montée de la violence, tout cela sur un fond de crise économique mondiale reflète bien l'insécurité et l'angoisse que chacun ressent individuellement ou collectivement. De nouvelles idéologies s'affrontent qui sont la traduction des malaises présents.

L'humanité de ce temps bout dangereusement. L'humanité a la fièvre. Il y a présentement un branlebas de ses cellules, une mobilisation générale de ses humeurs. Aussi l'humanité grelotte de frayeur et de froid comme à l'âge des cavernes et, chose inattendue en cette fin d'ère, se trouve dénuée au sein d'une énorme production.

10. La souffrance des inadaptés

Le machinisme, sur lequel on comptait spécialement pour remédier à la faiblesse humaine a, dans une certaine mesure, soulagé la peine des corps mais il a accru la détresse des esprits.

La paix intérieure (la seule qui compte véritablement) est devenue presque impossible dans un âge où les principales caractéristiques sont la vitesse, la mobilité et l'efficacité.

En réalité, l'homme s'est laissé gagner par le rythme des machines et des techniques dont la course précipitée n'est possible qu'en raison de leur caractère inhumain. On peut accroître de plus en plus — et on accroît effectivement — la rotation de la machine, mais on ne peut accroître le rythme de l'homme qui s'efforce de suivre en haletant.

A partir d'une certaine vitesse, la cadence de l'inanimé devient tyrannique et c'est à ce moment que le moteur, créé par l'homme pour être à son service, asservit l'homme à son tour.

Tout être dont le rythme est dépassé est candidat à la folie. Toute collectivité dont la cadence n'est pas celle du reste du monde court à sa ruine et à sa dispersion.

Nous sommes tous plus ou moins atteints de ce mal des inadaptés depuis la fin du XIXe siècle, mais les découvertes scientifiques du XXe l'ont rendu insupportable et dangereux.

11. Universalité de la peur

Malgré toute l'horreur de la guerre des gaz, des chars d'assaut, des liquides enflammés et des bombes aériennes, les peuples gardaient encore le sentiment d'une localisation de l'horreur.

Les V1, V2 et autres fusées stratosphériques, la bombe atomique, les missiles à ogive nucléaire, la menace de la bombe à neutrons, etc., ont reculé les bornes de la peur.

Avec l'avion moderne et les missiles à longue portée dont le rayon d'action couvre presque toute la terre, aucun pays n'est désormais à l'abri de la désintégration atomique considérée comme un élément de destruction.

Toute la terre est justiciable de l'uranium et toutes les cités du monde sont des Hiroshima en puissance.

Cette seule perspective a, plus que toutes les autres, transformé l'humanité entière en un vaste camp de la peur.

Ainsi, la peur est devenue le grand dissolvant, infiniment plus redoutable que la bombe atomique elle-même, parce que infiniment plus subtile, plus universelle et parce qu'elle agit dès à présent.

Que demander à des hommes qui ont peur du matin au soir et d'un bout de l'année à l'autre ? Les plus faibles sont paralysés par leur angoisse et par celle de leurs voisins. Les plus forts se sentent gênés, diminués et perdent confiance en eux-mêmes jusqu'au temps où presque tout le monde en vient à prononcer la phrase inhibitrice : « *A quoi bon ?* »

A quoi bon procréer pour mourir ?
A quoi bon travailler si tout doit être anéanti ?
A quoi bon inventer si tout doit être perdu ?
A quoi bon conserver si tout doit être dilapidé ?
A quoi bon construire si tout doit être détruit ?
A quoi bon envisager le futur si nous ne devons plus être que passé et que cendres ?

Il faut que les hommes aient l'esprit d'entreprise bien chevillé au corps pour oser entreprendre et même persévérer dans une telle atmosphère. Et cela serait tout à l'honneur de la créature humaine, qui pense encore, tout de même, et agit malgré tout.

Si l'on pouvait seulement la délivrer de sa peur, quel soulagement immense ! Et comme alors tous les hommes travailleraient de grand cœur !

Il n'y aurait cependant rien de plus *en bien,* mais il y aurait quelque chose de moins *en mal* et cela suffirait à transformer la géhenne en paradis terrestre.

Cet état de l'humanité rappelle invinciblement l'anecdote du fou qui se frappe méthodiquement le crâne avec un marteau. Au passant qui lui dit : « *Cela doit vous faire bien mal !* », le fou répond : « *Oui, mais c'est si bon quand je m'arrête !* »

12. Le miracle que nous vous proposons

Il n'est pas possible que vous n'aperceviez pas l'action corrosive de la peur dans votre comportement et celui de vos parents, amis, voisins, etc.

Il n'est pas possible que vous ne voyiez pas que l'inimitié des partis vient de ce qu'ils ont peur les uns des autres.

Il n'est pas possible que vous ne sentiez pas que les guerres sont la conséquence de la peur des nations.

Ainsi, la peur est embusquée partout. Elle fausse l'existence humaine et les rapports humains.

Tout ce que la peur touche devient immédiatement contagieux et communique la peur à ce qui l'entoure, créant de la sorte d'autres zones de peur. Tant et si bien que les peurs individuelles s'amalgamant aux peurs collectives, l'humanité n'est pas libre de ses réflexes et ressemble à un vaste troupeau sans berger et sans direction.

Les plus effroyables paniques et les plus terribles psychoses deviennent alors possibles et nul n'est plus maître alors de cet océan de passions. L'individu y est balloté comme un fétu et sa faculté de détermination y est presque entièrement abolie, à moins que, par miracle, il ne rencontre la bouée libératrice et n'aborde le rivage sauveur.

C'est ce miracle que nous vous proposons de réaliser en étudiant vos peurs une à une et en vous montrant comment vous débarrasser de chacune de ces peurs.

Ce n'est pas au-dessus de nos moyens et surtout pas au-dessus des vôtres.

D'autres hommes ont, dans les plus effrayantes conjonctures, réalisé leur paix avant vous.

Peut-être vous a-t-on dit qu'en plein déchaînement des tempêtes marines, il suffit de jeter un peu d'huile pour apaiser la mer autour de soi ?

Apprenez aujourd'hui à répandre sur les vagues d'une humanité déchaînée **un peu de Foi et d'Amour.**

CHAPITRE II

Ne craignez point pour vous personnellement

Cette peur est aujourd'hui l'une des plus répandues et peut-être celle qui cause le plus de souci.

« En ce temps, écrivions-nous dans *Les Clés de la Santé* (1), où l'humanité a peur de tout, sévit la peur généralisée de la maladie. On peut dire que les hommes passent la moitié de leur temps à être malades et l'autre moitié à craindre que la maladie ne fonde sur eux.

« Nul état d'esprit ne peut être plus favorable à l'éclosion et à la propagation d'affections physiques de toutes sortes, puisque celles-ci résultent d'une attitude vicieuse de l'esprit...

« La fausse éducation scientifique est pour beaucoup dans la peur des maladies et on ne saurait dire le mal dû aux dictionnaires et revues de santé, annonces pharmaceutiques, causeries médicales et publicité par radio. »

---

1. Éditions Astra, Paris (épuisé).

1. Ne craignez pas pour votre intégrité physique

Cette peur physiologique était jadis une spécialité des villes dont l'activité factice brisait la garde intérieure des citadins. Aujourd'hui les campagnards eux-mêmes sont pervertis, dans la mesure où leur existence est devenue moins fruste, et leur riche santé de jadis s'effrite au voisinage des médecins. L'usage des calmants s'est généralisé dans les populations rurales qui n'ont plus la force de supporter une migraine ou un mal de dent.

On en arrive ainsi au servage médical le plus étroit et le praticien règne aujourd'hui implacablement sur une humanité terrifiée, qu'il tyrannise à force de piqûres, de prélèvements et d'interventions.

Cependant, **nul besoin de spécialistes pour se bien porter,** alors que les spécialistes sont bien utiles pour être malade. La nature, quand elle organisa notre corps, le prévit sans médecins et sans pharmaciens. Lorsque Dieu créa Adam, il ne dit point : « *Ceci sera l'Homme et ceci sera l'Aspirine* .» Le démiurge inventa la personne humaine, mais c'est la personne humaine qui inventa le médecin.

Vous avez tout ce qu'il faut en vous, d'abord, pour ne pas être malade, ensuite, pour tout remettre en place si quelque chose vient à se détraquer.

Mais si vous n'avez peur de rien, rien ne se détraquera dans votre organisme, qui est si bien construit que, même à l'aide des poisons pharmaceutiques, vous avez du mal à le détériorer.

Il n'y a vraiment qu'une seule maladie : la peur, qui est la source de toutes les autres, parce qu'elle est l'intoxication première, l'infection première et le contage premier.

2. La peur et les épidémies

On ne saurait croire à quel point la peur appelle les épidémies. Jadis, elle préparait le terrain de la peste et du choléra. Avant que le mal ne fût là, elle abaissait les barrières morales, stoppait les résistances psychiques et mettait les futures victimes à la merci de l'invasion.

Or, tous ont pu remarquer que, dans les grandes épidémies, les moins frappés étaient ceux ou celles que leur optimisme préservait de la peur.

Le *Décaméron* de Boccace est basé sur l'histoire de plusieurs jeunes hommes et jeunes femmes qui, durant la grande peste de Florence, se réunirent pour oublier le fléau et mener une existence de plaisirs. Ce que tentèrent ces êtres légers en vue de se soustraire à la redoutable maladie, des créatures héroïques : prêtres, religieux, soldats, volontaires de toute nature le firent par esprit de sacrifice et don de soi.

Rappelons le cas des forçats de Sakhaline dont une première équipe avait couché impunément dans le lit de cholériques véritables, alors qu'une seconde équipe était morte pour avoir cru dormir dans des lits souillés.

Nous avons eu, une fois de plus, l'occasion de vérifier les ravages de la peur dans un chef-lieu de canton de notre voisinage. Sur l'annonce d'un cas de poliomyélite, d'ailleurs douteux, mais orchestré par la presse et l'opinion, on put voir l'affolement gagner une population entière, municipalité comprise, au point que les écoles furent fermées, les réunions et les baignades interdites et que, durant des semaines, nul n'osa fréquenter les marchés, l'église et le cinéma. On imagine les ravages qu'eût provoqués une épidémie véritable sur ces gens frappés de terreur.

C'est que la peur grossit tout, déforme tout et qu'elle détruit les admirables défenses intérieures qui permettent à l'immense majorité des hommes d'atteindre la limite de leur vie sans grave maladie ni accident.

3. Avez-vous pensé que votre corps est un merveilleux appareil ?

Le créateur a si bien fait les choses et les êtres qu'en dépit d'imperfections évidentes l'univers constitue un système efficace et cohérent. La circulation des astres dans le ciel comporte le minimum d'éclatements et de collisions, ce qui est proprement admirable, étant donné les milliards et les milliards de mondes dont la course s'enchevêtre à l'infini.

Toute cette astronomie s'équilibre sans médecin,

sans pharmacien, sans sage-femme. Quand une étoile accouche d'un satellite, on ne va pas chercher un professeur d'obstétrique et on ne tire pas la sonnette d'un ophtalmologue pour remédier à une éclipse du soleil.

Tout s'arrange tout seul, admirablement, en vertu des seules lois naturelles, sans doute aussi parce que les astres n'ont ni peur ni imagination.

De quoi vous mêlez-vous donc quand vous allez consulter un « homme de l'art » pour dissiper vos malaises alors que celui-ci est fort en peine de remédier aux siens ?

Ne savez-vous pas que votre corps physique est une merveille de construction, un chef-d'œuvre de mécanique cellulaire, qui laisse bien loin derrière la réalisation du plus génial ouvrier ? Que chaque chose y est faite pour servir, durer ? Que toutes les pannes y sont prévues et automatiquement corrigées ? Que chaque défaillance comporte son remède ? Et même que le soi-disant « raté » est, en fait, la mise en place du contre-poison ? Que tout s'arrange nécessairement, que tout se redresse, que tout se répare ? A une seule condition cependant : c'est qu'on versera dans les rouages et sur les pivots l'huile de la confiance et non le vitriol de la peur.

4. Donnez un grand coup de balai en vous-même

Citons l'anecdote du chat d'un de nos voisins qui avait été écrasé par une voiture mais qui, n'admettant pas que sa moelle épinière fût lésée, avait fini par recouvrer la possibilité de faire des bonds surprenants. Or, depuis, commentant ce fait, un chirurgien des hôpitaux d'une grande ville de France nous signalait que, mise par lui en face de cet exemple, une jeune et intelligente assistante sociale, à demie-paralysée à la suite d'une atteinte de poliomyélite, avait nié sa parésie et substitué une ascension au pic Coolidge à une saison de repos à Lamalou-les-Bains.

« Miracle » que vous pouvez renouveler pour votre compte, comme nous l'avons fait nous-même et fait faire à bien des gens.

De même qu'**il n'y a qu'une seule maladie : la peur,** il n'y a qu'un seul remède, que nous exposerons en détail aux derniers chapitres de ce livre et qui n'est autre que la Foi.

Pour l'instant, chassez la peur hors de vous, celle qui vous est propre en tant que créature physique, celle de votre entourage ou de vos relations, qui suffit souvent à engendrer votre propre peur, celle de votre éducation traditionnelle et conformiste, celle des mauvaises lectures, des mauvais spectacles, des mauvaises conversations.

Donnez en vous un grand coup de balai, de manière à expulser les inquiétudes, les craintes. Promenez le plumeau spirituel dans les moindres anfractuosités de vos sentiments.

Ne laissez subsister en vous aucune de ces toiles d'araignée où s'accrochent vos hésitations et vos doutes. C'est là une lessive intérieure, un ménage à faire tous les matins. Et pas seulement le matin, mais durant tout le jour et tous les soirs, ainsi que procède la ménagère vigilante qui, le chiffon à la main, fait disparaître le moindre grain de poussière de sa maison.

Il est même incroyable que tel être, attentif à éliminer les souillures physiques et qui entretient son corps dans un parfait état de propreté, néglige à ce point et systématiquement le nettoyage de son âme, comme si celui-ci n'était pas la condition indispensable de la purification du corps.

Nous irons même plus loin. **Le soin du corps n'est rien s'il n'est pas accompagné du soin de l'âme.** Et il vaudrait certes mieux pour votre intégrité générale que vous promeniez l'aspirateur dans votre esprit plutôt que sur vos fauteuils.

5. Barrez la route aux accidents

La peur des accidents n'est pas moins funeste que la peur des maladies. On peut même dire qu'elle fabrique l'accident en partie et que, tout au moins, elle est l'avant-coureur de celui-ci.

Toute sensation de peur mobilise les impondérables et crée automatiquement les conditions défectueuses d'où l'accident naîtra.

Car, ce qui est terrible dans la peur, c'est qu'elle est une affection psychique qui agit d'abord sur les enveloppes fluidiques et magnétiques représentant la partie invisible de votre personnalité. Quand ces enveloppes sont corrodées ou détruites, rien n'empêche plus la peur de s'infiltrer dans votre organisme matériel. Elle y amorce d'insidieuses préparations, étend ses ligatures perfides et vous livre, pieds et mains liés, à l'inconnu.

Dans le passage de *l'Invisible et Moi* (2) intitulé « *L'accident est en puissance avant de se produire* », nous avons indiqué comment, dans un véhicule terrestre ou aérien dont le châssis comporte une fêlure, l'accident a ou non chance de se produire selon que le conducteur a confiance ou non.

Un des plus étonnants témoignages dans ce sens est celui de Guy de Larigaudie, dans son voyage en auto à travers la jungle birmane, entre Calcutta et Saigon (3). Pendant des semaines et à chaque heure du jour, les deux compagnons frôlent le danger et risquent l'impossible. Mais leur foi en eux-mêmes et dans une protection providentielle est si absolue qu'ils sont invulnérables à l'accident.

Nous pourrions multiplier les exemples dans ce sens, de même que dans le sens contraire. Mais chacun a remarqué autour de lui des hommes victimes d'accidents continuels. Si vous connaissez intimement ces malchanceux ou si vous vous donnez la peine de scruter leur vie profonde, vous ne manque-

---

2. Éditions Astra, Paris (épuisé).
3. Éditions Plon.

rez pas de reconnaître qu'ils sont, corps et âme, acquis à la peur.

La peur les assiège à tout moment, les imprègne, les pénètre. Leurs pensées, leurs paroles, leurs actes sont conditionnés par la peur. Il s'agit là d'une intoxication généralisée due à une aboulie spirituelle et à une carence du mental. De tels malades, car ils le sont véritablement, ne peuvent être guéris ni par eux-mêmes ni par leurs proches. Une cure de désintoxication serait nécessaire, elle-même suivie d'une rééducation.

6. On manque de cliniques spirituelles

Et voilà bien par où pèche essentiellement notre organisation sanitaire moderne. On construit, à grand renfort d'argent, des hôpitaux magnifiques dont la peur est l'économe, l'administrateur et le chirurgien. Tout y porte le cachet de la peur, les consignes de la peur. Tout y parle la langue de la peur. Décor, appareillage, personnel revêtent un aspect de froideur professionnelle qui glace l'âme et débilite le corps. « *Vous qui entrez ici, laissez toute espérance.* » Le seul fait de pénétrer dans un hôpital ou une clinique constitue déjà une redoutable amputation.

Odeurs, instruments, voisinage, propos, vocabulaire, exemple viennent à bout des consciences les plus braves et inhibent les cœurs délicats.

Songez au contraire, à ce que serait une « maison

de santé » vraiment digne de ce titre et qui ne comporterait ni chirurgiens, ni médecins, ni infirmières, ni laboratoires, ni pharmacie, ni table d'opération.

Tout y serait disposé pour le plaisir des yeux et pour la joie de l'âme. Des assistantes au beau sourire prépareraient la venue des maîtres de gaieté. Des professeurs de réconfort, de droiture, de courage, y enseigneraient sous une forme vivante les règles de la vie sereine et les lois fondamentales du bonheur.

Les premiers clients de cette clinique de relèvement devraient être les médecins, chirurgiens, pharmaciens, toxicologues et, avant tout, les conférenciers, causeurs et chroniqueurs médicaux. L'étalage constant du mal, l'étude publique des états morbides aboutissent à une infection chronique dont la purulence atteint ses propagateurs en premier.

L'intense campagne antituberculeuse, organisée avec l'aide de pouvoirs publics ignorants, a généralisé l'idée de tuberculose. Cette vaste suggestion exerce ses ravages sur les esprits faibles et les prépare à l'envahissement microbien.

Tous les spécialistes des voies respiratoires savent que le pneumocoque, agent redouté de la pneumonie, vit normalement dans la bouche de tous les hommes mais ne manifeste sa virulence que dans certaines conditions.

Ils croient que cette virulence n'est déterminée que par un abaissement des barrières physiques alors que c'est seulement l'abaissement des barrières morales qui met le corps à la merci des agents microbiens. Et que dire de la psychose du cancer ?

On voit par là qu'il n'y a réellement qu'un microbe : la peur, qu'une bactérie : la peur, qu'un virus : la peur et que ceux-ci filtrent à travers les filières les plus ténues.

Chassez la peur de vous et la maladie n'y viendra point.

7. Ne redoutez pas la mort

Cette crainte est peut-être la plus angoissante et la plus répandue de toutes.

Elle tient à ce que l'amour de la vie est chevillé dans les êtres, non à l'instigation des hommes cette fois, mais à celle de la nature elle-même, surtout préoccupée de la conservation des espèces et qui en protège les échantillons.

Si l'homme n'avait pas en lui ce sens aigu et constant de la conservation physique, il ne déploierait pas tant d'énergie ni d'obstination pour se cramponner à l'existence, même dans le malheur. Il est de fait que les suicides sont infiniment rares par rapport au nombre de créatures humaines, et il faut un bien puissant motif physique ou sentimental pour que le suicidé devance l'appel. Fréquemment d'ailleurs, l'homme qui abrège sa vie agit sous le coup d'une obsession ou d'un trouble grave qui, diminuant son libre arbitre, ne lui permet plus un jugement normal.

Mais, pour les hommes moyens, l'idée de mort rebrousse l'idée de vie et celle-ci, comme il est juste, s'oppose nécessairement à celle-là. C'est heureux d'ailleurs, car si l'on connaissait la vraie réalité de la mort au lieu de n'en voir que les apparences, bien peu d'êtres auraient le courage de mener leur existence jusqu'au bout.

Toutefois, cette défense naturelle ne doit pas mener à l'excès contraire, et par attrait excessif de la vie, conduire à la peur désordonnée de la mort. Voici ce que nous disions dans *l'Ami des heures difficiles* :

« Pourquoi auriez-vous peur de la mort ? Celle-ci ne cause aucune souffrance physique. C'est un passage très doux, très simple et très aisé. Le spectacle ou la description de l'agonie chez les autres ne doit pas vous influencer, car l'apparence est plus trompeuse dans ce cas que dans tout autre. Même si le corps charnel se débat et donne l'illusion de la souffrance physique, apprenez que le mourant ignore cette lutte ou la considère comme extérieure à lui. On meurt avec autant de facilité qu'on s'endort et il n'y a aucune exception à cette règle, qu'il s'agisse de mort par maladie, par usure, par violence ou par accident. La mort est un passage, non un état. Elle vous rapproche du Divin par l'abandon de votre enveloppe. La mort vous rend votre jeunesse et votre liberté... Faites donc loyalement votre journée en songeant que, le soir de la vie arrivé, vous vous endormirez corporellement dans la paix sereine de la mort. Ne voyez pas la mort en noir, sous la forme d'un squelette ou d'une allégorie. Écartez ces conceptions rudimentaires, et voyez la mort en face comme elle est. Après trois jours de sépulture, Jésus connut la seconde naissance. La mort physique, bienfaisante et douce, est le vestibule de la Résurrection. »

Quoi qu'il en soit, vivez allègrement, fortement, durant que vous êtes en état de vie, sans vous préoccuper, avant terme, des conditions de votre mort. Dites-vous seulement que, le moment venu, toutes grâces vous seront données pour qu'après une existence féconde vous ayez une heureuse fin.

8. Ne craignez pas pour votre intégrité mentale, morale et spirituelle

Beaucoup redoutent l'affaiblissement de leurs facultés cérébrales et l'amoindrissement de leurs dons. Or, croire à la diminution d'un pouvoir, c'est déjà amorcer sa désagrégation et sa perte.

A part quelques exceptions, les jeunes gens ont une grande confiance en eux-mêmes, dans leurs méthodes et dans leurs moyens. Chose curieuse, cette assurance coïncide précisément avec l'âge où rien ne la justifie sur le plan intellectuel ou matériel. Au début de la vie, l'être humain n'a aucune valeur par lui-même ; il est profondément ignorant des conditions de l'existence, il est sans expérience et sans acquis. Son bagage est nul le plus souvent, et il ne devrait logiquement avoir que des raisons de découragement et de méfiance. C'est cependant au cœur de ce dénuement qu'il y a le plus de dynamisme, basé sur ses possibilités d'enthousiasme et d'indignation.

Au contraire, à mesure que l'homme avance sur le plan des réalisations et se fraye un chemin de réussite, il est assailli par la méfiance et le doute, fruit des heurts intimes et sociaux. Il est très rare qu'un homme mûr garde au cœur les élans de l'adolescence. Il est encore plus rare que le vieillard ne soit pas un désabusé.

L'adage « *si jeunesse savait, si vieillesse pouvait* » n'a de sens que par la faiblesse unanime qui fait croire aux jeunes qu'ils sont sans puissance et aux vieux qu'ils sont sans volonté.

9. Pour renaître spirituellement

La jeunesse n'a pas besoin de savoir pour évoluer. C'est même son aveuglement qui fait son audace. Démonstration merveilleuse de ce que peut l'Esprit à lui seul ! Mais pourquoi, mûrissant en pensée et en moyens d'expression, jeunes gens, ne gardez-vous pas cette fraîcheur spirituelle qui est l'adolescence de l'âme et la jeunesse des purs ? Hommes mûrs, pourquoi vieillissez-vous en esprit avant que vos cellules ne vieillissent ? Votre renouvellement spirituel ne dépend-il pas seulement de vous ? Vieillards, ou qui vous considérez comme tels, pourquoi devancer la décrépitude physique en mésestimant vos ressources d'âme et de corps ?

A tout moment de la vie, vous pourrez naître à

nouveau et tout abolir de ce qui fut par une seconde naissance. Procédé évangélique qui n'est pas le privilège de quelques hommes, mais la part normale de chacun.

A tout âge, vous pouvez connaître les joies de la résurrection spirituelle et ses extraordinaires possibilités. L'âme ne se sclérose pas ; on l'enferme ou on l'oublie. Mais, dès qu'on a foi en elle, elle vibre intensément.

C'est parce qu'ils ont méconnu ces lois que de grands réalisateurs et de grands conducteurs d'hommes ont connu la défaite après des débuts triomphaux. Vieillis par le succès et les honneurs, ils ont cessé de croire à leur étoile et, devenus semblables aux autres, ont perdu confiance en eux.

10. Changez d'esprit et votre corps changera

Vous êtes certainement de ceux qui n'ont pas confiance en eux-mêmes, sans quoi vous ne liriez pas ces pages où il n'est question que de peur.

Vous vous défiez de vos moyens qui sont grands. Vous surestimez la puissance des forces adverses. Vous vous pliez, en pareil cas, à un conformisme démoralisant. S'il n'était pas admis universellement qu'à vingt ans on est jeune, à quarante mûr et à soixante vieux, on verrait un peu partout des maturités de soixante ans et des jeunesses de quarante.

Je n'en veux d'autres preuves que le comportement des femmes de naguère et d'aujourd'hui.

Encore au siècle dernier, une femme de trente ans n'était plus qu'une mère de famille. Au premier deuil, elle prenait le noir et ne le quittait plus. A quarante ans, elle était vieille, à cinquante aïeule, à soixante ancêtre. Sa mentalité et ses ressources étaient à la hauteur de l'opinion qu'on en avait.

Aujourd'hui bien des femmes de cinquante ans ont une apparence et des virtualités de jeunesse parce que l'opinion débilitante ne les paralyse plus. Nombre d'entre elles font du sport à l'âge où leurs mères reprisaient dans un fauteuil à oreillettes, avec du coton dans les oreilles et une boule chaude à leurs pieds.

L'espèce humaine a-t-elle changé ? Nullement. Elle a toujours le même nombre de vertèbres, les mêmes catégories de muscles, les mêmes replis cérébraux. Ce qui a changé, c'est l'esprit, c'est-à-dire la conception qu'on a des choses et la représentation qu'on s'en fait.

Rien ne s'oppose, par conséquent, à ce que vous décidiez, à partir de maintenant, d'être tout l'opposé de ce que vous étiez il y a une heure, c'est-à-dire **jeune, fort, confiant, persévérant, audacieux.**

Et, puisque vous y êtes, que ne vous déclarez-vous, du même coup, compréhensif, généreux, aimant, ce qui aura pour résultat **immédiat** de vous doter de ce que la psychologie moderne appelle un « complexe », mais celui-là de *supériorité* !

L'essentiel n'est pas que cette supériorité (que vous vous conférez à vous-même et d'office) soit d'emblée partagée et reconnue par autrui. L'essentiel est que vous y pensiez comme à une chose certaine dont l'évidence s'imposera quelque jour. Et, en effet, sous l'influence de votre détermination, de votre suggestion à l'égard de vous-même, un nouvel être dont vous n'aviez pas idée surgira en vous. Ce qu'il pensera, dira et fera n'aura plus rien de commun avec ce que pensait, disait et faisait « le vieil homme ». Ce sera là cette renaissance dont nous vous parlions plus haut.

11. N'ayez pas peur de vous-même

Mais il y a pire que le manque de confiance en soi, pire encore que la défiance de soi, nous voulons dire la peur de soi-même.

Innombrables sont les hommes qui n'osent se pencher sur leurs profondeurs. Si tant de gens ne se regardent pas face à face, c'est qu'ils ont peur de cette confrontation intérieure qui ne leur permettrait pas de vivre de la même vie superficielle qu'auparavant.

Pour ne pas être mis en présence de leurs responsabilités, beaucoup sont capables des évasions les plus dangereuses. Ils s'étourdissent dans de vains plaisirs ou de vaines occupations. Heureux encore s'ils ne se consacrent point à des entreprises mauvaises et ne lèsent pas autrui dans ses sentiments ou ses biens !

Jamais comme aujourd'hui les hommes n'ont eu le désir de se fuir, de ne pas rester en leur propre société, par peur instinctive d'eux-mêmes. Ils appréhendent en eux je ne sais quelle présence austère qui les juge et prononce leur condamnation.

Songez-y. Vous êtes probablement de ceux-là. Pour reprendre une de nos anciennes images, vous ne pouvez sans frayeur vous pencher sur la margelle de votre inconscient. Ce puits inconnu et dont la profondeur se perd dans les ténèbres vous hante et gâte les joies superficielles auxquelles vous vous adonnez.

Vous soupçonnez la présence en vous d'êtres différents de vous, à la fois plus bas et plus élevés, selon qu'ils sont mus par l'instinct ou la haute conscience, et qui se déterminent pour des raisons qui ne sont pas les vôtres et que vous n'approuvez pas toujours.

Vous vous sentez véritablement sans influence et sans action sur ces compartiments intérieurs de votre personne, et vous fermez vos yeux et bouchez vos oreilles pour échapper à cette dualité.

Si vous persistez à garder une si dangereuse attitude, vous ne serez jamais que ce que vous êtes, c'est-à-dire un être tronqué, divisé. Quand une partie de vous dira oui, l'autre dira non ; vous serez un terrain de lutte où rien d'heureux ne pourra être édifié, où rien de stable ne pourra être bâti.

12. Descendons ensemble dans votre être intérieur

Il faut résolument abandonner une aussi pauvre

méthode et faire exactement le contraire de ce que vous faisiez jusqu'ici.

Bien loin de vous éviter, recherchez la société de vous-même ; c'est ce qu'on appelle méditer. En méditant, autrement dit en arrêtant le film de vos préoccupations habituelles, vous brisez la chaîne tenace qui vous rive au monde apparent. Vous amorcez hors du domaine des sens une sorte de retraite intérieure. Vous vous préparez une âme d'un autre plan.

Il n'en faut pas plus pour vous familiariser avec la présence du riche domaine dont l'entrée est au fond de vous.

Si vous avez peur, donnez-nous la main et descendons les marches une à une. Ensemble, nous reconnaîtrons les lieux et ferons d'excellent chemin.

Nous sommes personnellement familiarisé avec la descente de cet escalier et d'autres que nous y sont passés maîtres. Il y a des virtuoses de cette spéléologie intime, qui devient un sport passionnant.

Entendez-vous ces échos dans les parois de votre subconscient ? Vos pas s'y répercutent et ils amplifient votre voix. **Allumez la lampe de l'Amour et les torches de la Foi,** et l'intérieur de votre être se transformera en palais de féerie où ruisselleront les joyaux.

Ce n'était pas si difficile, vous le voyez, cette exploration de votre secret domaine. Arrêtez-vous sous cette voûte, dans cette crypte et appelez le secours divin. Jamais vous ne hélerez en vain l'Hôte mystérieux de votre humanité souterraine. Toujours il répondra, d'une manière ou de l'autre, à vos appels.

C'est à partir de ce moment que vous n'aurez plus le sentiment d'être seul. Et, peu à peu, vous familiarisant avec les parties élevées de votre être, vous prendrez l'habitude de ces entrevues et de ces visitations.

Alors la bataille sera gagnée. Vous ne vous considérerez plus comme votre propre adversaire, mais comme le plus fidèle et le plus sûr de vos alliés.

Ne confondez pas cette gymnastique de l'âme avec le scandaleux égoïsme dont le propre est de s'arrêter à la superficie et de redouter les profondeurs. Vous saurez bientôt dans quel esprit doit être abordée votre expérience pour en accroître l'efficacité.

13. Faites-vous une alliée de la douleur

Ici nous devons envisager le problème de la douleur, cette austère compagne des joies humaines, si empressée à nous visiter qu'elle prend parfois toute la place et abolit les autres sensations.

Nous ne pouvons vous dire que vous ne connaîtrez jamais la douleur. C'est comme si nous vous disions que vous ne connaîtrez jamais la fièvre. L'une et l'autre sont la manifestation d'une lutte psychique et organique en vue de l'élimination du mal.

La douleur apparaîtra donc certainement, sous une forme ou sous une autre, dans votre vie et, selon la manière dont vous l'accueillerez, elle vous élèvera ou vous abaissera.

Vous aurez sans doute peur de la douleur comme la presque unanimité des hommes. Le seul fait de cette crainte vous fruste des bienfaits de la douleur. Car la douleur est un des éléments les plus féconds du monde, celui qui ranime les terrains stériles où tous les autres ferments ont échoué.

Il y a une variété infinie d'expressions de la douleur ; chagrins, peines, souffrances sont ses fils et ses filles. Il y a des douleurs physiques et des douleurs morales assorties à chaque homme, chaque vie, en nombre illimité. Et cela explique la crainte généralisée que la douleur éveille parmi les hommes en même temps que les ravages qu'une douleur mal comprise peut causer.

Si vous avez peur de la douleur, la douleur sera votre maîtresse. A mesure que croîtra votre peur, croîtra aussi la domination de la douleur. Et cette domination grandira jusqu'à devenir tyrannie. Dès lors, vous ne pourrez vous y soustraire. Vous deviendrez esclave de la douleur. Pour peu que vous y ajoutiez la malédiction, la douleur deviendra insupportable. Révolte et blasphème la portent au paroxysme et en font une torture sans nom.

Vous avez dû observer autour de vous les méfaits d'une telle attitude. Que d'êtres avez-vous vus luttant contre leur fardeau ! Les désespérés sont légion et leurs tristes cohortes font douter de la terre et des cieux.

Apprenez donc à ne plus avoir peur de la douleur. Cessez même d'en redouter la venue. Faites mieux encore : pensez-y comme à une amie, comme à un présent divin.

Tant qu'elle n'est pas sur vous, ou en vous, bénissez-la chez les autres pour que leur âme devienne consentante et que le travail de compréhension s'opère en eux.

Quand elle est en vous, accueillez-la, acceptez-la, analysez-la, comprenez-la et, non seulement la douleur deviendra supportable, mais encore elle vous enrichira.

En bénissant la douleur, comme une grâce et un privilège, vous purgerez la douleur de son amertume et lui donnerez un goût de miel. A partir de là, la douleur devient une auxiliaire, un levier puissant vers le mieux.

14. Ne restez pas en arrière

Soyez de plus en plus fort et de plus en plus vaillant. Soyez de plus en plus jeune et de plus en plus en avance sur votre temps.

Ne restez en arrière d'aucun homme. Rompez avec les petites habitudes. Faites-vous pionnier d'une avant-garde et quittez en hâte la troupe des éclopés.

Le dernier traînard est celui qui a le maximum de peur. Sortez, par conséquent, des arrière-gardes et portez-vous résolument en tête, là où sont les éclaireurs.

N'ayez plus peur de vous, ni de ce qui est en vous. Vous êtes votre secours le plus sûr, votre allié le plus fidèle. Éveillez-vous de la léthargie environnante, aspirez l'air pur du libre arbitre, utilisez votre intelligence et votre volonté.

Ne soyez pas mesquin avec vous, ni méfiant, ni poltron, ni avare.

Ouvrez-vous généreusement à tout ce qui est. Et les hommes comme l'univers vous paieront de la même monnaie dont vous vous serez servi avec eux.

CHAPITRE III

Ne craignez point pour vos familles

1. L'angoisse maternelle

Certains, qui ne seraient pas vulnérables en ce qui les concerne, tremblent pour leurs familles, et notamment pour leurs enfants.

Cette sorte de peur est congénitalement installée dans le cœur des mères à cause précisément de l'étendue et de la force de leur amour.

La richesse de leur sensibilité, la permanence de leurs occupations familiales ne leur permettent pas de s'extraire d'une atmosphère confinée où l'amour s'exerce en circuit fermé. Là est le défaut capital de la famille, par ailleurs si indispensable en tant que cellule collective, justement parce que l'affection concentrée et exclusive entre les mêmes êtres manque d'aération.

Le résultat habituel de ces comportement, familiaux dont l'égoïsme sacré n'abuse que les familles, est de dénaturer le sens normal de l'Amour. Par exagération des sentiments on aboutit à une tendresse morbide qui est toujours à base d'alarme et de peur.

Il est aisé de s'en rendre compte en comparant le solde affectif des familles nombreuses et celui des familles à enfant unique. Alors que, dans les premières, et en dépit de l'affirmation du poète, le huitième ou le douzième enfant n'a bien qu'un huitième ou un douzième d'affection, l'enfant unique, lui, réunit tout sur sa tête et engendre d'autant mieux l'inquiétude autour de lui qu'il est seul.

Bien entendu, ce raisonnement s'applique proportionnellement aux familles de deux, trois, quatre enfants dont chacun bénéficie de la part d'intérêt qui découle du nombre, compte non tenu des anomalies de santé ou de caractère qui peuvent attirer spécialement sur l'un d'eux l'instinct maternel d'appréhension.

On sait avec quelle facilité et quelle efficacité s'élèvent les familles très nombreuses, alors que, arithmétiquement, la difficulté devrait croître avec l'effectif. L'attention des parents, étant divisée, se trouve forcément réduite et, si la somme de leur amour est égale à celle des parents de familles peu nombreuses, la part individuelle de chaque enfant s'en trouve réduite néanmoins.

Cela n'empêche nullement la mère de nombreux enfants d'être sujette à la crainte, mais celle-ci est moins corrosive que la crainte de la mère d'enfant unique, à cause de sa dispersion.

Aussi voit-on couramment l'enfant de celle-ci en proie à toutes sortes d'affections et de maladies, alors que les enfants de celle-là s'élèvent beaucoup plus facilement.

2. Des liens fluidiques vous attachent aux vôtres

Ne craignez pas pour vos enfants car c'est la faute la plus grande que vous puissiez commettre.

Des liens fluidiques, magnétiques, sentimentaux et spirituels attachent l'enfant à ses géniteurs. Ces liens sont surtout puissants chez la mère de l'enfant en bas âge, car, entre l'une et l'autre, le cordon ombilical invisible n'est jamais coupé.

Et c'est bien ce qui rend si dangereux pour l'enfant les alarmes de la mère. Toute sensation négative de celle-ci se répercute automatiquement dans son rejeton.

Vous n'ignorez pas que, si l'allaitement maternel est le mode d'alimentation le plus sûr tant que la donneuse est bien portante, cette méthode s'avère périlleuse lorsque la mère est malade parce que le poison de la nourrice intoxique le nourrisson. Combien plus pernicieux encore est l'échange de toxines morales entre l'enfant et la mère, puisque la sécrétion délétère attaque les sources mêmes de la vie et que nul poison n'a la virulence de la peur !

Si donc vous aimez véritablement vos enfants,

c'est-à-dire si vous désirez leur insuffler la Vie, gardez-vous de craindre pour eux, car ce serait leur injecter un virus mortel.

Précisément parce que vous aimez vos enfants, vous devez nier jusqu'à l'apparence du mal et refuser d'admettre toute idée pessimiste dans votre esprit. Celui-ci ne doit être rempli que de pensées de santé, de prospérité, d'abondance, de gratitude, même si, matériellement, vous avez le droit d'en douter. Quel mérite auriez-vous à nier la maladie quand vos enfants ont une santé florissante ? Il y a cependant des parents criminels qui, même dans ce cas, donnent carrière à leur peur. Mais c'est dans les circonstances graves et même désespérées que doit se manifester l'amour de la mère, qui, s'il est digne de ce nom, ne doit jamais abdiquer.

Quand même vous vous trouveriez en présence d'un verdict médical sans appel, **vous n'avez pas le droit d'abandonner la lutte.** Une mère qui, en pareil cas, réussirait à se vider de toute crainte serait plus forte que la mort. Nous savons que cela est dur et difficile, mais des parents en feraient bien d'autres pour le salut corporel de leurs petits.

3. Le véritable guérisseur est en vous

S'ils sont désarmés, pour la plupart, dans les moments difficiles, c'est que le conformisme, cette plaie honteuse des sociétés, les prive de leur libre arbitre et des ressources de leur foi.

Il est universellement admis que des parents doivent prendre une attitude d'angoisse et de désespoir devant leur enfant malade, s'entourer d'un décor de pharmacie et de tout un sinistre appareil. La famille, les voisins, les amis viennent apporter leur pierre à la crainte commune et étoffent le spectre de la peur.

Tant que celui-ci planera sur la maison, aucune amélioration ne sera possible et c'est ce qui rend si redoutable la responsabilité du médecin. Celui-ci peut, d'un mot, changer l'atmosphère fluidique ou, au contraire, l'éclaircir. C'est pourquoi les médecins « Tant pis » doivent être considérés comme des empoisonneurs dangereux, que leurs diplômes seuls dispensent de rendre des comptes et qui, à la faveur de cette impunité légale, sèment leur carrière de deuils et de pleurs. Si vous n'êtes pas capable de renoncer à l'intervention médicale, choisissez du moins des médecins « Tant mieux ». Ces derniers, surtout lorsqu'ils ont atteint un certain âge et acquis de l'expérience, font de plus en plus crédit à la nature et de moins en moins crédit aux médicaments.

Le véritable guérisseur est en vous, comme le véritable destructeur est en vous. En vous, par conséquent, doit être édifiée la barrière qui s'opposera à l'entrée du mal.

4. Soignez d'abord votre propre peur

Pendant que vos enfants sont tout petits, ce n'est

pas leur maladie qu'il faut soigner, mais la vôtre. Vous êtes atteint de « peurite » chronique avec, de temps à autre, des accidents aigus.

Quand vous êtes en proie à ces accès, mettez-vous sur le cœur un emplâtre de confiance et la paix s'étendra dans le corps de votre enfant.

Mais dès que vos enfants sont à l'âge de compréhension, surveillez soigneusement votre attitude extérieure. Que rien, dans vos traits, vos actes, vos gestes, vos paroles ne traduise l'inquiétude que vous ressentez ! Composez-vous héroïquement un visage de tranquillité et de foi, une apparence d'optimisme, car les regards enfantins vous observent et l'émoi filial est attaché à votre émoi. Ne soyez pas moins brave intérieurement. Éliminez toute pensée négative. Soyez sûr, en vous-même, que tout rentrera dans l'ordre comme il se doit.

Pour peu que vous ayez le courage de poursuivre cette cure collective, vous enregistrerez des miracles, petits et grands. Les cas ainsi traités, par la confiance et la gratitude, ont étonné souvent les médecins qui n'en croyaient pas leurs yeux. La plupart avouaient leur stupéfaction, leur incompréhension, devant un dénouement illogique, en contradiction avec la science médicale, les observations cliniques et le codex.

Mais vous, vous saurez bientôt que c'est pour avoir puisé à la source même de la vie que vous avez obtenu, directement et sans intermédiaire, le résultat désiré.

5. Le grand devoir de l'exemple

Ne craignez pas davantage pour la santé morale de vos enfants, lorsque puberté et nubilité les enfièvrent au seuil de la vie.

Plus que jamais, c'est de vous qu'à ce moment-là les jeunes attendent le salut. Vous les croyez peut-être indépendants, détachés de vous, mais ce n'est là qu'une apparence, faite d'émoi, d'indécision, de pudeur.

C'est alors qu'il vous faut être le compagnon de vos enfants et veiller discrètement sur ces boutons à la veille d'être des roses. Gardez-vous de porter sur eux des mains maladroites et des doigts impatients. Laissez l'épanouissement se faire tout seul, sous le souffle de votre amour et de votre pensée. Méritez la confiance en étant confiant vous-même. Mais que cela ne vous dispense pas d'être intelligent.

Toutefois, vous n'aurez encore rien fait pour la santé morale de vos enfants tant que vous ne vous serez pas imposé le grand devoir de l'exemple. Il est inutile d'escompter la valeur morale chez vos fils ou vos filles si vous en êtes personnellement dépourvu. Vous devez sentir que **vous n'avez aucun droit de trouver chez l'enfant ce qui n'existe pas en vous-même.**

Vous avez pu vous adonner à l'erreur avant la naissance de vos petits. Mais lorsque ceux-ci sont parvenus à l'âge de raison et que leurs parents sont le premier groupe social qui s'offre à leur vue, votre leçon impérieuse est de vous réformer si vous êtes mauvais et de vous améliorer encore davantage si vous êtes bon.

Votre **exemple** fera plus pour l'équilibre d'esprit de vos enfants que tous les enseignements et tous les prêches, parce que ceux-ci ne sont que des mots et des paroles, tandis que l'**exemple est un acte vivant.**

Ou votre exemple est funeste et vous devez souhaiter qu'aucun de vos enfants ne vous ressemble. Ou votre exemple est bienfaisant et vous n'en pouvez attendre que des bienfaits.

C'est pour cela que nous avons été amené à dire, après d'autres, que les enfants éduquent leurs parents. Si cette pensée est bien comprise, vous pouvez en sortir de grandes richesses pour vous et les vôtres, car, en parfaisant votre éducation, vous parfaites aussi la leur.

6. Ne soyez pas des boulets aux pieds de vos enfants

De même, bannissez pour eux toute inquiétude dans la vie. S'ils sont en retard, ou absents, ne manifestez pas d'impatience ni de peur.

Du seul point de vue de la raison, on ne voit pas pourquoi vous seriez inquiet du retard d'un de vos enfants durant qu'il fait encore partie du groupe immédiat de la famille, alors que vous demeureriez paisible si ce même enfant vivait habituellement au loin.

N'appréhendez pour eux ni le présent, ni l'avenir. Fortifiez de votre foi la foi qu'ils ont en eux-mêmes. Ne redoutez pour eux ni les mauvaises rencontres, ni les périls. Rien n'est meilleur pour l'homme en général, et les enfants en particulier, que les difficultés auxquelles l'existence les confronte. La créature humaine a besoin d'être alertée et secouée pour se réaliser pleinement.

Vous avez peut-être encore tendance à accabler vos enfants de recommandations, de prescriptions, de défenses, alors qu'involontairement et sous le prétexte de les protéger, vous les affaiblissez et les désarmez. **Les plus robustes et les plus audacieux sont ceux qui ont été le moins couvés par leurs mères.** Ce n'est pas avec un cache-nez et de la flanelle qu'on lutte contre le froid, mais avec de bons poumons et un sang chaud.

Ne soyez pas des boulets aux pieds de vos enfants car vous empoisonneriez leur enfance. Soyez des gens de leur époque, ardents et compréhensifs. Ne prenez pas des airs accablés, n'ayez pas des attitudes de patriarche, sans quoi les meilleurs de vos enfants auront tendance à vous mettre sous un globe comme une relique du passé.

La vie et la civilisation, qui en est la pellicule frémissante, ajoutent sans cesse de nouvelles vagues à celles qui se heurtaient déjà. Chaque génération voit monter plus haut cette marée implacable. Ne restez pas à l'ancien étiage car vous y seriez bientôt noyé. Sortez la tête de l'eau, maintenez-vous à la surface, là où sont tous les autres nageurs.

Tant de parents se croient abandonnés par leurs enfants alors qu'ils se contentent de rester figés sur place, durant que les jeunes poursuivent normalement leur chemin.

Ce que nous disons de vos enfants est aussi valable pour vos autres parents, pour vos amis, vos voisins et, en général, tout ce qui constitue votre entourage.

N'ayez à leur endroit que de bonnes pensées, n'échangez avec eux que de bonnes paroles, ne leur donnez l'exemple que de bonnes actions.

Vous portez en vous le venin et l'antidote et utiliserez l'un ou l'autre selon ce que vous penserez. Si vous sécrétez seulement le venin, vous causerez des malheurs sans nombre. Si vous sécrétez en même temps le venin et l'antidote, ceux-ci s'annuleront et ce sera du temps perdu. Si vous sécrétez l'antidote seulement, vous guérirez le mal des autres et votre propre mal en même temps.

CHAPITRE IV

Ne craignez point pour votre situation ni pour vos biens

1. L'importance de l'emploi

L'homme de chair et d'esprit ne vit pas seulement de la parole de Dieu ; le pain quotidien est également indispensable à la réfection quotidienne de son organisme corporel.

Chacun est donc tenu de travailler dans la société humaine, pour s'habiller, pour s'abriter et pour manger. Il y a là une nécessité inéluctable dont n'est affranchi, pour ainsi dire, aucun homme, puisque nous sommes parvenus à l'époque où nul n'a le droit de vivre exclusivement du travail des autres sans en faire sa juste part.

Le temps est révolu des parasites de l'or et de l'héritage, admis à bénéficier de la sueur humaine sans œuvrer de leurs doigts. A présent, le travail est le lot de tous, de l'ingénieur comme de l'inventeur, du capitaine d'affaires comme du directeur d'usine, du banquier comme de l'agronome, de l'artiste comme de l'écrivain. Tout le monde doit apporter sa part au travail de la communauté et ce sont parfois les plus élevés dans la hiérarchie humaine qui déploient le plus d'activité.

D'où la nécessité pour tous de se faire « une situation », grosse, modeste ou misérable, selon les dons, le courage et la santé.

Peu de choses demandent autant de foi que la carrière sociale d'un homme. C'est parce que l'employé n'a pas assez de confiance en lui et dans les autres qu'il appréhende pour son emploi. S'il n'en a pas, il en veut un ; s'il en a un, il le désire plus considérable. S'il a l'emploi qu'il convoite, il a peur de le perdre. Et, de la sorte, il empoisonne ce qu'il a.

2. Le mythe de la stabilité

L'homme que nous dépeignons ainsi, et qui est tiré à des dizaines de millions d'exemplaires, ne se rend pas compte d'une chose, c'est que, du bas en haut de l'échelle, sa peur fait l'ascension avec lui. Si, quand il passe au deuxième échelon, il laissait sa peur sur le premier, il jouirait de son élévation sans mélange. Mais la peur le suit jusqu'au plus haut degré de l'échelle et se tient sur le dernier barreau près de lui.

Dès lors, qu'importe la satisfaction de son ambition, de son activité, de sa prédominance puisque tout ce qu'il fait et entreprend est souillé par l'abjecte peur !

Oh ! tous ne l'éprouvent pas de la même manière. Il y a toute une gamme de peurs. Entre le misérable qui tremble pour son infime emploi et le directeur général de telle entreprise géante, il existe une variété infinie d'appréhensions. A des degrés divers, mais pour des raisons psychologiques qui ne sont pas tellement différentes, les uns et les autres redoutent l'injustice, la jalousie, la concurrence, le ralentissement des affaires, la grève, le licenciement, le manque de matières premières, la maladie, l'incapacité, l'accident.

Pas un homme sur mille ne jouit en paix, totalement, de son lot. Toujours quelque raison trouble sa quiétude et l'oblige à vivre instablement et dangereusement.

Cela tient à ce que l'homme s'attache uniquement à la stabilité de l'emploi lui-même, **alors que tout dépend de sa propre stabilité.**

3. Cherchez d'abord votre axe spirituel

Êtes-vous instable en esprit et en sentiment ? Votre situation sera nécessairement instable.

Êtes-vous stable en vous-même ? Votre emploi le sera sûrement.

Car ce n'est pas la nature de l'emploi qui détermine la stabilité, mais la manière dont vous vous servez de cet emploi en vue d'acquérir ce que vous appelez un mieux-être et qui n'est, en définitive, que l'axe de votre évolution.

Vous avez à parcourir dans la vie un certain chemin, qui n'est celui d'aucun autre. Il comporte une succession d'acquisitions morales et spirituelles absolument indépendantes de votre profession. Celle-ci peut changer, peu importe ! Car ce n'est pas elle la poutre maîtresse, mais bien votre ligne intérieure autour de laquelle viennent se grouper vos différentes professions.

Actuellement, vous cherchez d'abord une situation puis, s'il y a lieu, vous vous préoccupez de votre évolution spirituelle. C'est exactement le contraire qu'il convient de faire. **Cherchez d'abord votre axe spirituel ; quand vous l'aurez trouvé, les situations qu'il comporte viendront s'y adapter harmonieusement.**

Cette loi n'est connue que d'un très petit nombre de personnes et l'ignorance qu'on en a explique le nombre immense d'hommes et de femmes qui sont installés dans la vie en porte à faux.

L'homme moderne manque, en effet, du squelette spirituel sans lequel toute sa personnalité est inconsistante. C'est pour bien le pénétrer de la nécessité vitale où il est de doubler cette apparence personnelle par une individualité profonde que nous avons écrit *Je et Moi* (1).

Sans ce Je immortel qui est en vous, aucune grande tâche ne serait possible. Mais l'existence de ce

1. Éditions Astra (épuisé).

Je n'est pas suffisante, il faut de plus que vous en soyez conscient.

La première chose à faire est donc de prendre conscience de votre armature morale, autour de laquelle tout le reste viendra s'agglomérer.

Ceux de mes lecteurs qui ont lu *les Clés du Bonheur* savent ce qu'il faut faire pour éveiller en eux *l'homme total,* celui qui dépasse *l'homme apparent* de mille coudées et dispose en réalité des pouvoirs les plus étendus.

Mais, dès maintenant, persuadez-vous que le vrai directeur de votre vie c'est vous, par délégation divine, et que votre *situation* par rapport à vous-même est la seule qui importe, parce qu'elle attirera à elle automatiquement et heureusement toutes les autres situations.

4. La peur pour les biens

Après la santé, que tant d'hommes détruisent en croyant la protéger, la possession des biens est peut-être celle qui cause le plus d'alarmes. Et, comme pour la santé, les réflexes de défense des possesseurs de biens vont, le plus souvent, à l'encontre de leur but.

Ce ne sont pas toujours les plus riches qui sont les plus anxieux, bien qu'à la vérité ceux-ci ne dorment que d'un œil sur leurs richesses. Il y a, en effet, une crainte extrême de perdre ses biens chez ceux qui en ont peu. Et cela se justifie, en raison humaine, puisque le milliardaire ne sait parfois que faire de ses ressources innombrables alors que le pauvre tient aux rares choses, acquises dans sa pauvreté.

Il est cependant une classe moyenne, à laquelle vous appartenez sans doute, qui, placée entre la fortune et la gêne, administre avec compréhension sa médiocrité.

Cette catégorie d'hommes est sans doute celle qui a le plus de peur pour ses biens et qui est la plus atteinte par ses pertes, au point que ses préoccupations d'argent passent avant les autres et déterminent son comportement.

Sur la foi de votre expérience ou sur celle d'autrui, peut-être considérez-vous comme une époque de sécurité celle de 1900, par exemple, où tout semblait pour le mieux dans le meilleur monde capitaliste, tellement les statuts de l'égoïsme universel étaient stables et admis.

5. Les archaïques notions de propriété et d'épargne

C'était le temps où la « propriété », considérée comme une allégorie, était flanquée de sa sœur l'épargne, toutes deux symbolisant l'ordre établi. Tout allait pour le mieux, en effet, à condition d'être parmi les bénéficiaires de cet ordre, et encore ceux-ci connaissaient-ils les affres des possesseurs.

Or, cela était tellement contraire à la loi de distribution générale que, sous formes de krachs, banqueroutes, faillites, etc., la Conscience universelle leur donna des avertissements répétés. Mais les possédants furent sourds à ces appels. C'est pour réformer leur fausse conception de la répartition des biens dans le monde que survint le malaise économique, générateur des deux guerres mondiales de ce temps. Comme toujours en pareil cas, l'accumulation des toxines dans l'organisme social provoque une débâcle libératoire, accompagnée des éruptions collectives qui tendent à éliminer le poison.

Les notions d'argent et d'épargne n'ont pas résisté aux convulsions de notre époque. Le désordre économique et l'avilissement de la monnaie ont précipité la déchéance du droit de propriété. Celui-ci est sapé de toutes parts par les idéologies nouvelles, et les nations conservatrices elles-mêmes sont obligées de restreindre la possession individuelle au bénéfice de la collectivité.

6. Détachez-vous des biens en esprit

L'heure est donc favorable pour vous libérer d'un certain nombre d'idées fausses et de l'attachement excessif que vous avez pour vos biens. Le temps est venu de comprendre que ceux-ci n'appartiennent à personne mais vous sont affermés seulement en provisoire location. Vous saviez déjà que la mort se rit des chartes de propriété les mieux établies et qu'à votre décès les plus sûrs contrats seront abolis pour vous. Mais il faut vous pénétrer encore de ceci, c'est que, même dans le cours de votre vie, vous n'êtes que l'administrateur temporaire de ce que vous avez.

Tant que vous vous considérez comme un réservoir isolé de l'univers où n'existent que des canaux d'amenée, avec faculté pour vous d'en réduire le débit à votre gré, vous serez en état de flagrante infériorité vis-à-vis de la Haute Administration du monde et, comme tel, promis à des coups de plus en plus durs.

Il est absolument indispensable que vous vous détachiez en esprit de vos biens, c'est-à-dire que vous ne considériez ceux-ci que comme un dépôt dont vous êtes à toute heure comptable et dont, à toute heure aussi, on peut vous demander la restitution.

7. La capitalisation spirituelle

Ou encore vous devez être, non un réservoir, mais un canal de circulation des richesses, qui ne reçoit celles-ci que pour les distribuer. Or, la véritable économie ne consiste pas à emmagasiner ce que vous avez reçu sous le menteur prétexte de constituer des réserves, mais bien à les répartir aussi rapidement et harmonieusement que possible dans la collectivité.

Si vous avez le courage de faire cela au lieu de vous livrer à l'épargne sordide (sorte de maladie inhibitrice par quoi les biens s'oxydent tout seuls), vous

vous apercevrez que votre apparente prodigalité est bien un enrichissement véritable, parce que plus vous donnerez, plus vous recevrez.

Beaucoup ont déjà expérimenté cette méthode de vie, les uns par aptitude naturelle, les autres par entraînement ou par devoir. Tous ceux-là ont été émerveillés des résultats obtenus, même dans le domaine pratique et connaissent maintenant les bienfaits d'une spirituelle capitalisation.

Quand vous serez détaché de vos biens au point de les considérer comme ceux de tous les autres, vous cesserez de craindre pour eux.

Cette forme de peur, qui angoisse et oppresse tant de gens, préoccupés du sort de leurs immeubles, de leur argent, de leurs valeurs, de leurs troupeaux, de leurs récoltes, de leurs magasins, de leurs usines, de leurs outils, de leurs meubles, sera immédiatement abolie par une indépendance de la conscience, elle-même génératrice de paix.

Que vous parveniez seulement à ce libéralisme supérieur et un air pur circulera dans votre âme et vous affranchira de toutes peurs.

CHAPITRE V

Ne craignez point les autres

1. Méfiance et bienveillance

Vous redoutez encore bien plus les autres hommes que vous-même parce que leurs réactions vous atteignent dans le plan objectif. Vous vous frottez à eux, vous vous heurtez à eux et vous estimez, en général, ces frottements et ces heurts néfastes et de nature à vous léser.

Parfois vous faites exception pour vos parents et amis, bien qu'entre membres d'un même cercle les frictions soient la règle. Dans les familles les plus unies, il existe des oppositions et des malentendus. Que dire alors de vos relations avec le reste des hommes ? La vérité oblige à dire que vous observez la plupart des êtres humains avec méfiance et considérez ceux avec lesquels la vie vous met en contact comme des adversaires, des concurrents ou même simplement des gêneurs.

Ce que vous éprouvez pour autrui, autrui l'éprouve pour vous et l'étranger vous rend la monnaie de votre pièce. Il en résulte une froideur de l'atmosphère humaine que rien ne justifie et qu'il importe de faire cesser.

De temps à autre, vous rencontrez des gens au regard souriant et dont la bienveillance est inscrite sur le visage. Spontanément ils cherchent à vous dire des choses aimables et à se mettre à votre disposition. Quand cela arrive, vous vous « dégelez » instantanément. L'hostilité ou l'indifférence qui étaient en vous fondent comme glace en eau chaude. Par simple émission de fluides sympathiques, votre interlocuteur a déclenché une sympathie correspondante dans votre cœur. Aussi, par justice et réciprocité, vous vous efforcerez, à votre tour, d'extérioriser votre propre bienveillance et d'avoir, à l'endroit de l'autre, des paroles et des gestes de bonté.

Mais supposez que le contraire se produise et que vous vous trouviez, comme c'est le cas le plus fréquent, en face d'un homme arborant votre froideur et votre méfiance, ou même qui affecterait l'hostilité et le mépris. Tout ce qu'il y a de secrètement bon en vous se rétracterait, se refermerait et tout ce qu'il y a de secrètement mauvais en vous se déploierait, s'ouvrirait, si bien que de deux antipathies croissantes et opposées, le mal seul pourrait sortir.

Faites donc votre profit de tout cela et, de toutes les manières d'être avec autrui, choisissez la plus efficace, celle qui ouvre les portes au lieu de les fermer.

2. La clé des cœurs

Désirez-vous l'amour et la paix ? Désirez-vous la haine et la guerre ? Il n'est pas plus difficile d'obtenir ceci que cela.

Mais, d'avance, votre peur répond pour vous. Si vous craignez les autres hommes, c'est que vous craignez leurs entreprises, dictées par l'incompréhension, l'égoïsme et l'inimitié. C'est donc de leur amour dont vous avez besoin pour qu'ils deviennent favorables. En conséquence, vous devez faire ce qu'il faut pour obtenir leur amour.

Est-il besoin d'ajouter que, pour récolter cet amour, il ne faut pas semer la malveillance ? Toute graine donne un fruit de son espèce, et on n'a encore jamais vu des roses naître de la semence des chardons.

Quand vous voulez vendre quelque chose à autrui, ou solliciter sa collaboration, ou lui proposer une affaire, est-ce que vous commencez par lui faire mauvais visage et par l'interpeller hautainement ? Bien loin de là, vous lui présentez un visage souriant, vous cherchez à gagner ses bonnes grâces et c'est quand vous croyez avoir entrebâillé les portes de sa confiance que vous vous ouvrez à lui.

Eh bien ! ce que vous faites en affaires et dans un simple but matériel, faites-le couramment, dans un but spirituel, à l'égard de tous les hommes. Le jour où vous utiliserez cette méthode, vous aurez la clé de tous les cœurs.

Nous connaissons des personnes de divers milieux qui sont nées sous le signe de la bienveillance. Elles n'ont que paroles cordiales et que gestes compréhensifs. Leur vie est une succession de bonheurs et de réussites. Chacun se fait leur allié. Les problèmes les plus complexes se dénouent en leur présence. Elles lubrifient tous les rouages, éclairent toutes les ombres. On les suit, on les recherche parce qu'elles créent une zone heureuse autour d'elles. Et il arrive ceci, qui se produit également en sens contraire chez les personnes malveillantes, c'est que les sympathies qu'elles provoquent renforcent leur magnétisme, au point que leur influence heureuse s'accroît arithmétiquement. Plus elles sont heureuses, plus elles dégagent de sympathie. Plus elles dégagent de sympathie, plus l'amour des autres vient à elles. Plus l'amour des autres vient à elles, plus leur force et leur bonheur augmentent. Et sans cesse un tel courant s'intensifie sans qu'on puisse lui assigner de limitation.

Vous avez compris que de pareils hommes n'ont jamais peur des autres hommes, que, pour eux, tout être, connu ou inconnu, est destiné à être leur ami. Faites de tout et de tous des collaborateurs, des alliés, des clients, des protecteurs, des fidèles. Pour cela, ne vous contentez pas de sourire à ceux qui sourient, mais montrez de la bienveillance même aux malveillants. Nous le savons, tout s'oppose en vous à rendre le bien pour le mal : conformisme, tradition, orgueil, amour-propre, mais, croyez-le, une telle contrainte en vaut la peine, pour deux raisons. Premièrement, elle constitue une discipline et l'une des plus remarquables, puisqu'elle vous donne la maîtrise de caractère sans laquelle il n'y a pas d'homme fort. Secondement, elle procure de tels résultats, si prompts, si généraux, si constants, si efficaces qu'à moins d'être aveugle ou de mauvaise foi vous les constaterez sur-le-champ.

Il dépend donc de vous, soit d'être en état d'insécurité et d'alarme, soit d'être en état de sécurité et de paix. Comme vous le voyez, l'enjeu mérite l'essai et l'essai en vaut la peine.

3. Bénissez tout le monde

Si vous n'êtes pas mûr encore pour une attitude extérieure si contraire à votre tempérament, vous pouvez commencer par réformer votre attitude intérieure. Pour cela, bénissez en vous-même tous les hommes en général et ceux que vous fréquentez en particulier. N'y apportez aucune exception. Englobez-les tous dans la même pensée de compréhension et de bienveillance, ceux dont vous croyez avoir à vous plaindre comme ceux qui vous rendent service et ceux qui vous ont déplu comme ceux qui vous ont plu.

N'excommuniez personne en vous, ni ceux qui sont d'une autre race, d'une autre religion, d'un autre pays ou d'un autre parti que vous, ni ceux qui sont en compétition avec vous, ni ceux qui vous sont

opposés par la vie. La condition *sine qua non* de la réussite est une totale et unanime bénédiction.

La bienveillance est comme un mur, compact, homogène, avec une crête de tuiles et un enduit superficiel. S'il y a la moindre fissure quelque part, si l'enduit s'effrite ou si quelques tuiles disparaissent, la pluie et la gelée auront tôt fait de s'y introduire et de disloquer le tout.

Mais si l'Amour universel est bien établi en vous, et si vous colmatez les brèches à mesure qu'elles se produisent, les intempéries glisseront sur l'édifice, qui sera toujours intact.

4. La crainte des animaux

Tout le monde n'a pas la même crainte des animaux et cette crainte varie avec les espèces.

Ceux-ci ont peur des souris, des scorpions, des blattes, des chauves-souris, des araignées ; ceux-là ont peur des guêpes, des chouettes, des crapauds. D'autres encore, moins puérilement, ont peur des chiens, des chevaux, des taureaux, des serpents, des fauves.

Nous ne mettons pas en doute l'authenticité de votre peur, car elle est certainement basée sur une déficience spirituelle. De même qu'instinctivement votre estomac appréhende certains mets que votre organisme réprouve, fût-ce illogiquement, de même chacune de vos pensées répond à une certaine faiblesse intérieure qu'elle traduit de manière ouverte.

Vous ne sentez pas ces choses, mais les animaux les sentent bien. Et, d'avance, un instinct spécial les avertit de votre état d'âme. C'est sur lui qu'ils règlent leur comportement.

L'animal sent tout de suite si l'homme auquel il a affaire est paralysé par la peur, car la peur entoure celui qui en est frappé d'une atmosphère spéciale. Il sait, dès lors, si une ouverture existe dans la garde humaine et s'il peut, sans trop de risque, attaquer.

5. Ne pas les tyranniser non plus

Une attitude d'autorité et de commandement en impose à toutes les bêtes. Pour être mangé, il faut d'abord se faire une âme de proie. Alors l'assaillant ne tarde pas. Mais si l'homme prend le commandement moral et si toute sa volonté ordonne, il est rare que les fauves eux-mêmes n'en soient pas intimidés.

On sait comment certains Noirs du Bechuanaland courent sur le lion, trique haute, et mettent celui-ci en fuite comme un chien.

On connaît aussi l'histoire de la dame nordique qui, pensant rencontrer dans une forêt son ours apprivoisé, le chasse à coups de parapluie en direction de sa cage. Or, c'est un ours sauvage et qu'un traitement si inhabituel de la part d'une femme méduse littéralement.

Dans ces cas, les rôles s'étaient renversés et la peur était passée dans la bête, la mettant instantanément en état d'infériorité.

Si vous pouviez vous affranchir de toute peur, vous seriez en état de dominer presque toutes les bêtes, mais ce ne serait que substituer une tyrannie à une autre et là n'est pas l'idéale solution.

6. L'alliance avec les animaux

Il est des êtres qui, parvenus à un certain degré d'évolution intérieure, ont, non pas dominé, mais enchaîné les animaux par l'Amour.

François d'Assise ne fut pas le seul à attendrir les loups et à pacifier les aigles. D'autres saints dont le cœur rayonnait comme une lampe merveilleuse l'ont fait, eux aussi. D'autres encore, qui n'étaient que bons ou purs, ont gagné la confiance des oiseaux et des insectes.

Un apiculteur digne de ce nom n'est pas un simple possesseur de ruches ni un vulgaire marchand de miel. C'est d'abord, et avant tout, un grand ami des abeilles qui collabore avec elles dans un esprit de confiance et d'amitié.

Un rucher est moins un assemblage d'essaims qu'un grand complexe de sympathies où l'homme et l'insecte apportent chacun leur part d'amour. On ne saurait vivre avec les abeilles en pure alliance commerciale, sous peine de voir le rucher dépérir un jour.

Ce n'est pas sans motif que, depuis la plus haute Antiquité, un apiculteur digne de ce nom associe ses abeilles à son existence familiale. Dans maint endroit, on a coutume d'aller informer à haute voix les colonies des deuils, naissances, mariages survenus dans la maison. Ainsi se maintient la parenté sentimentale entre les abeilles et celui qui les élève.

On peut citer des exemples nombreux — et nous en connaissons personnellement — de divorce accusé entre apiculteur et abeilles. Celles-ci ne sauraient vivre dans une maison d'opprobre et de péché. Là où le mal existe, l'atmosphère devient hostile aux abeilles et celles-ci essaiment en masse ou se laissent aller et mourir.

Par contre, un rucher florissant, aux vigoureuses colonies, est le miroir d'une maison forte et d'une famille de loyauté.

L'apiculteur aimant n'a rien à craindre des abeilles. Qu'il les visite ou les manie, pour lui il n'est jamais d'aiguillon.

7. La peur ne peut cohabiter avec l'Amour

Des simples peuvent se promener sans jeter de trouble dans les bois. Écureuils, lapins, colombes les suivent, de taillis en taillis ou de branche en branche. Les mésanges et les hirondelles viennent se poser sur leurs mains.

A quel signe les animaux comprennent-ils, non seulement qu'ils n'ont rien à craindre, mais encore qu'en approchant la créature humaine ils ont tout à gagner ? Quelle auréole invisible pare le front des innocents et leur concilie la sympathie d'un monde aux autres fermé ?

Ne cherchez pas. C'est l'Amour qui manifeste ainsi sa présence. Il y a des hommes ou des femmes qui sont imprégnés d'Amour. Ils odorent l'Amour, ils rayonnent l'Amour. Malgré leur cécité et leur manque de flair, les autres hommes le voient et le sentent. A plus forte raison, les bêtes en sont pénétrées au plus profond.

Si vous aimiez les animaux, non pour vous amuser ou vous en servir, mais uniquement pour eux-mêmes, vous obtiendriez les mêmes résultats que le saint avec le loup de Gubbio, et vous seriez automatiquement délivré de la peur, car la peur ne peut habiter avec l'Amour auquel elle s'oppose.

Aimez donc universellement tous les êtres et aucun ne vous fera peur.

8. Ne pas craindre les entités invisibles

Et nous voilà en face d'une des peurs les moins avouées, celle des êtres invisibles, sous toutes les formes où vous les redoutez.

Que de gens, inaccessibles à la peur des êtres vivants, sont hantés par la peur des habitants de l'autre monde ! Que de crainte des fantômes, revenants, spectres, etc. !

L'imagination populaire et la littérature de tous les

temps ont beaucoup fait pour propager ces sortes de phobies en liant les apparitions à des circonstances dramatiques et des deuils.

Bien que nous n'admettions qu'un pourcentage très faible de ces manifestations par rapport au nombre de cas relatés, nous ne refusons pas de les considérer comme possibles, mais de tels phénomènes sont extrêmement limités.

Leur existence objective est rare. La plupart du temps, ils n'ont qu'une existence subjective, c'est-à-dire qu'ils sont formés de toutes pièces dans l'esprit du spectateur ou du témoin. Or, ce que l'esprit a formé, il peut le défaire et même l'empêcher de se manifester.

Les fantômes usuels, les spectres les plus courants ne sont autres que la projection de vos propres pensées qui, si vous avez de l'imagination et de la crainte, semblent s'incorporer hors de vous. Ce n'est pas en vain que les Anciens avaient imaginé l'allégorie des Furies, ces persécutrices hideuses des criminels. Il est réel que les méchants sont hantés par la personnification de leurs remords et de leurs fautes et qu'ils en redoutent la concrétisation.

C'est donc uniquement l'état de peur qui crée en eux des fantômes, lesquels, à leur tour, entretiennent et aggravent leur peur.

Pour sortir de ce cercle infernal — car c'est bien là l'enfer véritable — il n'y a qu'un remède, c'est de changer d'âme et de sentiment. En introduisant l'Amour dans un cerveau de haine, on vide celui-ci de ses semences mauvaises, on extirpe les germes du mal. Dès lors qu'il n'y a plus en soi de pensées haineuses et honteuses, aucune projection subjective n'est à craindre et les fantômes retournent au néant.

9. Vous marchez avec un bâton entre les jambes

Mais peut-être n'êtes-vous pas méchant ni haineux et avez-vous peur tout de même ? Alors vous n'avez d'autre besoin que d'éliminer la peur qui est en vous. Celle-ci peut avoir des racines anciennes, mais elles sont peu profondes s'il n'y a pas en vous assez de malice pour les nourrir.

Dans ce cas, vous avez peur par entraînement, par imitation, par absence de jugement, par défaut de sens critique, parce que vous n'avez jusqu'à maintenant trouvé personne qui vous prémunisse contre des peurs.

Vous vous êtes habitué, peu à peu, à conserver en vous des craintes indésirables et vous vous y êtes adapté, par tolérance tacite, comme d'autres s'adaptent à la présence de parasites ou d'insectes déprédateurs.

Pourtant, de même que ceux-ci finissent par causer de grands dégâts, en dépit de leur petitesse, de même aussi la présence constante de la peur dans votre organisme en compromet le bon fonctionnement.

Il n'y a pas d'autre cause à vos « ratés », à vos insuccès, à vos échecs. C'est comme si vous marchiez avec un bâton entre les jambes. La peur affecte votre équilibre physique, mental et spirituel.

Nous vous avons montré au début comment la peur physique intense aboutit à une paralysie de vos membres. Il en est exactement ainsi de la peur mentale qui paralyse votre cerveau. A plus forte raison, la peur spirituelle opère dans l'esprit les plus grands ravages. Vous voyez bien que nous avions raison de dire qu'il n'existe vraiment qu'une maladie universelle : la peur.

Celle-ci ne passe pas de mode, comme les autres maladies. C'est qu'elle est réelle, tandis que les autres sont fausses, d'où la perpétuité de son virus. On a vu disparaître ou s'atténuer lèpre, peste, choléra, goutte, coliques de Miserere et autres manifestations aiguës ou chroniques. La peur, non seulement n'a pas diminué depuis les débuts de l'histoire humaine, mais elle a augmenté progressivement.

Elle n'est plus exclusivement physique comme à l'âge des cavernes. Elle est surtout mentale en raison du degré de conscience que l'homme moderne a des périls.

Aujourd'hui, la peur est devenue une lésion spirituelle qui ne saurait être guérie qu'en esprit.

10. Les démons n'ont pas d'existence hors de vous

La crainte du monde invisible est due aussi à l'éducation religieuse qui, pour matérialiser les forces mauvaises, les a appelées démons.

Cela qui, primitivement, n'avait qu'une signification allégorique a petit à petit engendré la peur chez les clercs. Les moins intelligents ou les plus sectaires de ceux-ci imaginèrent ensuite une hiérarchie diabolique par quoi ils se dupèrent eux-mêmes en pensant ne terroriser que les croyants.

De cette aberration imaginative naquit tout un panthéon démoniaque, et l'on ne saurait dire à quel point les diables chrétiens, bouddhiques, musulmans et autres ont ensemencé la peur.

Tant que l'humanité était barbare, ignorante, que les Églises prêchaient au nom d'un Dieu vindicatif et cruel, la peur pouvait être considérée comme un moyen de gouvernement des consciences, mais comment concilier ce procédé dangereux et rudimentaire avec les doctrines présentes d'un Dieu d'Amour ?

Si Dieu est Amour, et si nous venons de lui, le diable n'est plus nécessaire, pas plus que l'existence de Croquemitaine ne l'est à l'enfant d'hier devenu homme aujourd'hui.

Même au temps de l'enfance de l'humanité, l'emploi de la peur était une monstrueuse erreur, due à l'infirmité de l'éducation ancienne, mais à présent la culture et l'utilisation de la peur seraient un crime, surtout chez les disciples du Christ.

Rappelez-vous que celui-ci « chassait » les démons et ne les appelait pas dans l'esprit des hommes. Geste et paroles symboliques qui signifient : **Le mal n'existe pas en Dieu.**

11. N'ayez jamais la « crainte » de Dieu

Avons-nous besoin d'ajouter que la plus grande perversion et que la pure folie seraient, pour un honnête homme, d'éprouver la crainte de Dieu ?

S'il y a une peur illogique, indigne, sacrilège, blasphématoire, c'est bien celle qui s'exerce à l'endroit de notre Père à tous.

On a pourtant lié à l'idée de violence et de châtiment celle d'un Dieu de bonté et de miséricorde. Pour éloigner de Dieu les hommes justes, il était impossible de faire mieux.

Chacun est libre d'adorer le Père Fouettard ou le Père Céleste de l'Évangile. Chacun ainsi reçoit exactement ce qui lui est dû. Mais nous, qui puisons la vraie notion du Divin dans le *Sermon sur la Montagne,* nous savons que les dires des Béatitudes s'adressent à Dieu comme à nous.

Lorsque Jésus disait : « *Aimez vos ennemis, faites du bien à ceux qui vous haïssent, bénissez ceux qui vous maudissent* », il ne prêchait ainsi les hommes que pour en faire l'image de Dieu.

Comment les créatures humaines auraient-elles été priées de rendre le bien pour le mal si Dieu était fondé à prendre l'attitude contraire ? Les lois divines ne lient pas seulement la créature mais le Créateur.

Et si cela ne vous semble pas encore assez clair, rappelez-vous la parabole de l'Enfant prodigue. Bien loin d'accueillir le fils égaré par des reproches, le bon père de famille l'embrasse, le gâte et la fête est dans la maison.

Chassez inexorablement de vous tout ce qui pourrait ressembler à la crainte de Dieu, votre plus grand ami, votre bienfaiteur inlassable, sans cesse penché sur vous pour obtenir votre alliance et vous réchauffer de son Amour.

CHAPITRE VI

Ne craignez point les choses

1. Vivez en accord avec la nature

N'ayez pas peur des choses plus que des êtres.

Soyez en accord avec les plantes et toutes les manifestations du végétal. Ne classez pas les arbres, les fruits, les champignons en deux classes antagonistes : celle qui vous est utile et celle qui vous est nuisible, celle qui est dangereuse et celle qui ne l'est pas.

Tout a sa raison d'être dans l'ordre naturel, même si les apparences sont contradictoires. La digitale, le datura, la belladone, la ciguë font contrepoids aux épinards, aux salades, à la tomate et à l'artichaut. La rose et l'œillet sont les antipodes de l'ortie et de la ronce. Leur opposition constitue l'équilibre du monde végétal.

Pareillement, la lave vaut le marbre, le fer vaut l'or, le caillou vaut le diamant. Toutes choses se commandent.

Il ne faut donc pas vous effrayer des épines, des poisons, des pierres qui sont sur la route, de l'acier fondu en glaive, de la lueur froide des bijoux. Songez que cela fait partie du Tout et lui est aussi nécessaire que l'ombre pour souligner la lumière et le silence pour mettre en évidence le bruit.

Faites un pacte avec ce que vous aimez. Faites un pacte avec ce que vous n'aimez pas. Prenez en bloc toute la Nature pour vous en faire non une ennemie, mais une aide et un bouclier.

2. Répudiez jusqu'à l'idée du traumatisme

C'est pourquoi soyez également sans crainte en face des météores. N'ayez nulle peur de la grêle, de la gelée, de la pluie et du vent. Pas davantage de la chaleur et du froid, de l'orage, de l'incendie, de l'inondation.

Ne craignez pas les éruptions, les tremblements de terre, les bolides et autres cataclysmes.

Ne pensez pas aux déraillements, aux collisions, aux chutes, aux accidents d'automobile, à la corniche menaçante, au dérapage, à la perte de vitesse et à tout ce qui réalise l'accident.

Le seul fait d'avoir peur vous met en état d'infériorité par rapport aux circonstances et aux choses. La peur a les mêmes effets qu'un paratonnerre non isolé. Elle attire la foudre mais ne la dirige pas vers la terre. Aussi les dégâts qu'elle cause sont grands.

3. Ne mettez pas votre âme en « perte de vitesse »

Nous parlions plus haut de la perte de vitesse, qui met les avions en danger et, souvent, les précipite. Or, les accidents de l'air ne sont pas dus seulement à un dérangement mécanique. Une autre perte de vitesse, infiniment plus grave, a stoppé votre élan en vous.

Et il se produit ceci, qui ne vous a sans doute pas échappé, c'est que les catastrophes d'avions ont toujours lieu en série, parfois sur la même ligne et, le plus souvent, avec le même type d'appareil. Il s'agit là, en effet, d'une contagion sentimentale, d'une épidémie de peur.

Toute carbonisation de passagers engendre la peur chez les passagers du prochain voyage, et l'accident devient de plus en plus probable quand l'avion est chargé de peurs. L'accident multipliant la peur et la peur multipliant l'accident, on enregistre une « désagrégation en chaîne » qui s'étend sans cesse davantage jusqu'à ce que l'oubli finisse par atténuer la peur.

4. Colmatez les fissures qui sont en vous

Il en est ainsi de tous les maux dont la peur est l'origine, qu'il s'agisse d'accidents de la circulation, de grippe espagnole, de suicides, etc.

Où que vous soyez, et dans quelque situation que vous vous trouviez, jugulez la peur en vous, et vous amoindrirez la peur des autres. Ne restez jamais consciemment en état de peur.

N'y restez pas non plus inconsciemment, mais cela suppose une hygiène mentale persévérante et une lutte incessante et sans merci contre la peur.

Si la peur est absente de vous, votre étanchéité est complète ; vous êtes imperméable aux dangers extérieurs. Ceux-ci rôdent autour de vous, cherchant la fissure cachée. Ne leur laissez aucune possibilité de forcer vos défenses et de pénétrer jusqu'à vous.

CHAPITRE VII

Ne craignez point les événements

L'homme a toujours eu peur des événements parce que son libre arbitre lui paraît nul ou peu de chose, ballotté qu'il semble sur les flots du hasard.

C'est le résultat d'une incompréhension des lois de la vie, car ce qu'on nomme improprement le hasard est capable d'une intelligente direction. Le hasard est, en réalité, l'ensemble des choses que notre raison n'a pas comprises et, comme notre raison est des plus limitées, on voit quelle part considérable tient le hasard.

1. Ne raisonnez pas comme la fourni

Cela revient à dire que, pour ceux qui croient au hasard, donc à l'impossibilité pour l'homme de se déterminer au milieu des circonstances, nous sommes le jouet de forces déraisonnables qui entravent, contrarient ou annihilent nos agissements. Nous faisons justice de cette ridicule conception des êtres et des choses ; celle-ci ressemble, en effet, au jugement d'un insecte sur le pays qui l'entoure.

Imaginez ce que serait la conception de la France par une fourmi. Il y a bien des chances pour qu'en dehors de sa fourmilière et du terrain, même étendu, qu'elle explore, la bestiole soit incapable de juger avec pertinence les événements. Comme elle n'est pas « intelligente », elle ne cherche pas à définir l'organisation administrative du pays où elle naît et où elle meurt. Si elle l'était, c'est-à-dire si elle se comportait en homme logique, elle ne manquerait pas de nier l'existence de tout ce qu'elle ne comprend pas. Tout lui paraîtrait donc du chaos, hors du champ de ses habitudes et c'est ainsi qu'elle appellerait hasard le pied d'animal ou d'homme qui aplatirait sa colonie et son couvain.

Cependant, tout cela est ordonné et réglé dans un monde d'une autre logique où il est aisé de prévoir qu'une fourmilière sur le sentier est en péril.

2. Placez-vous sur le terrain supérieur

Vous êtes un peu comme la fourmi dans sa fourmilière, à la merci, semble-t-il, des hautes puissances élémentaires qui surgissent on ne sait d'où. Mais comme vous êtes une fourmi consciente et réfléchissante, votre compréhension ne s'arrête pas au domaine superficiel et vous avez la faculté d'envisager un autre domaine dont le premier n'est que la conséquence et l'écho.

Il est vrai que si vous demeurez sur le plan mental et matériel, vous êtes sans grande action sur la vie. C'est la vie, au contraire, qui a barre sur vous. Mais si vous vous haussez jusqu'au plan supérieur d'où toute vie découle, vous êtes supérieur aux événements.

Lorsque vous vous avisez de ce pouvoir, plus rien n'existe pour vous comme précédemment et vous êtes doté d'une puissance remarquable qui vous permet de diriger votre vie au lieu d'être traîné par celle-ci. A maintes reprises nous avons indiqué les moyens pratiques d'être son propre chef, de conduire personnellement sa barque, sans difficulté et sans péril.

3. C'est maintenant qu'il faut assainir votre esprit

Nous sommes précisément à l'heure où les événements se font menaçants, car nous touchons à la fin d'une ère où tout doit se reclasser. L'agitation politique, sociale, religieuse, philosophique est un terrain propice à l'éclosion de nouvelles peurs.

On ne compte plus aujourd'hui les gens qui ont peur de la bombe atomique, du communisme, du fascisme, de la guerre, de la révolution. Tout sert de prétexte à cet incendie généralisé des consciences. Le trouble s'étend de l'une à l'autre, affolant les poltrons et les indécis. Presque tous les hommes et presque toutes les femmes de notre siècle ont la conscience obnubilée par les perspectives nationales et internationales. Ils empoisonnent ainsi toutes leurs joies et multiplient leurs ennuis.

Cette hygiène morale défectueuse comporte au moins deux sortes de redressement : 1° dissoudre sa peur ; 2° agir sur les événements eux-mêmes.

On peut maîtriser sa peur, puis la faire disparaître par une asepsie de tous les instants. Pour cela, cessez la lecture des journaux qui ne vivent que de vos alarmes, évitez l'écoute de la radio et de la télévision, fermez votre oreille aux dires pessimistes de vos amis et relations. Il y a une certaine quantité de choses qui existaient avant les événements actuels et qui existeront encore après les événements de demain, notamment : une belle aurore, un beau couchant, de beaux jeux d'enfants, un beau sourire de femme, un beau tableau, une belle musique, un beau travail, une belle excursion. Je n'énumère là qu'une faible partie des belles choses qui vous sont offertes et qui, loin d'empoisonner votre existence, sont tout le charme de celle-ci.

Par conséquent, **n'admettez rien de ce qui est laid, mauvais, cruel, malodorant, épineux, morbide. Recherchez et mettez en valeur tout ce qui est plaisant, constructif, utile, bienfaisant, heureux.**

4. Développez vos pouvoirs spirituels

Cela est le premier point de pure hygiène morale. Reste le second point qui est le développement de vos pouvoirs. Ne croyez pas qu'il s'agisse d'occultisme ou de magie car ce seraient là de pauvres et inutiles procédés. Ce que nous vous conseillons est bien plus pur en même temps que plus efficace.

Orientez votre pensée constructive dans le sens que vous désirez voir prendre aux événements, mais pas tels événements en particulier, car cette précision n'est point souhaitable, mais les événements de toute sorte pris dans leur ensemble et en raison de leur universelle orientation.

Délibérez en vous, ayez en vous la certitude formelle que tout ira pour le mieux et dans l'axe du propos divin. Acceptez d'avance ces événements, quelles qu'en soient la portée et la nature. Soyez comme le pilote du navire qui l'emporte mais dont il règle la marche selon l'état des flots.

Devenez directeur d'événements et n'admettez pas le rôle d'épave, traînée au gré des courants.

5. Comment agir sur les événements

Dans l'état de peur où vous êtes et conscient de votre impuissance individuelle, il vous semble excessif et même ridicule que vous puissiez « agir » sur l'événement. Et vous n'avez pas tort, car tant que vous croupirez dans ce sentiment d'impuissance aucune force ne naîtra de vous.

Mais si vous secouez vos peurs, vos doutes, vos indécisions, si vous relevez enfin la tête et vous présentez à la vie, non comme un vaincu mais comme un vainqueur, il en sera autrement et vous allez le comprendre. Sur un million d'hommes, combien sont réellement sans peur ? Bien plus : sur le même million, combien d'hommes ont conscience de leurs pouvoirs invisibles ? Ce serait déjà une remarquable chose qu'il y en eût un ou deux. Tout le reste n'est que peur, atermoiement, contradiction, étroitesse, jouissance, mollesse, incompréhension.

Nous vous demandons : d'un tel troupeau, que peut-il sortir de valable et d'efficace, quelle influence peut avoir sur l'humanité, la terre et le monde cette multitude de carences et de médiocrités ? Quand même vous les multiplieriez par cent, vous n'obtiendriez pas une valeur et une efficacité plus grandes. Au contraire, cette multiplication des incompréhensifs et des faibles accroîtrait la dispersion générale et l'unanime contradiction. L'immense majorité des hommes n'a donc pas la moindre action sur les événements et ne peut, par suite, rien faire pour les aider, les détourner, les neutraliser, les combattre ou les utiliser. Dans ces conditions, vous êtes effectivement fondé à craindre les événements qui, sous divers aspects, peuvent vous choir sur la tête et anéantir vos réalisations comme vos projets.

Seuls, les rares hommes qui ont identifié en eux l'Homme Total et qui connaissent le pouvoir d'une pensée consciente sont en mesure de se soustraire à l'universel déterminisme et, en collaboration avec les organisateurs du monde, capables de faire prévaloir leur volonté. Leur action n'est limitée que par celle de leurs égaux en intelligence et en sagesse, ce qui revient à dire que, spirituellement, une aristocratie réduite de consciences administre le monde et l'humanité.

A vous de sortir du flot immense et anonyme des non-pensants pour vous agréger à la petite troupe des pensants et participer ainsi à la conduite des affaires universelles. Dès que vous aurez pris conscience de vous-même, vous ne serez plus à la merci des événements. Ce sont les événements qui s'assoupliront, se prêteront, s'accommoderont, se modèleront, à votre ordre, sur le gabarit idéal que vous et les penseurs constructifs leur assignerez.

Cela est malheureusement possible pour le mal comme pour le bien et explique l'empire fatal que certains hommes exercent sur la société.

Ne laissez pas aux mauvais l'initiative d'une pensée forte. **C'est lorsque le monde est le plus malade qu'il a le plus besoin de bons penseurs.**

6. Restez maître du présent

Vous ne parviendrez à l'état de constructeurs qu'en vous libérant de vos attitudes destructives.

Chaque fois que vous critiquez ou maudissez les institutions humaines et les hommes eux-mêmes, vous renforcez l'inertie et le mal. Chaque fois que vous bénissez ou louez les institutions humaines et les hommes, vous fortifiez dans les uns et les autres ce qu'ils peuvent contenir de bon. Car rien n'est absolument mauvais comme rien n'est absolument bon. Une pensée néfaste peut tirer le mauvais du bon, de même qu'une pensée faste peut tirer le bon du mauvais. Tout réside dans l'intention de celui qui pense, et cela donne la mesure de sa responsabilité.

Bénissez donc, au nom de la Force Bienveillante, et les peuples et les nations et les chefs qui les mènent, et les hommes qui sont menés. Aidez les conducteurs de foule à se dégager des événements en se dégageant d'eux-mêmes.

Faites de votre âme une terre qui chante et non un saule pleureur. Pointez vos espoirs vers le ciel. Riez obstinément à la vie. Soyez les maîtres du présent.

Aussi bornez-vous à l'immédiat. Ne prenez des prophéties que ce qu'elles contiennent de force et de possibilités résurrectrices. Soyez d'abord des hommes de l'heure. Et l'heure sonnera exprès pour vous.

CHAPITRE VIII

Ne craignez pas le mal

Dans toute notre œuvre, nous nous sommes appliqué à détruire la légende du mal ; car, plus que tout au monde, elle maintient l'homme dans le sentiment de son infériorité et dans la crainte. Nous avons surtout insisté sur ce point dans *les Clés du bonheur* (1).

1. La funeste conception du mal

La fausse conception du mal remonte à l'origine même de l'homme. C'est elle que traduit le mythe biblique sous le nom de péché originel. Cela signifie qu'après l'Age d'Or où le couple humain vivait dans l'innocence, sa conscience s'ouvrit à la notion du Bien et du Mal. Dès lors, l'idée du péché s'introduisit dans la cervelle humaine et toutes les vicissitudes en découlèrent successivement.

1. Éditions Astra, Paris (épuisé).

Ayant admis la possibilité de pécher, l'homme accumula les fautes de vie. Et, comme son esprit encore débile ne parvenait pas à se représenter le mal sous une forme abstraite, il personnifia celui-ci sous l'image du démon...

Mais, en réalité le diable est une construction du cerveau humain et n'a pas d'existence en soi. Allégorie du mal, il n'a que la puissance d'une allégorie et le mal, à son tour, n'est qu'une imagination fallacieuse de la pensée humaine. De sorte que l'homme a peur du mythe qu'il a lui-même fabriqué.

Tant que la peur du mal est en vous, le mal est en vous, puisque l'un est la traduction de l'autre.

Éliminez la peur du mal, le mal disparaîtra, avec la peur qui l'a engendré.

Mais, dites-vous, en admettant que mon mal intérieur n'existe pas, le mal extérieur, lui, existe. Et je ne puis faire disparaître le mal chez les autres comme je l'abolis en moi.

Détrompez-vous, le mal que vous qualifiez d'extérieur n'a pas plus de réalité effective que celui dont vous abritez l'image dans votre personne. L'un et l'autre proviennent de la même source, c'est-à-dire de votre peur.

Vous avez peur du mal en vous, vous avez peur du mal hors de vous. Ainsi vous donnez consistance à l'idée du mal chez vous et chez les autres. Ainsi, par vos pensées, naissent et se concrétisent les divers fantômes du mal.

Apprenez, une fois pour toutes, que le mal n'a pas de vie propre dans le monde. Tout ce qu'on englobe sous la dénomination du mal n'est qu'une manifestation de l'erreur.

2. L'erreur n'est pas le mal

L'erreur existe, elle, et même c'est le lot normal de l'homme. Pour avoir cessé d'obéir à l'Intelligence Divine, l'homme s'est condamné à l'erreur. Mais cette erreur même est la source de son relèvement, le levier de son ascension, parce qu'elle l'éduque à mesure et que l'homme ne peut accéder à la vie qu'en se trompant et en rectifiant.

La reconnaissance d'une erreur et le ferme propos de ne plus la commettre hissent l'homme sur de nouveaux plans de compréhension.

Sans l'erreur, cette interminable échelle de Jacob dont les barreaux sont faits de vos erreurs continuelles, vous n'effectueriez pas votre poussée vers le haut.

L'erreur n'est donc pas le mal, elle en est exactement le contraire puisqu'elle constitue votre principal instrument de progression.

3. Ce que sont les forces négatives

Cependant, vous ne vous tenez pas pour battu. Le mal est tellement réel, pensez-vous encore, que nous en voyons les effets pernicieux à travers le monde. Il existe indéniablement des puissances de crime et de destruction.

Sans doute, mais ces forces négatives n'ont pas de conscience personnelle. Elles ne sont que la condensation et la projection des mauvaises pensées des hommes, les vôtres y compris.

Toutes les fois que vous pensez défectueusement, donc négativement, vous alimentez les pensées mauvaises, dont l'orage convulsif balaye la Terre périodiquement.

Mais ces tempêtes morales sont aussi nécessaires à l'Univers que les tempêtes physiques le sont à l'Univers de la Nature. Par contrecoup, elles font naître des poussées actives vers le haut.

N'oubliez pas que Dieu est le Tout puisqu'Il est la Vie et que, sans la Vie, rien n'existerait de ce qui est. Tout est donc compris dans ce qui est, même vos erreurs, même vos pensées négatives, autrement dit ce que vous nommez arbitrairement le mal fait partie de Dieu.

Saisissez-vous maintenant pourquoi tout est bien et tout est bon ? Comprenez-vous pourquoi il ne saurait y avoir de mal en Dieu sans que l'essence de Dieu en soit viciée ?

Croire au démon, c'est le plus grand blasphème que l'homme puisse proférer contre Dieu. Car, ou bien Dieu est le Tout, sans exception ni réserve, ou bien il n'est rien du tout.

Chassez donc toute idée du mal en vous et hors de vous. Sinon vous serez persécuté par l'idée même que vous aurez créée. Qui pense « diable » est incapable de penser « Dieu ».

4. Les faux conducteurs

Nous ne voyons rien à ajouter à cette page qui remet à sa juste place l'idée de faute et d'erreur.

Toutefois, pour vous débarrasser plus sûrement de plusieurs de vos peurs concrètes, nous évoquerons les plus courantes, celles auxquelles on cède le plus aisément.

Nous connaissons trop de gens, appartenant aux diverses couches sociales, tant dans les classes riches que dans le peuple, tant chez les intellectuels que chez les illettrés, qui ont peur des sorts, du mauvais œil, des charmes, des enchantements, des envoûtements, de la magie, des forces occultes et qui paient tribut à ces peurs sous forme de gestes ou de rites superstitieux.

Si ces hommes et ces femmes connaissaient leurs véritables pouvoirs, ils se soucieraient fort peu des influences pernicieuses de ce monde ou de l'autre. Et cependant (notre correspondance personnelle en est le témoin) beaucoup, même parmi ceux qui assument le rôle de conduire les autres, ont la hantise d'influences extérieures à eux.

Or, c'est d'eux seulement que les peureux doivent avoir peur, tant qu'ils seront des vases de peur, donc de faiblesse. Sans leur faiblesse et leur peur, le monde n'aurait pas d'action sur eux.

5. Malédiction et bénédiction

Mais nous touchons ici à la plus grande des questions. Nous arrivons au centre du problème.

Quelle vie mènent les hommes qui ont peur des forces occultes ? Quelle est leur dignité intérieure ? Quelle est la pureté de leur esprit ?

S'ils sont gangrenés dans leur cœur, troublés dans leur imagination, pervers dans leurs paroles, pernicieux dans leurs actes, rien ne saurait effectivement les défendre des pensées mauvaises qui rôdent autour d'eux.

D'où la nécessité pressante, pour ceux qui veulent s'affranchir de la peur, de lessiver leur conscience, de mener une vie droite et pure, de s'emplir de bénédictions.

Les hommes pensent communément qu'aimer ses ennemis et les bénir, c'est faire bon marché de ses intérêts. Cela prouve qu'ils ne connaissent pas les leviers occultes de leur âme et les ressorts secrets de leur corps.

En enseignant aux hommes de bonne volonté l'amour des ennemis et la bénédiction de ceux qui maudissent, Jésus leur mit entre les mains l'arme la plus formidable qu'aient jamais eue les initiés dans leur arsenal spirituel.

Tout homme peut maudire un autre homme et l'effet de cette malédiction sera d'autant plus efficace que l'individualité de celui qui maudit sera plus puissante. Mais les méchants ne savent jamais contre qui se manifestera cette efficacité. Si le maudit a lui-même un esprit de haine, les deux malédictions se heurteront l'une contre l'autre et c'est la malédiction du plus faible qui laissera passer la malédiction du plus fort. Mais si celui qu'un esprit mauvais a maudit oppose une âme d'amour à l'âme de haine, la malédiction revient avec une puissance incroyable sur son auteur.

Aimez vos ennemis, bénissez ceux qui vous maudissent, faites du bien à ceux qui vous haïssent, priez pour ceux qui vous maltraitent, telle est la terrible formule incantatoire des bons contre les méchants.

Par la prière, par le bien, par la bénédiction, par l'Amour, vous abandonnez votre cause à vous et la *remettez aux Forces supérieures.* Ce n'est plus vous qui allez combattre, c'est la justice automatique du Divin. Dès lors, tout ce qui suivra vous dépasse, et le mécanisme de répartition va se mettre en marche avec une implacable sûreté.

Lorsqu'un homme en bénit un autre, plus le bénisseur est élevé dans la hiérarchie de l'Amour, plus l'effet de sa bénédiction a de force.

Si le béni reçoit lui-même la bénédiction en état d'Amour, cette bénédiction le pénètre harmonieusement jusqu'au plus profond de son être, et elle revient à celui qui l'a émise accrue de tout l'amour qu'elle a rencontré.

Si l'homme qui est béni est en état de haine et de malédiction, la bénédiction brise en lui les fibres les plus subtiles et crée dans l'esprit du mal un effrayant désarroi.

Vous savez, par conséquent, ce que vous avez à faire pour défier les mauvais pouvoirs et les mauvaises influences : d'abord vous défaire de ce qui, en vous, est laid ou médiocre, ensuite émettre à jet continu l'Amour.

Celui qui est ainsi défendu et armé brave la peur et, bravant la peur, ignore les forces mauvaises car celles-ci s'écartent nécessairement de lui.

CHAPITRE IX

Affirmez le bien et niez le mal

Dans nos ouvrages, nous n'avons cessé de mettre en évidence l'efficacité des affirmations, soit verbales, soit mentales, car ces affirmations ont une vertu propre qui, selon les principes de Wattles, concrétise la pensée et donne à celle-ci un grand pouvoir d'impression.

Pour ceux qui ne connaissent pas Wattles, voici l'essentiel de sa doctrine : « *Il y a une substance invisible, pensante, de laquelle tout est fait. Si l'on imprime une pensée dans la substance invisible, celle-ci, à la longue, est obligée de la réaliser. Par conséquent, vous, qui êtes pensant, avez la faculté d'impressionner la faculté réalisatrice et d'obtenir dans l'objectif ce que vous avez pensé fortement dans le subjectif.* »

1. Vertu des affirmations

D'autres que cet auteur ont analysé les lois profondes de la pensée et les ont mises à la portée des hommes moyens. D'autres aussi ont éprouvé la valeur des affirmations mûrement délibérées tant du point de vue purement matériel que du point de vue spirituel (1).

C'est évidemment sur ce dernier terrain que doivent se placer les personnes désireuses de se soustraire aux conséquences de leur peur. La peur est, comme nous l'avons montré, une affection spirituelle qui se change en affection mentale, puis en affection du corps.

Il y a deux sortes d'affirmations : les positives et les négatives. Les unes consistent dans l'affirmation de ce qui est bon, les autres dans la négation de ce qui est mauvais.

Souvenez-vous qu'il ne faut jamais utiliser les secondes sous peine non seulement de ne pas améliorer le bon mais encore de fortifier le mauvais.

2. Ce qu'il faut dire et ne pas dire

Par exemple : dire « *Je n'ai pas peur* » ou « *Je suis sans peur* » est une affirmation négative. Or celle-ci est axée sur l'idée de peur. Vous cristallisez, par suite, cette idée de peur dans votre conscience, d'où elle s'imprimera dans votre inconscient car, cela va de soi, la règle de Wattles est tout aussi valable

1. Voir les ouvrages du docteur Joseph Murphy (Éditions Dangles).

pour les mauvaises réalisations que pour les bonnes. Celui qui, malgré son état de santé florissant, répéterait du matin au soir et avec conviction : « *Je suis de plus en plus malade* » aboutirait avec une certitude mathématique à la maladie dans un temps donné. Pour la raison exposée ci-dessus, celui qui redoute la maladie, ou la subit, ne doit pas affirmer : « *Je ne suis pas malade* » car, de la sorte, il ancrerait l'idée de maladie dans son esprit.

Il faut toujours procéder par affirmations positives et dire, par exemple : « *Je suis bien portant* » ou « *Je suis en parfaite santé* ». La formule d'Émile Coué : « *Chaque jour, à tous points de vue, je me porte de mieux en mieux* », est une des plus heureuses. C'est elle qui a permis les nombreux miracles attribués au pharmacien de Nancy. Cela n'en déplaise à ceux qui tournent l'admirable découverte du Nancéen en plaisanterie et qui, dans la vie privée, sont les plus pauvres d'esprit.

Pour vous débarrasser de la peur, ne niez donc pas la peur, mais affirmez son contraire. Dites : « *Je suis brave, je suis fort, je suis courageux* » ou bien : « *Je surmonte tout, je viens à bout de tout* », ou encore : « *Je suis inviolable, je suis invulnérable* », ou, si vous préférez : « *Je suis gardé, je suis protégé.* »

Cherchez l'opposé des sentiments de peur, de faiblesse, d'insécurité, de fragilité. Faites-en une ou plusieurs formules et répétez-les avec force, soit à voix haute, soit en vous-même, selon le lieu où vous vous trouvez. Émettez vos affirmations de préférence aux moments où vous êtes effrayé ou craignez de l'être. Ce sera pour vous, presque immédiatement, un réconfort.

3. Ce qu'il faut faire et ne pas faire

Ne vous contentez d'ailleurs pas d'affirmations. Ayez des attitudes de bravoure. Redressez le torse et la tête. Ayez un port et un débit assurés. Parlez avec décision, agissez avec audace, quoique sans outrecuidance ni brutalité.

Pratiquez de longues respirations chaque fois que vous y pensez, en retenant l'air dans vos poumons pendant quelques secondes, le tout par le nez et en concentrant vos pensées sur l'idée de sécurité et de paix.

Réformez votre alimentation qui est certainement incorrecte. Si vous le pouvez, ne mangez pas de viandes, car la terreur des bêtes tuées passe en vous.

Ne buvez pas d'alcool, renoncez à tout calmant ou stupéfiant, car rien n'est plus propice à engendrer la peur dans votre âme. Les buveurs, les cocaïnomanes, etc., sont la proie d'abominables peurs.

Ne fumez pas car le tabac vous met en état de moindre résistance nerveuse et, même s'il n'occasionne pas en vous de troubles corporels visibles, compromet l'équilibre de votre cerveau. Un fumeur est toujours un faible, ne fût-ce que par rapport à lui-même. Il est effrayant de penser que des conducteurs de peuples s'adonnent à ce vice et sont des intoxiqués. La Nature, qui sait ce qu'elle fait, et qui est autrement habile que vous, n'a pas prévu votre système respiratoire comme devant servir de tuyau de fumée et votre tube œsophagique comme devant canaliser des poisons.

Il est impossible qu'un fumeur soit un homme sans peur. La preuve, c'est que, quand sa peur s'accroît, il fume davantage. Sinon, pourquoi, à l'aube de la guillotine, les condamnés accepteraient-ils la cigarette et le verre de rhum ?

Pratiquez les sports sans excès. Livrez-vous au travail physique. Que votre vie soit un balancement entre le labeur de l'intelligence et celui des bras.

N'admettez autour de vous que des êtres sains et des êtres bons. N'admettez en vous que des idées saines.

Si vous êtes capable de ces disciplines, vous ne connaîtrez jamais la peur.

CHAPITRE X

Ayez la foi !

Mais ayez la foi, qui est le superlatif de l'espérance. La foi qui est la confiance absolue sans doute ni restriction.

Au moyen de la foi, vous ouvrez les portes les plus inaccessibles, vous escaladez les plus hautes montagnes, vous réalisez les plus vastes projets.

En vérité, l'homme sans foi n'est rien spirituellement dans le monde et, par voie de conséquence, est peu de chose dans le monde matériel et mental.

1. Un levier tout-puissant

La foi est le tout-puissant moteur des possibilités humaines, des relations entre les hommes, des rapports de l'homme avec l'univers.

Une âme privée de foi est comme un corps privé de colonne vertébrale. Sans qu'il y paraisse, la vie humaine entière est basée sur des actes de foi. Les rationalistes eux-mêmes sont soumis comme les autres aux nécessités de la foi, mais ils ne s'en rendent pas compte, parce qu'ils dissimulent la force qui les meut sous les noms de confiance, élan, enthousiasme, générosité.

Il y a des gens qui se servent de la foi comme le *Bourgeois gentilhomme* se servait de la prose, c'est-à-dire sans se douter qu'ils utilisent la foi tous les jours.

Pareillement, une collectivité dépourvue de foi n'a aucune chance de survivre. La foi seule lui permet d'agir et de durer. La vie d'un peuple, d'une nation, l'existence d'une croyance, d'une religion, autant de manifestations de la foi inconsciente. Les systèmes stellaires eux-mêmes ne se déplacent et ne se meuvent qu'en vertu de cette attraction universelle qui est aussi bien un acte d'amour qu'un acte de foi.

2. Là où est la foi, il n'y a plus de place pour la peur

Si vous vous donnez la peine de réfléchir, vous verrez que la foi est exclusive de la peur. L'une ne peut cohabiter avec l'autre. Si vous aviez vraiment la foi, vous n'auriez peur de rien ni de personne. Tout vous apparaîtrait digne de confiance, et la confiance engendre la sécurité.

Vous ne sauriez donc avoir peur de Dieu puisque vous avez en Lui une foi entière. Mais peut-être votre foi en Dieu est-elle médiocre, et sujette à éclipses. Alors vous êtes logique en ayant peur de Dieu.

Vous ne sauriez avoir peur de vous-même si vous avez foi en vous. Car cette foi dans votre caractère, vos moyens, vos possibilités vous affermit et vous garde. La foi est le plus puissant des dynamismes et le plus sûr des tremplins.

Vous ne sauriez avoir peur des autres hommes si vous avez foi en eux. La foi en quelqu'un ne se borne pas à transformer l'âme de celui qui se fie. Elle transforme aussi invisiblement l'âme de ceux à qui on accorde sa foi. La foi se sent à travers l'esprit, à travers le corps, à travers la bouche muette, à travers les murs, à travers le temps.

Vous ne sauriez avoir peur des animaux, ni des végétaux, ni de la nature si vous vous fiez à eux. Regardez la confiance totale avec laquelle le petit enfant s'avance vers le chien féroce et l'incorpore à ses jeux. De même les oiseaux sauvages n'ont pas peur du fils de l'homme tant qu'il est à l'âge de la foi. Les bêtes n'ont pas peur des simples ni des innocents parce que ceux-ci n'ont pas peur des bêtes. Leur comportement mutuel respire la foi.

Vous ne sauriez avoir peur des choses ni des objets car ceux-ci, comme le reste, sont une délégation de la providence en laquelle vous avez foi. Se défier des choses, c'est se défier du Créateur de ces choses. La foi des choses répondra à votre foi.

3. De la foi ! encore de la foi ! toujours de la foi !

Entourez-vous de foi, ayez une armure de foi, un squelette de foi, des muscles de foi. Ayez la foi instinctive et la foi délibérée.

Les gens à courte vue assimilent à la naïveté l'excès de la foi. Or, il n'y a jamais d'excès de foi ; il n'y a que du manque de foi à la base de toutes les erreurs humaines. Nous en avons fait nous-même l'expérience en axant la première partie de notre existence sur la méfiance et l'absence de foi. Les résultats ont été si malheureux que nous considérons à présent cette période comme manquée et nous aurions « raté » notre vie si nous étions mort à ce moment-là. Heureusement, la lumière nous vint et c'est aux flambeaux de la foi que se déroula la seconde partie de notre expérience terrestre. Celle-ci fut entièrement réussie parce qu'elle eut pour assise la foi.

C'est véritablement de la foi qu'on peut dire : « *Hors d'elle point de salut !* » La vie du Christ est une œuvre de foi accumulée.

D'après lui, un grain de moutarde suffit pour déplacer une montagne. Songez à ce que vous pourriez faire si vous en aviez gros comme l'Himalaya !

CHAPITRE XI

Ayez l'amour !

Mais ayez l'amour qui est le noyau de la foi.

La foi suppose l'amour, comme l'amour suppose la foi. Ces deux vertus sont inséparables si l'on veut qu'elles déploient tout leur pouvoir.

Mais on peut les envisager à part, ainsi que les faces diverses d'une même chose, les aspects divers d'un même objet. Dans ce cas, l'amour apparaît comme la démonstration la plus chaude, comme le rayonnement du cœur.

Déjà l'apôtre Paul disait sous l'inspiration prophétique : « *Maintenant donc ces trois choses demeurent : la foi, l'espérance, l'amour ; mais la plus grande, c'est l'amour.* »

Et le mot suivant paraphrasait sa pensée : « *Quand même j'aurais la foi jusqu'à transporter les montagnes, si je n'ai pas l'amour, je ne suis rien.* »

1. La peur est aussi un manque d'amour

Vous qui avez peur, avez-vous jamais soupçonné

que c'est parce que vous manquiez d'amour ? Non pas d'amour qui reçoit, mais d'amour qui se donne.

Si vous aviez en vous tellement d'amour que votre provision serait trop abondante, alors comme il vous serait aisé de déverser le trop-plein sur ceux qui n'ont pas leur compte d'amour !

Les hommes que vous craignez sont des hommes qui n'ont pas assez d'amour. Aussi leur cœur est-il plein, au quart ou à la moitié, d'envie, de rancune, de haine. Projetez sur eux ce qui leur fait défaut et, ni haine, ni rancune, ni envie ne tiendront là où s'infiltre l'amour.

L'amour change tout en nous et dans les autres. Il crée, par sa seule présence, un climat idéal de paix.

2. Amour et paix sont éternellement associés

Amour et paix sont éternellement associés dans le gouvernement supérieur du monde. Est-ce donc si difficile de les employer au lieu de guerre et d'inimitié ?

Celui qui fait un essai loyal d'amour se réconcilie avec toute la Terre. Il s'attire l'aide du visible comme de l'invisible. Mille concours viennent à lui. Il transforme insensiblement tout ce qui l'approche, tout ce qui le touche. Il permet de se comprendre d'un cœur à l'autre, d'un pays à l'autre. Là où il règne en maître, il n'y a plus de peur.

Ne craignez donc pas de vous servir de l'amour

comme d'une mystérieuse panacée qui panse tous les maux, guérit toutes les blessures, cicatrise la jalousie, cautérise l'hostilité.

Vous ne serez pas dupé comme certains voudraient vous le faire croire. Il n'y a que la haine et la malice qui ne paient point.

Regardez les hommes de haine ; ils soulèvent la haine partout. De toutes parts, ils sont investis, escortés, traqués par les haines individuelles et générales. Leurs jours sont des cauchemars de haine ; leurs nuits sont des cauchemars de peur. Ils ont peur instinctivement, logiquement, continûment, perpétuellement. La peur souille l'eau qu'ils boivent, le pain qu'ils mangent, la route qu'ils suivent, les amitiés qu'ils rencontrent, les succès qu'ils ont.

Mais vous, qui souffrez de la peur et ne voulez pas qu'elle paralyse votre vie, guérissez-vous en par l'antidote divin de la peur : l'amour.

Si vous décidiez seulement, à partir d'aujourd'hui, d'avoir des pensées, des paroles, des gestes d'amour, si vous adoptiez un visage d'amour, une intelligence et un cœur d'amour, vous verriez fondre les obstacles qui vous entourent. Vos amis, vos proches, vos relations seraient, peu à peu, métamorphosés. Toute votre existence s'orienterait vers des conclusions heureuses. Et il viendrait un moment où vous ne pourriez croire que la peur a trouvé asile en vous.

CHAPITRE XII

Le grand remède

Bien entendu, vous allez nous dire que tout cela est hors de vos moyens, que l'entreprise est trop difficile, que votre volonté, votre persévérance ne sont pas assez fortes pour réaliser ces miracles-là.

1. Vous ne pouvez agir seul

Nous vous accordons, en effet, qu'une telle réforme de vos attitudes intérieures n'est pas compatible avec les seules forces que vous avez.

Il ne s'agit en effet de rien de moins que d'une réforme du caractère et, mieux encore, d'une évolution spirituelle. Mais c'est précisément le but que nous voulons atteindre et qui est de vous doter d'une autre âme en vous révélant vos pouvoirs méconnus et l'aide sur laquelle vous pouvez compter.

Nous reconnaissons que, seul et livré à vous-même, vous n'êtes pas de taille à mettre un si grand programme à exécution. Heureusement, la solution est là, et nous ne vous avons pas conduit jusqu'ici sans vous avoir ménagé une possibilité admirable, celle d'une collaboration avec la Force Supérieure qui administre les êtres et les événements.

Nous ne voulons pas heurter vos sentiments de piété, si vous appartenez à une religion, ou votre libre opinion, si vous n'en pratiquez aucune. Nous ne parlerons, pour éviter toute gêne, ni de Dieu, ni des anges, ni des démons.

Nous vous demanderons seulement de penser et d'agir comme si vous étiez sous les yeux d'une Puissance Invisible qui, non seulement se mêle des événements collectifs, mais encore s'intéresse de près aux comportements individuels.

2. Remettez-vous en à l'Intelligence Cachée

Supposez que cette Intelligence Cachée ait besoin du concours des hommes, même ignorants, même imbéciles, pour faire évoluer le monde vers le mieux. N'est-il pas normal que cet Esprit Universel (pour lui donner un nom commode) fasse tout ce qu'il peut pour acheminer les êtres et les choses vers la perfection ?

Dès lors, chaque homme est un instrument pour lui et, selon son degré de bonne volonté et d'intelligence, constitue soit un obstacle qu'il bouscule ou brise, soit un auxiliaire qu'il encourage et épaule de son mieux.

L'humanité se divise donc en deux clans : ceux qui n'ont rien compris à ce que l'Esprit attend d'eux et qui sont brimés par le vent qui souffle ; ceux qui s'adaptent à leur rôle et deviennent les collaborateurs de l'Esprit.

Tout devient simple, aisé, fructueux pour ces derniers ; tout se complique, se détraque et s'enlaidit pour les autres.

Cela n'est pas une vaine spéculation ni une philosophie de logiciens. Nombreux sont les hommes compréhensifs qui ont admis d'être les agents de l'Invisible et, par conséquent, de le servir.

Les résultats qu'ils ont obtenus, pour eux et pour l'ensemble du monde, ont été tels que la vie de ces hommes a complètement changé. Ils sont devenus forts, confiants, impavides, car ils savent qu'ils contribuent à une grande œuvre et qu'au lieu d'être demeurés de stupides esclaves, ils ont accédé au rang d'intelligents associés.

3. La manière d'entrer au service de l'esprit

Vous me demanderez comment on peut parvenir à cet état supérieur, faire partie de cette troupe privilégiée.

Rien n'est plus simple si vous êtes droit, aimant, désintéressé. Retirez-vous dans « votre chambre », c'est-à-dire à l'intérieur de vous-même. Mettez votre haute conscience à la disposition de l'Esprit.

Abandonnez-vous à celui-ci totalement, sans aucune restriction ni aucune réserve. Engagez-vous à son service. Faites-lui le don de votre personne en entier.

Dès que vous aurez fait ce geste intérieur, l'Esprit entrera en vous et vous inondera de lumière. Vous aurez du moins cette impression car l'Esprit était déjà invisiblement dans votre cœur. Mais vous l'ignoriez jusque-là et vous n'en aviez que peu ou point conscience. Cette conscience de l'Esprit en vous, voilà qui précisément vous met sous la garde expresse de l'Esprit.

A partir de ce moment, vous ne craignez rien, vous n'appréhendez rien. Vous n'avez peur de rien ni de personne. Vous êtes de la maison de l'Esprit et l'Esprit monte la garde pour vous.

Si nous n'avions nous-même été mille et mille fois l'objet de cette protection vigilante, nous n'oserions vous dire tout cela. Mais c'est pendant toute une vie consacrée à l'Esprit que nous avons senti l'Esprit s'interposer entre nous, les êtres et les choses, avec tant d'intelligence, de force et d'amour que nous avons été bouleversé.

Ce que l'Esprit a fait pour certains qui ont tendu la main vers lui, il est prêt à le faire pour tous ceux qui le lui demandent avec une âme confiante et un cœur pur.

Allez donc ! Et n'attendez point, car l'Esprit n'est pas seulement le maître du monde. Il est aussi Celui qui ne connaît pas la peur.

Conclusion

Il résulte de tout ce qui précède qu'on peut, si l'on veut, éliminer une par une toutes les formes de peur.

Toutefois il faut se garder aussi de la peur anonyme, chronique, obscure et latente.

Pour vaincre cette peur indéfinissable, cette inquiétude généralisée, cette angoisse qui n'a pas de nom, nous vous convions à vous retremper dans la nature et à fuir les excès de la civilisation.

Le reste de la cure tient en quatre préceptes :
TOUT SIMPLIFIER
TOUT IDÉALISER
TOUT COMPRENDRE
TOUT AIMER

Table des matières

Imprimerie CLERC - 18200 Saint-Amand-Montrond
Dépôt légal éditeur n° 903 - Avril 1983 - Imprimeur n° 2751

Dans la même collection :

A. LUZY

LA PUISSANCE DU REGARD. Il y a dans votre regard, des forces inconnues : apprenez à les utiliser.

La langage des yeux, tout en dévoilant des choses qu'aucune langue ne peut exprimer, a toujours été universellement compris par les hommes de tous les pays et de toutes les races. C'est le reflet de la vie intérieure, des sentiments, des passions, du chagrin, de l'ironie, de la droiture ou de la fourberie. L'analyse du regard de vos interlocuteurs vous permettra non seulement de vous former votre première impression, mais vous révélera également leur caractère profond et leurs intentions cachées.
De plus, vous pourrez vous-même acquérir par l'exercice, ce regard pénétrant et scrutateur, devant lequel tous les artifices et tromperies resteront vains.
Votre regard vous secondera comme un ami ; il deviendra une force qui vous aidera beaucoup à persuader, infléchir et conquérir.
Un homme fort et assuré possède un regard qui « en impose » et qui persuade. Vous deviendrez cet homme !

Richard INGALESE

LE POUVOIR DE L'ESPRIT. Vos pensées sont des forces... servez-vous en !

Vos pensées sont des forces. Elles agissent sur vous-même et influent sur ceux à qui vous pensez ardemment. Elles attirent certaines influences protectrices et faits positifs. Selon leur orientation, leur persistance et leur vigueur, elles concourent à l'entretien de votre santé — ou à son effondrement —, aux dispositions favorables ou hostiles des autres à votre égard, à la réussite ou à l'échec.
Ce que vous souhaitez posséder existe profusément dans l'espace qui nous entoure. Entre vous en tel objet, telle vérité ou révélation, tel complémentarisme personnel, telle somme d'argent ou telle occasion, un courant attractif peut être créé par votre pensée, au sein de l'immense océan de vibrations psychiques qui interpénètre à l'infini les êtres et les choses. Sachez actionner correctement ce mécanisme universel et, aussi sûr que le soleil luit, vos aspirations se réaliseront.
Tout ce livre abonde en explications pratiques, en procédés simples et précis, d'une efficacité éprouvée. Il vous apprendra à « penser » et comment former les images mentales qui conviennent exactement à vos aspirations légitimes.

Dans la même collection :

Paul-C. JAGOT :

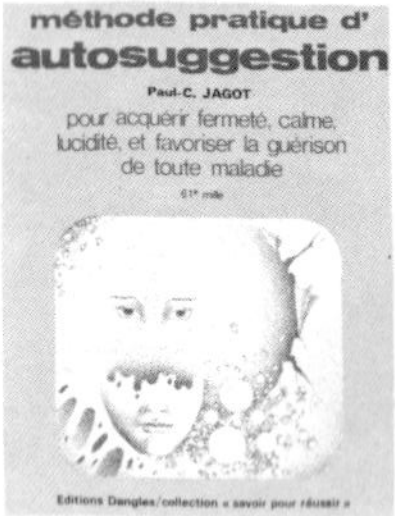

MÉTHODE PRATIQUE D'AUTOSUGGESTION. Pour acquérir calme, fermeté et lucidité, et favoriser la guérison de toute maladie.

Par l'autosuggestion, chacun prend sur lui-même une influence considérable. Cette pratique permet, en effet, de modifier sa personnalité, ses tendances, ses penchants, de rompre toute habitude, d'acquérir l'imperturbabilité, la force de caractère, la fermeté qui caractérisent l'empire sur soi-même. Toutes les maladies organiques, nerveuses, ou morales sont rapidement améliorées sous l'effet de l'autosuggestion, et la plupart d'entre elles sont radicalement guéries. On ne compte plus les désespérés, les infirmes, les incurables qui se sont guéris en utilisant le pouvoir de la pensée.
Ce livre, essentiellement pratique, écrit par un expérimentateur, constitue un manuel clair et précis d'où sont bannis les exagérations et les illogismes, qui ont longtemps écarté les gens sérieux de l'étude des questions psychiques. Une importante partie traite de l'art de suggestionner autrui et d'opérer ainsi les rééducations et guérisons rendues possibles par le maniement du subconscient.

Paul-C. JAGOT :

MÉTHODE RATIONNELLE POUR ACQUÉRIR LA MAÎTRISE DE SOI. Devenez énergique, gouvernez vos instincts, dominez vos émotions.

Dans le menu détail des actes quotidiens comme aux heures décisives, l'empire sur soi-même est d'une importance capitale.
Savoir se mettre au travail à l'heure prévue ; entreprendre résolument ce que l'on a à faire ; savoir contenir une parole ou un geste regrettable ; se préserver contre l'étourderie et l'inadvertance souvent onéreuses, parfois tragiques ; savoir observer un régime ; modérer une tendance ; réglementer l'emploi de ses ressources ; réagir avec calme et décision dans les circonstances angoissantes ; savoir s'organiser dans les pires épreuves : autant de possibilités qui nécessitent, à des degrés divers, cette qualification primordiale : **La maîtrise de soi.**
Elle ne s'improvise pas ; elle s'acquiert par la mise en pratique d'une série coordonnée d'indications dont on trouvera le détail dans ce livre destiné à tous ceux qui ambitionnent d'apprendre à régner sur eux-mêmes.